重述张爱玲

更新传记与《小团圆》公案

金宏达 著

三联书店

Copyright © 2021 by SDX Joint Publishing Company.
All Rights Reserved.

本作品版权由生活·读书·新知三联书店所有。
未经许可，不得翻印。

图书在版编目（CIP）数据

重述张爱玲：更新传记与《小团圆》公案／金宏达著．—北京：
生活·读书·新知三联书店，2021.12
ISBN 978-7-108-07221-4

Ⅰ.①重… Ⅱ.①金… Ⅲ.①张爱玲（1920-1995）－小说研究
②张爱玲（1920-1995）－人物研究　Ⅳ.①I207.42 ②K825.6

中国版本图书馆 CIP 数据核字（2021）第 156489 号

责任编辑	卫	纯
装帧设计	薛	宇
责任校对	张	睿
责任印制	宋	家

出版发行　**生活·讀書·新知 三联书店**
　　　　　（北京市东城区美术馆东街 22 号 100010）
网　　址　www.sdxjpc.com
经　　销　新华书店
印　　刷　河北松源印刷有限公司
版　　次　2021 年 12 月北京第 1 版
　　　　　2021 年 12 月北京第 1 次印刷
开　　本　635 毫米 × 965 毫米　1/16　印张 23.5
字　　数　239 千字
印　　数　0,001-5,000 册
定　　价　88.00 元
（印装查询：01064002715；邮购查询：01084010542）

目 录

引言 ·· 1
一个文学"造神"工程——张爱玲生平与传记材料的来源豁然拓宽——我们究竟如何讲述张爱玲的故事？——平视的好处——围绕《小团圆》，她的故事又有起伏延展

上编　更新传记

第一章　天津、上海、香港 ·· 3

第一节　家世与童年 ·· 3
两三岁时随家人迁住天津——她的正式名字应是张煐——张家在北方是一个望族——李鸿章的曾外孙女——其母黄素琼也出身官宦世家——"贵族后裔"的光环——他们"静静地躺在她的血液里"——八岁时她家又搬回上海

第二节　孤僻的天才少女 ·· 8
一个早慧的孩子——阅读催生了书写的愿望——发表在圣玛利亚女中校刊上的作品——物理考试不及格——父母离婚——对继

母内心是排斥的——"监禁"事件始末——《天才梦》与"天才病"——母亲所做早期"干预"之失败——一段不愉快的母女相处

第三节 求学与港战 ··· 26

香港大学生活——结识炎樱——母亲到访香港——令她深深悼惜的英国教师——亲历香港之战——"差点炸死了"——"一个不负责任的、没良心的看护"——回上海去

第二章 上海 ··· 34

第一节 沦陷区文坛新星 ··· 34

从香港回到上海——最后一次见她父亲——卖文为生：辍学之后的无奈之选——英文随笔与影评写作——小说首发地：鸳鸯蝴蝶派刊物《紫罗兰》——《金锁记》《倾城之恋》《连环套》等——映衬着特殊社会背景走红

第二节 "热情故事" ··· 42

与胡兰成：由文字而互相仰慕——通向婚姻的路怎样走——"并排登出两份离婚启事"？——婚书与婚礼——温州乡村探夫之旅——写作上的斩获：《华丽缘》和《异乡记》

第三节 找补"初恋" ··· 51

与桑弧的合作"马到成功"——《小团圆》中盛九莉与燕山之恋——言之凿凿的"代为隐瞒"——宋淇说："燕山我们猜是桑弧"——"朋友圈"的空壳出版社和杂志——《哀乐中年》疑云——"朋友圈"再办《亦报》，张爱玲"重作冯妇"——失爱与被弃："虽然当时我很痛苦，可是我一点不懊悔"——到香港去

第三章　香港 ··· 66

由罗湖顺利出境——在"漂泊流落"的恐慌中——仓促的日本之行——进入"美新处"——翻译美国作家作品——写作小说《秧歌》《赤地之恋》——结交宋淇夫妇——登上"克里夫兰"号轮船赴美

第四章　美国（上） ·· 77

第一节　异域与婚姻 ·· 77

初到纽约——会见胡适——获准入麦克道威尔文艺营——改写《金锁记》为《粉泪》——与赖雅结识，相爱——"奉子成婚"及"打胎"——栖身彼得堡松树街——《粉泪》被"众口一词"退稿——夏志清的评论"太夸奖了"——母亲之死——在亨廷顿·哈特福营地的日子——改写《荻村传》——移居旧金山——写作《易经》："我的书又写下去了"

第二节　笔耕生涯 ·· 90

台湾、香港之行——半年打拼几乎一场空——寓居华盛顿——一个"低气压"时期——《易经》无买家——《少帅》半途而废——为"电懋"写电影剧本突遇变故——为"美国之音"改编广播剧——赖雅身体频出状况——谋职于大学——"学者化"转向——"投名状"：翻译《海上花》

第三节　校园独行 ··· 102

迈阿密大学驻校作家七个月——纽约小住——赖德克利夫女子学院两年——"喧宾夺主"：从《海上花》英译转向《红楼梦》考证——赖雅去世——加州大学伯克利分校中国研究中心研究员——"名词荒"时期：两年只完成两页纸词汇表——与"老板"（项目负责人）陈世骧正面冲突——遭遇立即解雇——"特别难以忍受"时：接受水晶访谈

3

第五章　美国（下）·······································117

第一节　幽居时光·······································117

定居洛杉矶——"发傻劲"大量阅读有真人真事的"杂书"——发表《谈看书》《谈看书后记》——与盗印争时间：出版《张看》——写作《小团圆》——"十年一觉迷考据"的成果：《红楼梦魇》——改写多年的几篇小说发表——《色，戒》：与宋淇的合作——《浮花浪蕊》：女主人公的脾气像她自己——《相见欢》："一个忘了说过，一个忘了听见过"——《同学少年都不贱》："已经搁开"——创作遇到"瓶颈"，"难免有迷失之感"——《海上花》之"两译"：国语译本出版，英译本未出——唐文标《张爱玲卷》的纠纷——来自祖国大陆的声音与回应

第二节　躲避"虫患"之旅·······························135

1983年年末开始躲避"虫患"——"漂流"于汽车旅馆的生涯——"自己一人作战的抗战"：艰辛和危险备至——一场小风波：水晶发表《张爱玲病了》——1988年年初，躲避"虫患"的旅程暂告结束——又生出了"人祸"：有人在隔壁"蹲守"——1988年6月再次搬家——"虎口余生"两本书：《余韵》与《续集》——电影版权卖出高价

第三节　生命的最后岁月·································147

1991年7月入住罗彻斯特公寓——应付各种病患："保身的功课"——"做一点事要歇半天"——过街时被撞伤——想写的《谢幕》《美男子》《相面》等——"全集"出版——《对照记》的由来——《爱憎表》与拟写的《小团圆》散文——"遗嘱"与附寄的信——安排姑姑、姑父来美——黑人暴动与大地震：平安度劫——把想说的话大段大段地在脑子里对Mae（邝文美）倾诉——"毕马龙情结"——疑心病与恐惧症——皮肤病又恶化——"虫患"之幻影重重——更愿意去新加坡安居——1995年9月5日生命最后一刻来到——三天后被发现——死于动脉硬化性心血管病——1995年9月30日骨灰撒到大海

下编　《小团圆》公案

第一章　社会小说写作与《少帅》·················169
偏嗜"社会小说"——从"社会小说"到"黑幕小说"——摹写张、赵爱情故事的《少帅》——写作上"大大的失策"

第二章　《小团圆》近缘作品之一——《雷峰塔》·········180
《易经》（含《雷峰塔》）的写作过程——《雷峰塔》的情节梗概——父亲的真实形象——那些可亲的"底下人"——童趣盎然的儿时生活回忆——传统中国的"介绍"者——作为《小团圆》的底本

第三章　《小团圆》近缘作品之二——《易经》···········198
为什么取名《易经》——《易经》的情节梗概——母亲杨露的形象：整部作品的最大亮点——沈琵琶：一个自尊心极强、心智欠成熟和稳定的女孩——香港之战的真切描写——虚构的戏剧性情节："智取"船票——与《小团圆》的替代关系

第四章　《小团圆》面面观·····················215
第一节　写作动机、被阻出版与修改方案···············215
一则传奇，一个公案——《小团圆》写作的真实动机——《小团圆》成书的特殊情况——宋淇夫妇的"拦截"："此书恐怕不能发表或出版"——承认自己"误判"——考虑各种修改方案：从女主人公改唱京剧花脸到"1979年方案"——"山重水复疑无路"：一搁又十年

第二节　主题与结构 ·· 234

《小团圆》题名释义——《小团圆》各节大意——《小团圆》的主题：家族史、"热情故事"和非国家主义——《小团圆》的结构：头两章与两条主线——血脉失调与屡见败笔

第三节　人物 ·· 251

盛九莉：一个"unsympathetic（不令人同情的）人物"——卞蕊秋：《小团圆》怎样"去理想化"和"审母"——邵之雍："里面对胡兰成的憎笑也没像后来那样"——燕山：没有他，也就谈不上写的是"爱情的万转千回"——其他人物：父亲乃德，弟弟九林，继母翠华，姑姑楚娣，闺蜜比比，编辑荀桦，等等

第四节　情色、语言及其他 ·· 282

《小团圆》的情色描写："简无可简"与"自跳脱衣舞"——《小团圆》的语言："张爱玲笔触"与笔记体、提纲式句子——不能容忍的错别字——现在我们看到的这个稿本就是"最初的版本"——此稿本在她手边，为何托付他人"销毁"？

第五章　《小团圆》近缘作品之三——《对照记》《爱憎表》及拟写的《小团圆》散文 ······················· 301

什么是《对照记》的路径——"寻根"的强烈意愿——转变画风：对亲人"soft-focus"——"柳暗花明又一村"：写作《爱憎表》促成了写《小团圆》散文的计划——"天意从来高难问"：《小团圆》小说出版——再跌宕出一个"反高潮"

结语　文学地位与其他 ·· 318

夏志清"排座次"与几十年后的修正——为什么"格格不入"——"我属于一个有含蓄的中国写实小说传统"——"怎么写"和读什

么——阅读史的梳理——"写不出东西是我自己的老毛病"——一个作家的"死穴":创作资源掏空,又缺乏源头活水——关于"才尽"——创作成就与文学史定位

后记 ·· 352
主要参考文献 ··· 356

引 言

一个文学"造神"工程——张爱玲生平与传记材料的来源豁然拓宽——我们究竟如何讲述张爱玲的故事？——平视的好处——围绕《小团圆》，她的故事又有起伏延展

从张爱玲去世到现在，已有四分之一世纪过去了。曾经有过一种说法："说不尽的张爱玲。"现今，张爱玲似乎有些说尽了。当我计划写这本书的时候，曾向台湾一位资深研究者提起过，她多少有点好奇地问："张爱玲现在还热吗？"

对张爱玲的研究，现在似乎没有以前那么热了，但对她的作品的阅读，好像并未降温。老一代"张迷"随时光渐行渐远，新一代"张迷"又接踵而至。他们从张爱玲的作品了解她，也从有关她的传记书籍和其他文章了解她。

美籍华人学者王德威先生说过这样一段话："严格来说，50年代中期张爱玲已写完她最好的作品。以后的40年，与其说张爱玲仍在创作，倒不如说她不断地'被'创作；被学院里的评家学者、学院外的作家读者，一再重塑金身。张爱玲'神话'的发扬光大，你

我其实皆与有荣焉，1995年才女遽逝，我们怅然若失，也就不难理解了。"（王德威：《落地的麦子不死》，《想像中国的方法》第248页，生活·读书·新知三联书店1998年）

诚然，当代很少有一个这样的文学"造神"工程是由海内外如此众多的学者、作家共同参与的——从时间上看，"张爱玲热"先在海外燃起，再向改革开放后的祖国大陆蔓延；"造神"工程肇始于海外评论界，而后大陆学者也纷纷投入。在一个色彩驳杂的历史背景下，"张爱玲神话"呈现出颇为微妙乃至诡异的特点——她作为一个并未在台湾写作与生活过的作家，被台湾的评论界奉为文学偶像；而后，作品复归于其成名所在的祖国大陆，在文学的舞台上，从边缘又走到了中心。海外点燃的"张爱玲热"，在大陆，不仅放大了广度，也提升了温度。遍观现代文学史上的作家，还没有一人像她这样。作为中国现当代文学史乃至文化史上的一个特别的话题，这里确有一些有意思的东西，值得回顾与寻思。

20世纪末，"张爱玲热"传导到大陆之后，陆续有一些张爱玲的传记出来，特别是她去世后不久，各种版本的传记更是风起云涌。这些传记书籍的材料来源大都指向：一、张爱玲的作品，特别是她的散文，尤以自叙家世及生平的如《私语》《烬余录》《童言无忌》《对照记》等为最；二、与张爱玲有特殊关系或有过交往者的回忆文章，最有名的，当数胡兰成《民国女子》、张子静《我的姊姊张爱玲》（与季季合作）、宋淇《张爱玲私语录》、司马新（郑绪雷）《张爱玲在美国——婚姻与晚年》、林式同《有缘得识张爱玲》等；三、不同渠道流出的少量张爱玲的信函。

近些年来，随着张爱玲自传性作品《小团圆》于 2009 年问世，宋以朗编《张爱玲私语录》（2011 年）、庄信正《张爱玲庄信正通信集》（2012 年）、夏志清《张爱玲给我的信件》（2014 年）陆续出版，以及张爱玲的《雷峰塔》《易经》《重访边城》《异乡记》《少帅》《爱憎表》等遗作推出，还有如周芬伶《哀与伤——张爱玲评传》（其中有作者独家寻获的张爱玲致赖雅的信件，上海远东出版社 2007 年）、苏伟贞《长镜头下的张爱玲》（其中有作者收藏的张爱玲信件，上海文艺出版社 2012 年）、冯睎乾《在加多利山寻找张爱玲》（其中有由宋以朗提供的张爱玲信件与文稿，香港三联书店 2018 年）等各书的出版，特别是不久前《张爱玲往来书信集 1·纸短情长》与《张爱玲往来书信集 2·书不尽言》出版（台湾皇冠文化出版有限公司 2020 年 9 月），让张爱玲生平与传记材料的来源豁然拓宽，甚至可以说发生了质的变化。这些新的材料中占很大比重的私人信件，在作家生前都带有极大的私密性，因而，也具有记载其思想和境况的真实性和可靠性，这是其他文字如第三者的采访与回忆等无可比拟的。

如众周知，张爱玲后期完全过一种避人的生活，她不接电话，不见访客，只和极少几个人通信——信件几乎是她和外界联系的唯一管道，也自然成为我们今天一窥她当时真实境况的主要窗口。她的生平传记中，后期一直是个薄弱部分，由于材料相对稀薄，往往失于简率，有些只能归于推测，影响了对她生平全貌的了解；而这些新材料中的信件，对于我们了解她的生平，特别是她的后期生活，无疑极具价值。

新的材料中,《小团圆》一书存在的疑问较多,争议也大。一方面是张爱玲自己承认它带有"自传性",即她所谓"我在《小团圆》里讲到自己也很不客气,这种地方总是自己来揭发的好"(1975年7月18日致宋淇夫妇信,转引自《小团圆》第2页,北京十月文艺出版社2009年)。而且,作品主人公的家世、经历、人物关系与她自身状况基本相符;另一方面,她所取的小说体裁又容许虚构和改动,这就容易造成真假相混、难以分清的情况,在引用其为生平传记材料时,需要细心辨别与求证。然而,毫无疑问,这部自传性作品对她不为人知一面的暴露,对无他者在场的隐私界面的曝光,确是其他文字所不可替代的。

提出这个看法可能不为一些人接受,因为引用某些材料或会"降低"张爱玲,尤其是《小团圆》中的盛九莉,如果拿她与张爱玲画上等号,后者的形象必将有损。这里牵出一个问题,就是张爱玲究竟是一个怎样的人,一个怎样的作家?我们究竟应该如何讲述张爱玲的故事?这将是文学史上一个绕不开的问题,对待这个问题,答案只能是求真、求实,而后才能是价值评判。

多年前,我曾写过一本书,书名是《平视张爱玲》(文化艺术出版社2005年),其中提出,看张爱玲有三种角度,一为俯视,一为仰视,一为平视。俯视,含轻视,乃至摈斥,这不可取;仰视,则过分拔高、美化,对所不愿见的东西加以遮蔽,也是一种盲目;而当以平视较为恰当。平视的好处,是以求真、求实的眼光,全方位、多看看，不虚美，不讳言，尽可能还原其真身。当年夏志清重新评论张爱玲，被人认为是一项值得称道的功业——他把她摆到"今日中国最重要、最优秀的作家"的宝座上，就开了一个仰视的头。后来，又经过许多人用各种理论、方法，不断解读、诠释，几乎造成了一种张爱玲"咳唾成珠"的局面，连同她的生平行状，也被视为令人向往的"瑰意琦行"。这个过程中，经意和不经意地加入了过多个人的情感和想象。

回到张爱玲自己——她在丈夫赖雅去世后的近三十年里，一直过着独身幽居的生活，尤其是在伯克利大学中国研究中心遭到解雇之后，她极力避免与人交接，一些人称之为"清坚决绝"人生观的体现，更有人以之作为一种人生风范，其实是不了解她生活的辛酸与无奈，和她性格与心理上的挣扎与嬗变。她的生平、生活原本就带有浓厚的悲剧性——她有官宦世家出身的煊赫背景，却在一个急剧动荡的时代，经历了家道的败落与战乱的劫难；在大学辍学之后，她以写作为谋生的无奈之选；曾因作品一度走红，却遇人不淑，与一个汪精卫政府高官婚恋而声名污损；此后，远走美国，谋求生存与发展，又屡屡受挫，生计困难；她在华文世界文名重振，获得众多读者，却孤身幽居，遭受病痛折磨，最后凄凉以终。

在美国很长时间里，她的第一位问题是要生存。她曾称自己是"长期没有半点安全感的人"（1968年7月21日致宋淇信，《张爱玲私语录》第183页，北京十月文艺出版社2011年），她的实际生存条件让她玩不起文学，更玩不起人生。夏志清在回答她后来的创作为何不尽如人意的提问时，说过四个字"为了生活"，非常切中肯綮。她可以避人，但要生存下去，却不可以完全避世、出世，这就像她自己说过的是"'双手擘开生死路'那样的艰难巨大的事"(《我看苏青》,《流言》第237—238页，北京十月文艺出版社2009年)。为了生活，她于写作与出版，要考虑有"生意眼"，要接各种"订单"，写各种"应需"文字；在无任何职业收入的情况下，还要考虑如何维护和扩大自己的版权收益，如何与盗版苦斗；即使在颠沛流离之际，也要考虑存款放入哪家银行比较保险，有限的积蓄是以美元还是以日元来理财，如何因应又需以对国际形势的分析与判断来定。更不用说，还有各种使她备受折磨的病痛——她要不停地看医生，做医生布置的"功课"，用她自己的话说，"成天只够伺候自己"(夏志清：《张爱玲给我的信件》第319页，长江文艺出版社2014年)。特别是为躲避经年累月袭扰她的"虫患"，还要不停地奔走，更换住处，扔东西，再去买补给物品，搬家搬到实在搬不动，直到最后，还想过移居拉斯维加斯，移居新加坡，等等，却终究再也没有气力了。她装的电话，本为应急用的，这时却拿不起来，只能独自躺在那儿，等待死亡……

任何人的生平与命运都与其所处的时代和社会相关，张爱玲自不例外。她的存在，位于现代文学史的一个特殊段落，这里应该容纳更多素朴的事实，用一句名言说，事实比看法应该更有生命。张爱玲曾说过，存在于事实之中的是："无穷尽的因果网，一团乱丝，但是牵一发而动全身，可以隐隐听见许多弦外之音齐鸣，觉得里面有深度阔度，觉得实在，我想这就是西谚所谓 the ring of truth——'事实的金石声'。"（《谈看书》，《重访边城》第58页，北京十月文艺出版社2009年）对张爱玲，我们有必要把她"人生的来龙去脉看得很清楚"（《我看苏青》，《流言》第236页），让它以本真的样貌加入文学史，这会让人感到它里面的"深度阔度"，增加它的沉厚与沧桑感。

当然，也还另有探索和解密的兴趣吸引我们前往，这就是《小团圆》的秘辛。在我看来，《小团圆》在当年对于她简直就是一场"生死劫"。她在刚写完这本自传性作品时，浑身还有难以遏制的兴奋劲儿，已提前布局在海外报刊连载，却遇到挚友宋淇夫妇的"拦截"，阻止她拿出去发表，劝她做重大修改。这一改就近二十年，经过长时间审视与反思，她在遗书中嘱宋淇夫妇要将它销毁，而当时稿本在她手上又未处理，其遗产的下一代继承人决定将其公之于世，究竟是修改稿还是原稿，这一切又是怎么一回事，似有太多未解的谜团。

为要解开谜团，我们必须返回现场，查勘她写作时的现实场景，寻觅一些线索和逻辑，了解她为何写，又是如何写的。可以看出，根据新的材料，重新观察、审视她后期的生活，对于解密《小团圆》又是多么切迫的需要——以下正是循着这一思路前行，在体例上，由于不是一般传记，故不采取通行的传论合一的写法。全书分两大部分，第一部分即上编，按"知人论文"的原则，要重新厘清张爱玲的生平，特别是借助新出现的材料，了解她后期的生活环境与生存状况，如前所述，这对识解《小团圆》小说的写作与放弃十分重要。第二部分即下编，进入《小团圆》的公案，从里至外，对所有近缘的作品，进行一番认真探察，以提出我们的结论。看上去，这两大部分似乎有各自的独立性，其实，落脚点就在《小团圆》。

这样一来，本书就等于重述了一遍张爱玲故事——《小团圆》之内，是张爱玲讲自己的故事；《小团圆》之外，围绕《小团圆》，她的故事又有起伏延展。在我自己，是早于20世纪八九十年代即讲述过张爱玲故事的（《张爱玲文集·前言》等），经过几十年闻知的增益与参辨，现在这一道叙述，大抵亦可谓之"重述"了，故书名之为《重述张爱玲》。

书稿初成之时，赶上张爱玲冥诞一百年，说不上是纪念还是什么，命运多舛的这位作家已属于历史，我们尚在的人，用她引过的一句古语说，只能"如得其情，哀矜而勿喜"吧。

2020 年 3 月

补记：

本书成稿之后，《张爱玲往来书信集1·纸短情长》《张爱玲往来书信集2·书不尽言》出版（台湾皇冠文化出版有限公司2020年9月）。此书信集内容的私密性尽可比于日记，它历经时间之久长，

引言

以及对某些重要事情叙写的完整与详尽,将我们与张爱玲的人生和写作更拉近了距离,同时也缩小了对其人其文的任意想象空间。它的出版,不但使前此所有张爱玲的传记有必要重新修订,而且令今后新出其传记必要性显得大为下降,毕竟在真实性上,谁能超过她自己对知友倾诉的这些文字?须知宋淇夫妇是她完全信任并唯一可以倾诉的对象(读过这些信件你会知道再没有第三者,连夏志清和庄信正,她对他们都是有保留的)。书信集中有许多宋淇所谓"不足为外人道"的事——如今,它与《小团圆》已成为"看张"的"后窗"。

本书依据此书信集,重加修订,在引述其中文字时,考虑到该书尚未在大陆出版,有些已见于大陆出版物的,仍保留原出处。

2021 年 3 月

上编 更新传记

第一章　天津、上海、香港

第一节　家世与童年

两三岁时随家人迁住天津——她的正式名字应是张允俠——张家在北方是一个望族——李鸿章的曾外孙女——其母黄素琼也出身官宦世家——"贵族后裔"的光环——他们"静静地躺在她的血液里"——八岁时她家又搬回上海

张爱玲出生于 1920 年 9 月 30 日（农历八月十九），出生地是上海，在晚年所写的《爱憎表》中，她首次回应世间对她姓名的各种写法，说按家谱"我们是'允'字排行，下一个字'亻'字边"（《爱憎表》，引自冯睎乾《在加多利山寻找张爱玲》第 31 页，香港三联书店 2018 年）。因此，她的正式名字应是张允俠，又名煐，此外她还有个"字"或"号"——"孟媛"，是她父亲（她叫她"叔叔"或"二叔"）取的，但未见怎么用过（"'叔叔给我取了个名字叫孟媛'，我告诉我姑姑。不知道是否字或号，我有点喜欢，比我学名'允俠'女性化。"出处同上）。她母亲送她上黄氏小学时，嫌此名拗口,遂用其英文名Eileen,译成中文叫"爱玲"。

她父亲名张志沂,又名廷重;母亲黄素琼,又名逸梵(Yvonne)。祖父张佩纶(字幼樵,1848—1903,原籍河北丰润),祖母李经璹(菊耦),系李鸿章之女,他们育有一子一女,除张爱玲之父张志沂外,还有其姑姑张茂渊。张佩纶前妻生有两子,长子张志沧早逝,次子名张志潜,是张爱玲的二伯父,张佩纶与李菊耦去世后,张爱玲的父亲与姑姑尚未成年,由张志潜照料。按《小团圆》的说法,因为伯父母无女,口头上将张爱玲过继给他们,叫他们"爸爸""姆妈",称其父母为"二叔""二婶"或"叔叔""婶婶"。她说,"我喜欢叫叔叔婶婶,显得他们年轻潇洒"(《爱憎表》,引自冯睎乾《在加多利山寻找张爱玲》第6页)。《小团圆》中,九莉一直称其母为"二婶",读者或会觉得稍显生分,而至《对照记》,则改了过来,其间也有一定情感变化线索可寻,我们会在下文中慢慢道来。接上所述,她家与那位年长的伯父一直关系密切,不过,后来因财产分割(遗产中有归属未明的珍贵的宋版书)在上海打过官司,由于张志沂倒向这位同父异母的兄长,结果输了。此事在《雷峰塔》《小团圆》等书中都曾写到。不过,这个过继的女儿笔下对他并不客气,写他背地里将以前的丫头养为外室,还有私生子,生活很荒唐。

张爱玲的祖父张佩纶是进士出身,晚清名臣,曾因弹劾腐败官僚,成为"清流"派的中坚而名重一时,又因马尾战事大败,问罪流放,后被李鸿章纳为女婿。他的生平行状在小说《孽海花》中被托名"庄仑樵"加以叙写——一位年过四十且有前妻所生二子的

"逐臣",却被当朝权臣看中,将自己待字的爱女嫁给他,这件事肯定令许多人看不懂,大概也是作为一则"佳话"而颇具传播力之所在。因为是李鸿章的曾外孙女的关系,张爱玲的头上,后来就罩上"贵族后裔"的光环,张爱玲自己倒也不以此炫耀,而内心还是多少引以为荣的。在《小团圆》和《对照记》中,她就一再重复,她爱他们,他们"静静地躺在她的血液里"。

其实,作为一种血统遗传,除了我们今天常说的智力之外,在张爱玲身上可能还承继了另一些非智力的东西,如据其祖母身边的佣妇回忆,李鸿章家的这位千金就性情古怪,不爱见人(张爱玲在《对照记》中也写道:"我姑姑说我祖母后来在亲戚间有孤僻的名声。"《重访边城》第206页)。而她的儿子张志沂有时会喃喃自语,别人不知道他在说什么。张爱玲的同学发觉她也有类似的情况,有时在说一些别人听不懂的话(如她曾说:"在读大学时,我经常孤单一人,同学们会对我说:'我们不明白你在说些什么。'我觉得只有在非说不可的时候我才说话。"殷允芃:《访张爱玲女士》,《皇冠》1968年7月号),尤其是后来在美国期间,她更是经常在脑子里对好友邝文美长篇大论地说话——倘若身处她的旁边,应该是能听到她偶尔出声的。

李鸿章家族的后人很多,也有做了高官的,张爱玲能接触到的较为有名者,大概就是李国杰了。据说此人很聪明,深为张爱玲祖母喜欢,民国时期主管过轮船招商局,与国民党当权派结怨,被控亏空公款罪坐过牢,放出来之后不久,又传说他要"出山"投日,遂被特务暗杀,成为轰动一时的新闻事件,张爱玲在《易经》和《小团圆》中都有过较多叙写。除此，李家后人的家事也成为她的小说题材来源之一，如她的名作《金锁记》《创世纪》等人物原型都来自李家。

张爱玲两三岁时，随家人迁住天津，这是他们"认祖归宗"的一次回归之旅。张家在北方也是一个望族，清朝最后一任两江总督、从南京城墙缒箩筐逃出的张人骏，即出于这个家族，幼小的张爱玲在天津见过他，并摇摇摆摆在他面前背诵"商女不知亡国恨，隔江犹唱后庭花"的诗句，看他抚今思昔，潸然泪下。与她父亲同辈的张志潭，则在民国政府官至内务总长、交通总长——他所盖的"新房子"，至今还是天津的一处名胜；其父张志沂依仗他在津浦铁路局做过一段英文秘书。张志沂也有一定的学养，会古文，亦会英文、德文，在亲戚中被视为"满腹经纶"。作为一个"官二代"，家道虽没落，却还有上辈遗产可供花销，所以，抽鸦片，嫖妓女，沾染纨绔子弟的诸多恶习，使得他的妻子愈发厌恶他。

其母黄素琼也出身官宦世家，原籍湖南，祖父是清朝长江水师提督黄翼升，其父黄宗炎为广西盐法道，生母是其父的一个姨太太。黄宗炎很早就死在任上，女儿长大成人后，婚事就由大太太一手做主，尽管她不同意，却不能违逆母命，她的出嫁被形容是一场可怖的"活人祭"——意味着一个年轻女性生命的终结。婚后，与丈夫感情不和，又受到新思潮的影响，决定迈向新的世界，小姑张茂渊去欧洲留学，她便陪同前往，这在当时是一个非常大胆之举，遭到守旧的族人一致反对，却仍然未能拦住她。走出国门之后，她以一个非常具有标志性的行为令人印象深刻——踏着一双三寸金莲，横跨两个时代，成功地在瑞士阿尔卑斯山滑雪，所以，张爱玲晚年在《对照记》中，还念念不忘引述她的话说，"湖南人最勇敢"。

母亲出国之后，父亲便把养在小公馆的姨太太接来家住，两人同榻吸食鸦片，家里弥漫一派腐败颓靡气息。年幼的张爱玲与小她一岁的弟弟虽缺失母爱，然而，各自都有专职保姆照看，过着养尊处优的生活，这在《雷峰塔》一书中比《私语》和《小团圆》都有更详尽的描述。父亲也为姐弟俩请了私塾老师，教授古文——这一时期的家庭教育，为张爱玲打下了最早的传统文化底子。

她八岁时，母亲和姑姑从国外回来，她家又搬回上海。夏志清在《中国现代小说史》中叙述这一段历史说："她父亲那时痛改前非，把姨太太遣走，而且拼了命把鸦片戒掉。"那么，"把姨太太遣走"，是不是她父亲主动做出的呢？按张子静的说法，"他在津浦铁路局那个英文秘书的职位虽然是个闲差，总算也是在我堂房伯父辖下的单位，他不去上班也就罢了，还吸鸦片、嫖妓、与姨太太打架，弄得在外声名狼藉，影响我堂房伯父的官誉。1927 年 1 月，张志潭被免去交通部总长之职，我父亲失了靠山，只好离职。他丢了这个小小官差深受刺激，这才赶走了姨太太，写信求我母亲回国"（张子静：《我的姊姊张爱玲》第 34—35 页，学林出版社 1997 年）。而张爱玲在《雷峰塔》和《小团圆》中也有记述，这个从"堂子"里讨来的姨太太脾气暴躁，常常与男主人争吵，有一次竟还用烟枪把他的额头打破，这就实在让人看不下去，于是，有势力的族人亲自出面干预，把她赶走，且不准她在天津一带挂牌重操旧业。不管怎样，这些事都促成张爱玲家离开天津，也离开了她父亲可能依靠的张氏家族在北方的各种资源，从此开始在"十里洋场"的上海急剧衰落。

第二节　孤僻的天才少女

一个早慧的孩子——阅读催生了书写的愿望——发表在圣玛利亚女中校刊上的作品——物理考试不及格——父母离婚——对继母内心是排斥的——"监禁"事件始末——《天才梦》与"天才病"——母亲所做早期"干预"之失败——一段不愉快的母女相处

一

搬回上海后，张爱玲家有过一段短暂的平静时光。上海是一个受"西风"熏染较多的地方，母亲又从欧洲归来，这使得张爱玲较早即接受西方文化熏陶，她学弹钢琴，学绘画，跟母亲和姑姑听音乐会，看电影，在母亲的坚持与安排下，也进了小学，接受较为正规的学校教育。对于这一段学校生活，早期她的文章较少涉及，《小团圆》中有一段女主人公盛九莉上刘氏女学的回忆，应该是取景于她最初上的黄氏小学：

因为没进过学校，她母亲先把她送到这家熟人开的，母女三个，此外只请了一个老先生与一个陆先生。那天正上体操课，就在校园里，七大八小十来个女生，陆先生也不换衣服，只在黄柳布夹袍上套根黑丝袜，系着口哨挂在胸前，剪发齐肩，稀疏的前刘海，清秀的窄长脸，娇小身材，一手握着哨子，原地踏步，尖溜溜叫着"几夹右夹，几夹右夹"。上海人说话快，"左右左右"改称"左脚右脚，左脚右脚"。九莉的父亲头戴英国人在热带惯戴的白色太阳盔，六角金丝眼镜，高个子，浅灰直罗长衫飘飘然，勾着头笑嘻嘻站在一边参观，站得太近了一点，有点不好意思。

(《小团圆》第 23 页)

少年张爱玲是个早慧的孩子，她认字很早，在天津时，其父为她和弟弟请先生教古文，虽然她既不懂也不喜欢，会把"大王事獯鬻"，改读为"太王嗜熏鱼"，却一定加速了她认识汉字，这样在一般孩子上小学念书的时候，她就凑合着能读《西游记》了。回到上海以后，她得以接触她父亲书房里的书，这里有各种古典小说，良莠不分，成为她这一时期的启蒙读物。有关这方面的情况，我们随后还要细讲。这里所要讲的是，正是阅读催生了她书写的愿望——她尝试用类似的形式来表现自己的想象，她说她最初是要写一篇关于一个小康之家的家庭伦理悲剧，这个叙事对于一个未涉世事的小孩子似乎过于复杂，未能写下去；后来又要写一篇历史小说，开头是"话说隋末唐初的时候"，题材还是太宏远，为她力所不及。还写过一篇三角恋爱的故事，给她母亲过过目，情节不够合理，不过，也不足怪。

为她后来所津津乐道的是，"一篇名唤《理想中的理想村》，大约是十二三岁时写的"(《存稿》,《流言》第70页)。她在《天才梦》一文中引述过其内容,或是为要突出"天才"这一点,她把写作时间提前了几年——"八岁那年,我尝试过一篇类似乌托邦的小说,题名《快乐村》。快乐村人是一好战的高原民族,因克服苗人有功,蒙中国皇帝特许,免征赋税,并予自治权。所以快乐村是一个与外界隔绝的大家庭,自耕自织,保存着部落时代的活泼文化"。看得出来,即使是十二三岁写的,具有这种人文视野与理想也是很难得的。

这种写作也许给她带来不小的乐趣,那时,她还尝试写了一部章回小说《摩登红楼梦》,回目是她父亲代拟的。遗憾的是,这部小说已经看不到全貌了,她在《存稿》一文中抄录过其中一些段落,例如,写贾琏得官:

黑压压上上下下挤满了一屋子人,连赵姨娘周姨娘也从小公馆里赶了来了,赵姨娘还拉着袖子和凤姐儿笑着嚷:"二奶奶大喜呀!"……凤姐儿满脸是笑,一把拉着宝玉道:"宝兄弟,去向你琏二哥道个喜吧!老爷栽培他,给了他一个铁道局局长干了!"宝玉……挤了进去,又见贾母歪在杨妃榻上,鸳鸯蹲在小凳上就着烟灯烧鸦片,琥珀斜签倚在榻上给贾母捶腿……贾琏这时候真是心花一朵朵都开足了,这一乐直乐得把平时的洋气派洋礼节都忘得干干净净,退后一步,垂下手来,恭恭敬敬给贾政请了个安,大声道:"谢谢二叔的栽培。"

(《存稿》,《流言》72—73页)

这里，她让《红楼梦》中人物穿越到现代，在新的场景中演出新的故事，这已是非常大胆的艺术构思了，何况，这些人物的心理、语言和动作的描写，还追摹原作，一个个跃然纸上，贾琏那种不洋不中、进退失据的"得志"神态，更是令人发噱。

如果我们给她练习写作划分阶段的话，那么，上中学之前是第一阶段，这个阶段比较任意和随兴，大有写着玩儿的味道；而上中学之后，则是第二阶段，因为要在校刊上公开发表，就有所规束，认真对待起来。

二

她上的中学是圣玛利亚女中，这是一所很有名的教会学校，学生住读，管理严格。有关上中学的情况，她早期的文章谈及的也不多，我们只知道，她母亲再次出国时，曾去学校看她，她并无什么惜别的表示，"一直等她出了校门，我在校园里隔着高大的松杉远远望着那关闭了的红铁门，还是漠然，但渐渐地觉到这种情形下眼泪的需要，于是眼泪来了，在寒风中大声抽噎着，哭给自己看"（《私语》，《流言》第 113 页）。

至于其他，则是后来被发掘"出土"的她在当时校刊上发表的一些短篇作品，如小说《牛》（1936 年）、《霸王别姬》（1937 年），散文《迟暮》（1933 年）、《秋雨》（1936 年）等。这些篇什让我们看到，这一时期的她在写作上相当活跃，而且作品也初步展露出她的文学才华。例如，她写的历史题材小说《霸王别姬》，刊登在圣玛利亚女中校刊上，她的国文老师讲评说，其"技巧之成熟"，"与郭沫若的《楚霸王之死》相比较，简直可以说一声有过之而无不及"（汪宏声：《记张爱玲》，转引自《张爱玲研究资料》第55页，海峡文艺出版社1994年）。

至于其他情况，直到1990年，有人发掘出她中学毕业前发表在学校年刊上的一篇"爱憎表"，她就此写一篇长文（即《爱憎表》，未完）做些解释，我们才知道，她在中学的学习成绩并不太理想：

三岁看八十，读到中学毕业班，果然物理不及格。那时候同学间大家都问毕业了干什么，没升学计划的就是要嫁人了。1930年间女职员的出路还很有限。我急于表白，说出我有希望到英国进大学，也只告诉了我班称得上朋友的两个室友，同房间多年的。就此传了出去。学校当局为了造就人才，一门功课不及格毕不了业，失去留学的机会，太可惜了，破格着教物理的古柏小姐替我补习，单独授课，补了一暑假再补考，还是不及格！不是不用功，像铁锤在脑壳上钉钉，钉不进去，使我想起京剧"双钉计"。

教地理的闵老师写过一篇东西关于我，说我在校刊上发表了一首打油诗嘲弄一位国文老师："鹅黄眼镜翠蓝袍，一步摆来一步摇……"我因而差点毕不了业。那是在年刊《凤藻》外新出的一个小册子期刊《国光》，"九一八"后响应抗日的刊物，文艺为副。校方本来反对，怕牵涉时事有碍，一向不重视中文部，我是物理不及格,差点毕不了业,最后教务会议上提出讨论,看在留学不易分上,还是让我毕业。

(《爱憎表》,转引自冯睎乾《在加多利山寻找张爱玲》第 28—29 页)

在她出名后,国文老师汪宏声曾写过一篇文章《记张爱玲》,回忆她在校时的情况,谈到她因为写了两首打油诗嘲笑两位男教师,差点给她不准毕业的处分。而张爱玲认为这个记载不对,她是因为物理不及格差点不能毕业,晚年她还想就此写文辨正:"我想连同圣校汪老师说我为一首诗差点没毕业的话——其实是物理不及格——写一篇辨正,实在没时间。"(1987 年 5 月 2 日张爱玲致宋淇夫妇信,《张爱玲私语录》第 254 页)几年后写《爱憎表》,她却把"写过一篇东西"的人写成是"教地理的闵老师",她的打油诗讽刺的居然是国文老师,张爱玲这时的回忆,或真有些"缠夹",未必准确。处理这件事,汪先生作为直接面对校长的老师,应该掌握更多的信息,即是她写的嘲笑老师的打油诗确实惹了祸。相较于写打油诗嘲笑老师,物理考试不及格,或更适合校方作为不能予以毕业的理由来讨论,这或者是实情。

而汪先生回忆的,也只知其一,不知其二,如她在校的文名也不是那么高,至少,张爱玲自己不认为是那样:

我成绩这样糟,只有作文有时候拿高分,但是同班生中就有叶莲华的旧诗，张如瑾还有长篇小说出版，我在校刊上登两篇东西也不算什么。进了大学之后我写《我的天才梦》，至少对于天才不过是梦想。

（《爱憎表》，转引自冯睎乾《在加多利山寻找张爱玲》第35页）

念中学时期，她最值得称道的，还是在课外读了许多书，学校的图书室，同学之间推介、传看，为她提供了许多书籍——大量的古典作品、社会通俗小说、外国小说和新文艺作品，都成为她的精神食粮，这为她今后从事文学创作打下了基础。

三

还在上小学期间，她家里发生了一个重大变故——父母离婚。离婚的主动一方是她母亲。那个时代，离婚是不太能被亲友接受的事，她父亲很不情愿，为维持这段婚姻，他也做了一些努力，如配合戒吗啡之类，甚至他千方百计要从妻子那里"挖"出钱来支付家用，也可以解释为意在消耗她的资源，使之不能再"潇洒"去国外。然而，男女之间的感情到缘分尽时，这些努力都不复有用。事实证明，他的恶习改不了，妻子无论如何隐忍，最终还是受不了。关于这一点，《雷峰塔》中有一段女主人公母亲的言谈，给人印象很深：

她无奈地摆了摆手。"习气，唔，就像你父亲。你父亲有些地方真,呃,真恶心。"末一句用了个英文字 disgusting。"中文怎么说来着?"她问珊瑚。

"没这个字。"

"就是——就是让人想吐。"她笑着解释,往喉咙挥挥手。"我就怕你们两个也学会你们父亲的习惯。你注意到没有?"

"没有。"琵琶搜寻心底,却突然一片空白。她父亲举止怪异的时候她从来没正眼看过。

"下次仔细看,可是千万别学他。你爸爸其实长得不难看,年青的时候很秀气的,是不是,珊瑚?"

"可不是,他的毛病不是出在长相上。"

"就是他的习气。当然是跟他害羞有关系。……"

(《雷峰塔》第 119 页)

婚姻中,有的女人就有这种"洁癖"——她不一定从道德层面上如何否定对方,而是对方的习气能令其起一种生理上厌恶的反应。事实上,她不但认为这个男人长相不差,而且还说了他一些好话,甚至认为,如果不是跟她在一起,他会生活得更好一些。

然而,一纸离婚协议摆在面前时,做丈夫的翻来覆去,就是不肯签,而做妻子的则丝毫不为之动摇。实际生活中,其弟张子静从表哥那里获知,他母亲回答律师再三询问时说:"我的心已经像一块木头!""父亲听了这话后,才终于在离婚书上签了字。"(张子静:《我的姊姊张爱玲》第 36 页)

父母离婚后不久,其父就迎娶了继母孙用蕃。继母也出身于一个没落的官僚世家,她的父亲孙宝琦做过早期民国政府的国务总理,她却是因为恋爱和婚姻的挫折染上了"阿芙蓉"(鸦片)癖,与张爱玲的父亲可说是有"同榻之好"。他们一起搬回到张爱玲出生时所在的一幢大房子(位于上海麦根路)去住。这种组合的家庭中,通常都会有难以弥合的心理鸿沟,在某个特殊事态下,矛盾会迅速上升到危机节点。应该说,在自小长大相守的时光中,父亲还是欣赏和钟爱这个天资聪明、尤其在写作和绘画上已显露才情的女儿的;然而,随着时日推移,他的现任太太拥有愈来愈大的话语权,他也会更多依赖和偏向太太。正值青春反叛期的张爱玲,从一开始,对这位继母内心就是排斥的,在《私语》这篇自叙性散文中,她就如此表述过自己的心态:

我父亲要结婚了。姑姑初次告诉我这消息,是在夏夜的小阳台上。我哭了,因为看过太多的关于后母的小说,万万没想到会应在我身上。我只有一个迫切的感觉:无论如何不能让这件事发生。如果那女人就在眼前,伏在铁栏杆上,我必定把她从阳台上推下去,一了百了。

(《私语》,《流言》第 114 页)

往后,她也一直与这位继母保持距离,表面上还大体过得去——她自己后来回忆说:在她跟父亲与继母闹翻以前,"他们由于种种顾忌,一直对我相当客气"(1994年10月5日张爱玲致庄信正信,《张爱玲庄信正通信集》第315页,新星出版社2012年)。甚至于她还写过一篇题为《后母的心》的散文,继母看了甚为感动,以为"这篇作文简直就是设身处地为她而写的",逢人就夸(张子静:《我的姊姊张爱玲》第45页)。其实,张爱玲的心里从未消解对她继母的敌意,在家庭日常生活氛围中,继母想必也随时随地都能感觉到。弟弟张子静每每受到其父的责罚,她见后即归咎于继母,发誓要"复仇";而弟弟虽与她童年时期一直亲密无间,这时因为"选边站"的关系,她对弟弟也心生怨隙,并几乎终身未释。特别是在她母亲再度回国之后,在跟母亲还是跟父亲的选择上,其父已能感到她实际倾向是前者,所有这些,逐渐销蚀了父女之间的感情,于是,就爆发了那个著名的"监禁"事件。

四

"监禁"事件的直接起因,也有不完全一样的说法。按《私语》中说,是因为张家邻近苏州河,"沪战"发生后,夜间听见炮声不能入睡,她就到她母亲处住了两周。《小团圆》中则是说,舅舅在法租界一家旅馆包下一套房间,接盛九莉的母亲去避难,九莉向其父提出也去住两天,实际上,次日午后就回去了。而《雷峰塔》所描述的经过,虽也是说只在外住了一晚,情节却丰富得多:此事与参加英国大学入学考试相关——那天,有颗炸弹落到"大世界"游艺场,淞沪战事已开,她母亲怕她回去后父亲不放她出来,还有一门课未考,就要她以"大世界"被炸为由,给她父亲打电话,说那个晚上不回去,她父亲也同意了。看来,《雷峰塔》有一些艺术加工的成分,《小团圆》则较近事实,是因为出国留学考试,要在其母那里住两天,"不然无法接连两天一早出外赴考"。如果按《私语》中所说住两周,牵扯问题更多。在离婚协议中,两个孩子是跟父亲生活在一起的,她母亲很注意遵守规则。

  各个版本比较共同的一点是,她这次离家住在外面是告知其父并得到同意的,回家后,继母却责问她为何不告知,这里或有一些误会,继母却借机泄愤,先出手打了张爱玲,导致了这个早就暗下决心向她报复的少女回手反击,接着,其父介入,下楼来对张爱玲施以一顿暴打。如何打的、打得多重,就不去说了,总而言之,其父正在气头上,想必下手颇重。张家这位千金自幼从无此种遭遇,因而羞愤交加,情急之下,声称要告官——告发他们夫妇吸食鸦片的违法行为,这就引发了"监禁"事件。其父下令保安锁闭大门,并把她关在一间空房里。这当中有诸多细节与感受,不但在《私语》《雷峰塔》等处做过描述,而且被移用于长篇小说《十八春》,女主人公曼桢也有类似被"监禁"的经历。其间,张爱玲还患上了痢疾,在没有医疗条件的状况下,生命受到严重威胁,对此,多年后,其弟张子静终于发声,为他父亲做了一点辨正:

  我父亲从何干那里知道我姊姊患了痢疾,却不给她请医生,也不给她吃药,眼见得病一天天严重。姊姊后来在《私语》里把她被软禁、生病、逃走的经过写得很清楚，但不知是有意或无意，她漏写了一段，就是我父亲帮她打针医治。

原来何干见我姊姊的病一日日严重，唯恐我姊姊发生什么意外，她要负连带责任。她躲过我后母的注意，偷偷地告诉我父亲，并明确表明我父亲如果不采取挽救措施，出了事她不负任何责任。何干是我祖母留下的老女仆，说话比较有分量。我父亲也考虑到，如果仍撒手不管，万一出了事，他就要背上"恶父"害死女儿的坏名声，传扬出去，他也没面子。

于是父亲选择了消炎的抗生素针剂，趁后母不注意的时候到楼下去为我姊姊注射。这样注射了几次后，姊姊的病情控制住了。在老保姆何干的细心照料和饮食调养下，姊姊终于恢复了健康。

我写出姊姊漏写的这一段，并不是为我父亲辩白，事实上他不过是为了保护自己的名声而不得不采取挽救的措施。

（《我的姊姊张爱玲》第53页）

这个辨正的口吻是相当谦恭的，面对名作家姊姊，似乎生怕开罪于她，对于其父为她打针治病的解释，显然也是一种发挥。从情理上讲，其父不会丧尽对女儿的怜惜之心，见女儿有病，还是要出手相救的。另外，张爱玲逃离后，与其母亲一起居住，迄未再起风波，一方面是减轻了其父的经济负担；另一方面，也未尝不是做父亲的宽和放手。

五

现在我们要讲一讲另一面，即她在青少年时期思想与性格的形成。

张爱玲上大学期间曾经写过一篇一千多字的散文，参加一家名为《西风》的杂志举办的征文比赛，这篇散文题目是《天才梦》，当时没得上好名次，后来却非常有名，其中有些句子，成为广为人知的金句。

这是一篇兼具技巧和文采的文章，和她的其他自叙性散文如《私语》《烬余录》等一样，其最大魅力，还是来自自叙的真诚和如对亲人与朋友絮语的亲切感。它的内容的真实性，是可以由她的其他作品参证的，如她三岁时，即在一个清朝遗老的族亲跟前背唐诗的情景，我们至少还会在《对照记》中再次见到；七岁时，她开始写小说，在《存稿》中也有更详细的记叙。而对她不愿与人交接，宁愿独处这种乖僻，不但后来一仍旧贯，为众所周知，当年她母亲就深为关切和忧虑。在自传体小说《小团圆》中，盛九莉的母亲明确要求女主人公不要把自己关起来——"在小圆桌边坐着吃蛋糕，蕊秋闲谈了两句，便道：'我看你也还不是那十分丑怪的样子，我只要你答应我一件事，不要把你自己关起来。'"(《小团圆》第251页)。她自己后来也说，她是"孤独惯了的"。《天才梦》中，她的一句名言是："在没有人与人交接的场合，我充满了生命的欢悦。"在自己的世界里，她有诸多独自享受的乐趣："我懂得怎么看《七月巧云》，听苏格兰兵吹bagpipe（风笛），享受微风中的藤椅，吃盐水花生，欣赏雨夜的霓虹灯,从双层公共汽车上伸出手摘树巅的绿叶。"在历数了自己各种乖僻之处,倾诉了自己的烦恼和希望之余,文章以这样一句读来有点突兀的句子戛然作结:"可是我一天不能克服这种咬啮性的小烦恼,生命是一袭华美的袍,爬满了蚤子。"——这个出于十九岁女生之手的句子,看似无情地洞穿人生真相,引人深思,而另一方面,它又一语成谶地预示了她日后备受"蚤子"之苦,使人不能不惊叹其中包含浓厚的神秘意味。

这种性格特征和某种高智商孤独症很相似,高智商孤独症亦即人们常说的"天才病",有"天才病"的孩子往往会在某些特殊领域中有卓异不凡的表现,同时,在生活中也可能出现另一些问题,如身体平衡能力差,拙于生活事务等。《天才梦》中写道:"我发现我不会削苹果,经过艰苦的努力我才学会补袜子。我怕上理发店,怕见客,怕给裁缝试衣裳。许多人尝试过教我织绒线,可是没有一个成功。在一间房里住了两年,问我电铃在哪儿我还茫然。我天天乘黄包车上医院去打针,接连三个月,仍然不认识那条路。总而言之,在现实的社会里,我等于一个废物。"她走起来经常跌跌撞撞,也是她常对别人讲的,胡兰成记述过,她对他说:"我母亲教我淑女行走时的姿势,但我走路总是冲冲跌跌,在房里也会三天两天撞着桌椅角,腿上不是磕破皮肤便是淤青,我就红药水搽了一大搭,姑姑每次见了一惊,以为伤重流血到如此。"(胡兰成:《今生今世》第152页,中国社会科学出版社2003年)

她母亲当然把这一切看在眼里,并为之忧心忡忡:"直到我十六岁时，我母亲从法国回来，将她睽违多年的女儿研究了一下。'我懊悔从前小心看护你的伤寒症，'她告诉我，'我宁愿看你死，不愿看你活着使你自己处处受痛苦。'"当时既没有对此种症候的研究，自然也没有早期治疗的方法。不过，她母亲还是相当先进，多少进行了一些早期"干预"："我母亲给我两年的时间学习适应环境。她教我煮饭；用肥皂粉洗衣；练习行路的姿势；看人的眼色；点灯后记得拉上窗帘；照镜子研究面部神态；如果没有幽默天才，千万别说笑话。"这个两年计划并不十分奏效："我的两年计划是一个失败的试验。除了使我的思想失去均衡外，我母亲的沉痛警告没有给我任何的影响。"——也确实如此，对这种"天才病"的症候，全世界至今也没有找到治疗的良方。

受友人委托照顾张爱玲的林式同，也是朋友中在她最后岁月里唯一见到她的人，在悼念她的文章中，特别提到了《天才梦》，他联系胡兰成写的《民国女子》，以及自己见到她时的印象，如是写道：

我看了这两篇叙述张爱玲年轻时性格的文章后，好像今天在我眼前的这位年逾古稀的女士，和在纸上浮现的那位妙龄少女，样子和脾气完全没有改变！她这始终如一、外柔内刚、独来独往的个性，是很少有的。

胡兰成说他在五十多年前第一次去见张爱玲时吃了闭门羹，这和我的经历没有两样。

胡兰成又说："她（张爱玲）的人太大，坐在那里，又幼稚可怜相，……我甚至怕她贫寒，但她又不能使我当她是作家。"这段形容和我第二次见张爱玲面的时候，她坐在那伊朗房东经理面前的景象，完全一致，真是神来之笔！

　　五十多年前张爱玲在《天才梦》里说她自己"怕见客，怕上理发店，怕给裁缝试衣裳"。又说她"不会削苹果，不会织绒线"。到今天我也不觉得她对这些家常事务的处理能力，有多大的改进。

　　今天的张爱玲又早就认为人和人接触时所带来的麻烦，是"咬啮性的小烦恼"，是跳来跳去的"蚤子"。不可思议的事是：在她十年前第一次给我的电话里，说要搬家的原因，和去世前给我的最后一通电话里，说她旧病复发，都提到蚤子，都和蚤子扯上了关系。

　　她为这讨厌的小东西，躲了一辈子！

　　（林式同：《有缘得识张爱玲》，《华丽与苍凉——张爱玲纪念文集》第85—87页，台湾皇冠出版社1996年）

　　其实，他所不了解的是，她之今昔如一，实是这种高智商的孤独症，跟随了她一辈子，一直影响着她的生活。

　　张爱玲自己老来回忆这一切，不仅承认，而且还部分归之于"基因遗传"的结果：

　　遗传往往跳掉一代。沾着点机器的事我就是乡下人。又毫无方向感，比乡下人还不如。智力测验上有"空间"一项，我肯定不会及格。买了吸尘器，坐在地毯上看着仿单上的指示与图样，像拼图游戏拼一整天。在飞机上系座位带，每次都要空中小姐代系，坐出差汽车就只好自己来，发现司机在前座位的小镜子里窥视，不知道我把他的车怎样了，我才住手，好在车祸率不高。

"是我外婆"，我快到中年才想起来，遇到奇笨的时候就告诉自己，免得太自怨自艾。

（《爱憎表》，转引自冯睎乾
《在加多利山寻找张爱玲》第27页）

我们在考察她后来的生活，特别是人际关系方面出现的一些情况时，不能不考虑这方面的因素。另外，其他一些比较突出的性格与心理特征，也在这个时期形成和显现，如过分敏感而致多心（曾称自己是个"多心菜"），"一点委屈受不得"（胡兰成语），考虑问题的"自我中心"等——她曾坦承："我是 too self-centered to be anybody's fan.［太过自我中心，无法与他人交好。］"（1956年2月10日张爱玲致邝文美信，《张爱玲往来书信集1·纸短情长》第40页，台湾皇冠文化出版公司2020年），这些不但影响着她的成长与生活，也常常显影在她的作品中。

六

张爱玲逃离其父的家后，与母亲和姑姑住在一起，备考伦敦大学。她母亲为此事做了很大投入。据其弟张子静回忆，按当时的生活标准，补习费用实属相当昂贵，为她请的犹太裔英国人教课，每小时就要付五美元。张子静也曾向其母提出要回到她身边，母亲告诉他，自己无力再负担他的费用。尽管有些亲戚朋友劝黄逸梵不必勉为其难地送张爱玲出国留学，特别是她的外籍男友也持这种意见——《小团圆》中直接写出她身边这些人的劝告："劳以德总是说：'你应当有人照应你。你太不为自己着想了。'是我的朋友都觉得我不应当让你念书。不是我一定要你念，别的你又都不会。马寿也说我：'留着你的钱，你不要傻！'"（《小团圆》第126页）她也未因而改变计划。她对这个女儿纵有一些不满意，却仍抱有较高期许，希望她能受更好的教育，从而获得女性独立自主的一片天地。

另一方面，在女儿与母亲的相处中也逐渐出现了一些问题，母亲因为境遇不好，心绪不顺，加上对女儿性情孤僻、做事笨拙的不满，不免"碎碎念"，甚至发脾气，大声呵斥。张爱玲记忆最深的一次，是她母亲在住处请客，椅子不够用，她便去邻屋搬一个单人沙发，因为脚下有地毯，绊倒了站灯，她母亲见状气急败坏地大骂了她一句："猪！"这使得自尊心极强的张爱玲受到心理上的很大伤害。按她父母的离婚协议，她是归父亲负担抚养和教育费用的，她觉得是自己拖累了母亲，为此感到"真不过意"，在非常痛苦之时，竟曾产生轻生之念，"一了百了"，后来她写的两部自传性作品都一再重复这个情节——"跳楼"，"让地面摔她一个嘴巴子"（《小团圆》第127页），"从屋顶跳下去，让大地狠狠拍你一个耳光，夺走你的生命"(《易经》第 60 页,北京十月文艺出版社 2011 年)。她终竟未这样做,而是暗暗下决心,日后还上母亲为她花的钱,以了这一恩怨。

对于这一段不愉快的母女相处,她母亲曾做过一个解释,即原以为女儿很快就留学离去,没想到拖了两年时间,日久摩擦难免多起来,她是当妈的,不比姑姑,看她有错可以不说她。事实上,张爱玲自己有时也认识到,"人家造就你,再嘀咕你也都是为你好,为好反成仇"(《小团圆》第 127 页)。她毕竟不能无视许多事实:母亲好起来对她又是那样好,特别是她那两年里害了两场大病,都是死里逃生的经历,多亏母亲尽心尽力照料,让她得到很好的治疗和护理。给她看病的是一个德国医生——她甚至怀疑母亲对他有性的付出;还有看护,母亲也想法取悦,跟她们攀谈,夸赞她们——"她永远想替九莉取得特殊待遇"(《小团圆》第 131 页)。

第三节　求学与港战

香港大学生活——结识炎樱——母亲到访香港——令她深深悼惜的英国教师——亲历香港之战——"差点炸死了"——"一个不负责任的、没良心的看护"——回上海去

一

张爱玲天资聪颖,不愧为一个"学霸",在伦敦大学远东区的考

试中,她以高分胜出。由于第二次世界大战欧洲战局紧张,她不能赴英国,而可以就读香港大学。1939年8月,她来到了香港。香港是英国殖民地,这里的世相、人物和风光,与上海迥异,大大开阔了她的视野。在这里的第三个年头,她遭遇了日本军队攻占香港的战事,侥幸未受伤害,学业未完,即于1942年初夏返回上海。这一时期的见闻,她在早期的散文《烬余录》中做过披露,该文既有文学性,又有一定史实的价值,是一篇难得的战地随笔。旅美时期写的长篇小说《易经》,在此基础上融入艺术虚构,丰富了情节内容,后来,又历经多年时间磨洗,在写作《小团圆》时,她仍坚持将这一时期的经历,置于全书头部,显出它们在她的生命记忆中是何等重要。

她在港大期间接触到众多来自不同地方、具有不同背景和经历的同学,其中最堪快慰的是,结识了一个中文名字叫炎樱的女生(《小团圆》中写她与炎樱是在离开上海上船时认识的)。炎樱原名Fatima,音译"獏黛",张爱玲为她取中文名炎樱,其父是阿拉伯裔锡兰(今斯里兰卡)人,信奉伊斯兰教,在上海经营珠宝生意。炎樱后来成为张爱玲相伴多年的闺蜜。在《易经》中,她的名字换成了"比比",而《小团圆》中,她是唯一仍沿用《易经》中名字的人物。张爱玲之所以中意于这个名字,或许是因为它朗朗上口,非常切合她的奔放、活泼、有趣的形象。战后,她和张爱玲又结伴回到上海。她俩之间无话不谈,在绘画、服饰等方面有共同爱好,还有过合作从事服装设计的商业计划。张爱玲成名后参加的一些活动,也常能看到她相随的身影。炎樱的一些机敏、慧黠的言谈被张爱玲细心记录下来，见于《炎樱语录》等文章，并收入《流言》集中。她是张爱玲与胡兰成婚书上所写的证婚人，一说后来还在美国做过张爱玲与赖雅的证婚人，在张爱玲人生历史中，她是不可不提及的一个重要人物，尽管我们通过她前期文字对她已有一些了解，而到《易经》和《小团圆》，才对她看得更加真切和生动。

　　张爱玲的港大生活中，还值得提起的一个人，是一位教历史的英国教师，《烬余录》中首度提到他时，名字是佛朗士（他的名字，在《易经》中换成布雷斯代，在《小团圆》中换成了安竹斯）。他有一些被人目为"怪癖"，其实是特立独行之处，如不崇尚物质文明，家里不装电灯、自来水；有一辆破旧的汽车，给仆人用来买菜；造了三幢房屋，一幢用来养猪等。他也不赞同英国的殖民地政策，常以嘲讽的态度对待"官样文字"，上他的课，能"从他那里得到一点历史的亲切感和扼要的世界观"（《烬余录》，《流言》第52页）。他的生活又非常中国化，显示他对中国人和中国文化很有感情。张爱玲学习上天分很高，经济上却相当拮据，入学之前，未能申请到奖学金，他可能给过她一些钱，希望有助于她顺利完成学业，日后赴牛津大学深造（小说《易经》与《小团圆》中写这位英国教师给了女主人公八百元钱，被其母随手在牌桌上输掉了，使她产生极大的忿恚，决意与其母决裂，这一情节的真实性待考）。《烬余录》中写到他时满带亲切而哀伤之情——这位好心的老师不幸死于自己一方哨兵的开枪，令张爱玲对这场战争的残酷性有了更切身的感知，后来在与宋淇探讨《小团圆》修改时,她坚持保留写港战的头两章,是"全为了'停考就行了,不用连老师都杀掉'"(1976年4月26日致宋淇夫妇信,《张爱玲往来书信集1·纸短情长》第318页)。也可见这位老师在她心中地位之高。

以往根据《烬余录》而写的张爱玲港大生活各种传记文字所未讲到的,是她母亲到访香港。黄女士到港,从直接缘由上说,是她在跑单帮和做皮具的生意,这一次要取道香港,再赴东南亚;从隐秘的一面说,则是要去见当时在新加坡的英籍男友——他们的关系差不多已经成熟,堪可托付终身。《小团圆》中,九莉眼光所到之处,似乎还能看到其母的其他男友暧昧身影,究竟是一角,还是多角,只能是九莉的一种揣测。黄女士来港的一大愿望,当然是来看她的宝贝女儿。女儿第一次远离家人,来这个人地生疏的学校念书,她又是那样拙于生活事务,无论如何,也令做母亲的牵肠挂肚。这一趟,不只是亲临港大探望,也让女儿多次到她下榻的浅水湾酒店小聚。过去我们读《倾城之恋》,或会未解于张爱玲以一个港大的穷学生,何以能如此熟稔于气派奢华的浅水湾酒店,读《小团圆》方明白,实乃因有此一段经历。遗憾的是,母亲的这次到访,并未能带来积极效果,反而加深了女儿对她情感上的裂痕。另外,黄女士此番来港的目的受到港英警方的怀疑,她的东西遭到搜查,《易经》中写她甚至遭到了拘押。不久,她母亲就离开香港去新加坡了。

张爱玲在港大学习很努力,成绩优异,"文科二年级有两个奖学金被我一个人独得,学费膳宿费全免,还有希望毕业后免费送到牛津大学读博士"(《对照记》,《重访边城》第211页)。不过,她的这一美好前程被香港之战中断了。

二

亲历香港之战是张爱玲一段极为重要的人生经历。

战事发生那一天,正好是大考当日,因为打仗,大考取消,这带给她一种难以掩饰的喜悦。她确实还未体会到战争所具有的残酷性,随着战事展开,学校已无法解决他们的膳宿问题,而只有参与守城,才有可能得到食物配给。张爱玲并未被征召到前方从事救护工作,她和一批同学前往跑马地防空总部去报名,返回途中,遇上了日本军机空袭,几乎丧命。她在前期的散文《烬余录》,以及后来写的自传性长篇作品《易经》和《小团圆》中,都描述过当时的场面和心情,文字或长或短,却大抵相似,可见相当写实。这里,我们且引用一段《易经》中的描写,它自有一种惊心动魄的恐怖和惨烈:

轰天震地一声响,整个的世界黑了下来。阒黑的真空中人体不再挤挨着她。她害怕去感觉,唯恐发现她不存在了。要是睁开眼,会发现眼睛早已睁开,只是盲了。痛苦会爆裂,洒她一身,因为断了手脚。让它睡,别惊扰了它。她等候着,绵绵无尽的黑暗空间一一走过。末了,她徐徐从钢盔下抬头看,检查全身,找回每一处肢体。

(《易经》第210—211页)

这是她在最近距离上直面死亡，直面生命的真相，事后，她的思想特别停留在这一点上，难以释怀：

她猛地想到都差点炸死了，也没有谁可告诉。比比走了。非仅是香港，而是在这个世界上，有谁在乎？有幸不死的话，她倒愿告诉她的老阿妈。她回乡下之后就没了消息，琵琶也没写信，觉得亏负了她，没能帮上她的忙。将来她会告诉珊瑚姑姑，不过姑姑就算知道她差点炸死了，也不会当桩事。比比倒是会想念她的，可是比比反正永远是快乐的，她死了也一样。

（《易经》第 211—212 页）

正是在这样的时刻，她比任何时候都更强烈地意识到自己在这个世界上是何等孤独——她的生命，无可依靠；她的死去，也无可告诉。世界在她的面前展现出一种"原始的荒凉"和末日的劫毁景象，漫天的战火徒然照见人的怯懦和自私，这益发加深了她思想上悲观的底色。

接下来，她被安排到一个设在图书馆的防空站做事。她不会打字，因为是熟人介绍的关系，站长分配给她的工作很简单：记录敌机来轰炸的时间。她本来就对这场战争不抱什么热情，在她看来："这又不是我们的战争。犯得着为英殖民地送命？"（《小团圆》第 56 页）即使敌机在头顶上飞旋，她依然在埋头读《醒世姻缘》(《私语》中记成了《官场现形记》)，"一连几天看得抬不起头来"（《忆胡适之》,《重访边城》第 18 页),以致站长想打发她走人。对此其实不必深责——她这个失去家庭庇护的女孩子,突然遭遇这种极其严酷的局面,此实乃一种无奈的逃遁。

这段时间里,她最为痛苦的体验还是饥饿。由于配给的口粮一直未发下来,她竟然有两天粒米未进,这种挨饿的感觉是她有生以来从未有过的。《私语》中形容她自己是头发晕,"飘飘然去上工",而站长却当着她的面,若无其事地享用家人送来的精致饭菜,令她对人性的丑恶深感愤懑和绝望。幸而,这个时间不长,随着港英当局投降,物资供应逐渐恢复,用她的话说,"香港重新发现了'吃'的喜悦",她又和炎樱一起,"满街的找寻冰淇淋和嘴唇膏"。学校安排她到临时医院当看护——医院收治的主要是社会上的一些伤病人员,她对这些人也并无特别的怜悯,不愿意多搭理他们,自称"是一个不负责任的,没良心的看护"。

除了做看护的工作,她和同学还上日文课,直至 1942 年 5 月,学校宣布正式停课。内地来的师生,一部分去了"陪都"重庆,另一部分则自行返乡,张爱玲毫无悬念地选择回上海。上海是她的"生活的基地",在《易经》中,她通过女主人公之口说:"不像香港,上海不是个让人看的地方,而是个让人活的世界。对琵琶而言,打从小时候开始,上海就给了她一切的承诺。"(《易经》第 351 页)

当时要弄到去上海的船票还很不容易,张爱玲在《易经》中描述了一段颇具戏剧性的情节,写女主人如何以掌握医院主管罪行把柄,要挟对方为她出力,不大可信。她之所以能弄到船票,还是可能与其他关照她的人有关。《易经》中写后来在同一船上,女主人公不但遇见著名京剧艺术家梅兰芳,还邂逅她母亲的好友张先生夫妇,后者对她竟然弄到船票甚为惊讶。而《小团圆》中则说得近于事实:"项八小姐与毕先生来看过她,带了一包腐竹给她。她重托了他们代打听船票的消息。"(《小团圆》第 62 页)而他们(即《易经》中的张先生夫妇)也并未推托。那时,她似乎与他们一直都有一定联系,据她回忆,《倾城之恋》中,香港之战中成全了婚姻的那一对男女,就影射了他们。

回到上海,她自己人生的一场大戏行将开幕。

第二章 上 海

第一节 沦陷区文坛新星

从香港回到上海——最后一次见她父亲——卖文为生：辍学之后的无奈之选——英文随笔与影评写作——小说首发地：鸳鸯蝴蝶派刊物《紫罗兰》——《金锁记》《倾城之恋》《连环套》等——映衬着特殊社会背景走红

一

张爱玲于1942年初夏乘船返回上海，与姑姑张茂渊住在一起。这一年，她已经22岁，考虑到大学学业尚未修完，她要和炎樱一起在圣约翰大学插班就读，但她没有钱交学费。据张子静回忆，她接受弟弟的建议，讪讪地上门去见了父亲一次，这是他们父女近四年第一次相见，也是此生最后一次：

回家之后，我就找了个机会，避开后母，私下向父亲婉转地说明和姊姊见面的经过。重点当然是强调姊姊要在圣约翰大学就读的

学费问题。父亲听后,沉吟了一下才说:

"你叫她来吧!"脸上毫无表情。显然他对姊姊出走一事也一样未释怀。但他要我去约姊姊来,至少表示他同意了。

过了几天,姊姊就回家来了。这已不是她逃走时那幢大别墅,而是一幢小洋房。后母事先已从我父亲处得到消息,躲到楼上没下来。姊姊进门后,神色冷漠,一无笑容。在客厅见了父亲,只简略地把要入圣约翰大学续学的事说一遍。难得父亲那么宽容,叫她先去报名考转学。"学费我再叫你弟弟送去。"

姊姊在家坐了不到十分钟,话说清楚就走了。

那是姊姊最后一次走进家门,也是最后一次离开。此后她和我父亲就再也没见过面。

(《我的姊姊张爱玲》第 78 页)

这里未交代其父是否给了钱,按她在《对照记》中所说,她已在圣约翰大学插班读文科四年级,却因"半工半读体力不支,入不敷出又相差过远,随即辍学"(《重访边城》第 211 页),"半工半读"大概指她曾给中学生当过家教,估计从其父那里并未拿到钱,或钱太少,她又不能再去索求,这一条路断了之后,她决定转而以投稿谋生。后来的事实证明,这个几乎迫于无奈的选择,让她获得了成功。

二

这个选择也可以看作她的一次志在必得的进军,她所取的一条途径是英文随笔与影评写作——她前此在港大期间完全以英文写作，英文写作能力已大为提高，而今可以用英文撰写介绍中国的社会人文、习俗一类的随笔以及影评，为英文报刊供稿。"Chinese Life and Fashions"（后译为中文《更衣记》）就是她1943年1月在英文《二十世纪》(*The Twentieth Century*) 月刊上发表的第一篇随笔，随后，还陆续发表了"Still Alive"（后译成中文《洋人看京戏及其他》）、"Demons and Fairies"（后改写为《中国人的宗教》）以及影评"On the Screen: Wife, Vamp, Child"（后译成中文《借银灯》）等。此类报刊的读者是在中国的外国人和本国受过西式教育的人，受众毕竟有限，也难以为她提供较丰厚的收入。另外，还必须指出一点，即她的知识储备未必能支持她不断写作这类文章——有人就推测她对于中国宗教、服饰等的陈述，有可能借助在港大的听课笔记——这些领域正是其业师许地山先生专长所在。

那么，还有另一条更具前景的途径，就是小说创作。做这件事，她绝不是偶然心血来潮，除了早有写小说的志趣，她也有较长期的准备——她的心中一直盘旋着若干故事题材，甚至连环境的氛围、人物的对白都有，极可能还有成本的笔记。下面，我们会在一处专门举例说明，她小小年纪就"有心"于此到什么程度。总之，现在是生活的窘迫把她推到这个节点，那里正好有一个井喷口，这位具有创作天赋的年轻女子的作品，便一下子喷涌而出。

她的小说首发地是周瘦鹃主编的刊物《紫罗兰》，周瘦鹃是现代文学史上"鸳鸯蝴蝶派"的代表人物，《紫罗兰》作为"鸳鸳蝴蝶派"的阵地也很有标志性。由于与文学界向无渊源关系，她是持一个与周先生素有交往的亲戚（园艺家黄岳渊）的信，上门去求见的。周瘦鹃读了她送上的作品，甚为欣赏，认为有英国作家毛姆之风以及《红楼梦》的笔意，立即决定采用。首发作品是《沉香屑·第一炉香》，这篇小说写来自上海的贫穷女生葛薇龙，来到香港的姑姑梁太太家，被这个富孀所网罗，陷溺于一派淫靡的生活中不能自拔。通过这个特殊的窗口，人们可以一窥新旧、华洋错杂的"世纪景观"。张爱玲出手不凡，不能不令人刮目相看，很快她也意识到，她虽然喜欢读张恨水等的通俗言情小说，她的文字却与这个杂志所发的作品不完全对路，其水准显然超出于一般"鸳蝴派"之上。一旦放眼当时上海文坛，就看到还有一些更具影响力的刊物，能助她斐然成名。她便又转而找到《万象》和《杂志》。

《万象》是一家民营综合性刊物，也发表文学作品，刚刚接手主持编务的，是当时颇有名气的剧作家柯灵。柯灵是新文学阵营中的"道中人"，具有"慧眼识珠"的文学鉴赏力，他已通过《沉香屑·第一炉香》敏锐地注意到"小荷才露尖尖角"的她。几十年后，他在回忆文章中以"奔走相告"来形容文友们对这颗文坛新星的欣喜发现。张爱玲也是自己前往柯灵的编辑室去投稿，得以与他结识的。小说《心经》随后不久就在《万象》发表。而她的一批重头戏作品如《金锁记》《倾城之恋》等，则都是在《杂志》上面世的。

三

在这一井喷期发表的各篇作品中,首先要特别讲到小说《金锁记》,这篇作品后来被夏志清在他的《中国现代小说史》中称为"中国从古以来最伟大的中篇小说",而发表之后不久,在傅雷写的一篇包含了严厉批评的评论(《论张爱玲的小说》)中,也被赞为"我们文坛最美的收获之一"——很少有小说能披戴这样的盛誉。它后来被张爱玲用英文改写成《粉泪》(又称《北地胭脂》),又再译写成中文小长篇《怨女》,几乎伴随了她坎坷曲折的大半生。它写出身寒门的女子曹七巧由兄嫂做主嫁给一个"富二代"残废人,她渴求爱情和正常的生活,却得不到满足,精神上极度受压抑致使变态,自己也用"黄金的枷角"摧毁了下一代的幸福。它的故事和人物都有真实的蓝本,包蕴作者自己较深切的观察和认知,流露出她对旧制度下旧家庭的憎恨之情,傅雷将它与鲁迅的《狂人日记》并提——这也是她早期作品中最能见出新文学背景的一篇。

另一篇《倾城之恋》,让读者从中获得颇为新奇的阅读感受——出身于旧家庭的女子白流苏离婚回到娘家,受到娘家人的歧视与排斥,她不得不与一个浪子型的人物范柳原相周旋,企求找到自己的归宿。就在前景迷离之际,突如其来的香港之战促成他们相互交付真心,完成了他们的婚姻,看上去真是"香港的陷落成全了她",作品进一步发挥道:"但是在这不可理喻的世界里,谁知道什么是因,什么是果?谁知道呢,也许就因为要成全她,一个大都市倾覆了。"(《倾城之恋》第 201 页,北京十月文艺出版社 2012 年)这个故事取材于她母亲的两个朋友,张爱玲用她自己独到的眼光使之成为战乱时局下的一则"传奇",也成为她早期作品中的名作。1944 年曾由她本人改编成话剧公演,引起上海滩的轰动。

从 1943 年 5 月发表《沉香屑·第一炉香》起,短短一年时间里,张爱玲陆续发表了小说《沉香屑·第二炉香》《茉莉香片》《心经》《倾城之恋》《金锁记》,还有许多散文、随笔,其密集程度实属罕见,必然引起文学界关注。到 1944 年春末,翻译家傅雷"破门而出",以"迅雨"为笔名发表了前已提到的《论张爱玲的小说》一文,此文对她的创作有赞扬也有批评,特别是对尚在连载中的小说《连环套》的弊病直言无隐,甚至预言它"逃不过刚下地就夭折的命运"。这部小说中,女主人公霓喜的形象很有独特性,她是一个印度富商买下的广东女子,后来被该富商抛弃,只能不断地与人姘居,形成了"连环套"——她所求就是生存上的可靠、安全的感觉,却又不断地失落无主,实在是一种很悲惨的人生。张爱玲对傅雷的批评回应相当快,她写了一篇《自己的文章》阐明自己的创作主张,并对写作《连环套》的意图加以说明。《连环套》后来"腰斩"了,未再写下去,几十年后,她编印旧作,重看《连环套》,觉得实在写得不好——也是迟来的另一种回应。

此外,被人谈论较多的还有《红玫瑰与白玫瑰》,它叙说的是一个男人和他的两个女人的故事:一个是他的红玫瑰,一个是他的白玫瑰。红玫瑰是他的情妇,是他"心口上的一颗朱砂痣";白玫瑰是他的妻子,则是他"衣服上沾的一粒饭黏子"。情妇为他要离婚,他却为保住自己的社会地位舍弃了她——而其实他的生活已经破碎,精神趋于崩毁,作品对人物心理和情欲均有相当深入的刻画。

相比于这些篇幅较长的短篇小说,《封锁》则是一个颇为精致、特别的短篇,在谈论张爱玲小说时,许多人都会提到它——在"封锁"的时空中,一对萍水相逢的男女,做了一场短暂"出轨"的梦。"封锁"一旦解除,"封锁期间的一切,等于没有发生"。作者显然对人物抱有几许讽意,然又从情节中透出一种悲凉之感。

有关她的作品的分析与评论,已经很多,这里就不去一一展开了。

用张爱玲自己的话说,她的这些作品,写的都是"男女间的小事情"——破碎不全的婚姻和千疮百孔的感情,并无什么时代的洪涛大浪的气象,她只是致力于更贴近"人生的底子","写出现代人的虚伪之中有真实,浮华之中有素朴"(《自己的文章》,《流言》第188页),有些作品也有较深一点的人生与社会视景,和较为隽永的意涵。总体上看,作品色调近于灰暗,蕴蓄苍凉与悲哀的意味,文字上又因多用各种意象和隐喻,具有炫目的华丽风格,令人流连玩赏,因而,在当时上海文苑,几近成为一个"爆款"。

四

沦陷区上海,依附日本占领者的汪精卫政府势力,在文化上也极力构建自己的网络,利用大大小小各种刊物"收割"流量。《杂志》就是一家具有复杂背景的刊物——虽然据说其掌门人袁殊有

"双面间谍"的背景，却基本属于汪精卫政府文宣机构的阵营。它一旦发现了张爱玲，便对她加意培植，不但接二连三发表她的作品，还率先于1944年出版了她的小说集《传奇》，并邀集当时沪上一批知名文士举行专题研讨会（"《传奇》集评茶会"），与会者对她的创作成绩赞誉有加——在张爱玲走红的过程中，《杂志》无疑是最有力的推手。从已有的史料看，除了出席上述关于《传奇》一书的研讨会，张爱玲还参加过《杂志》社召集的"女作家聚谈会"，以及其他一些"雅集"。

此外，她的一些作品也发表在有类似社会背景的《天地》《苦竹》《新东方》等刊物上，作为她这一时期文学活动的重要牵线人，女作家苏青不可不提——苏青不但在自己主办的刊物《天地》上发表了张爱玲的若干作品，还在各种场合为她捧场，而张爱玲也投桃报李，写过《我看苏青》长篇文章。文章中说："如果必须把女作者特别分作一栏来评论的话，那么，把我同冰心、白薇她们来比较，我实在不能引以为荣，只有和苏青相提并论我是甘心情愿的。"（《我看苏青》，《流言》第234页）如此公开表露对一位同性作家的爱重，在张爱玲诚极少有，而苏青也与汪精卫政府要员有着难以洗白的关系。

在对这一段历史保持了长时间缄默之后，张爱玲在《小团圆》中不再避讳女主人公跟随邵之雍与日本占领者相交往等情，其中，与日本军人荒木（即池田笃纪）的关系可能维持更长，张爱玲本人到境外后，与胡兰成通信，就是由池田转交的。然而，她的"高光时刻"，正赶上日本败势已显的大时局,她虽不能保证自己"政治正确",也表现出相当的谨慎。日本方面举行"大东亚文学者大会",邀请她作为代表参加,并把她的名字登在报纸上,她去函拒绝了——这后来被她用来作为有力证据,反驳指她为"文化汉奸"的不实之词。

第二节 "热情故事"

> 与胡兰成:由文字而互相仰慕——通向婚姻的路怎样走——"并排登出两份离婚启事"?——婚书与婚礼——温州乡村探夫之旅——写作上的斩获:《华丽缘》和《异乡记》

一

在离上海不远的南京,1943年秋的一天,有一个人,按他自己所描述——闲来无事,翻看刊物,在刚创刊的《天地》上,看到一篇小说《封锁》,"才看得一二节,不觉身体坐直起来。细细地把它读完一遍又读一遍",还忙叫别人也读(《今生今世》第143页)。

他,便是随后不久将张爱玲拉入情网的胡兰成。

胡兰成可称得上是个有才情的文人,颇有中国文史哲的功底,能写一手独具一格、令人另眼相看的文章,曾受汪精卫的赏识,一度出任汪政府宣传部次长和法制局长。这个情况,张爱玲是知道的,然而她并不避嫌。

其实，胡兰成在当时汪政府中并不得意，因与汪精卫意见相左，在 1943 年年末，还曾被汪下令抓起来。

《小团圆》中写女主人公九莉初识邵之雍是这样说的：

"有人在杂志上写了篇批评，说我好。是个汪政府的官。昨天编辑又来了封信，说他关进监牢了。"她笑着告诉比比，作为这时代的笑话。

起先女编辑文姬把那篇书评的清样寄来给她看，文笔学鲁迅学得非常像。极薄的清样纸雪白，加上校对的大字朱批，像有一种线装书，她有点舍不得寄回去。寄了去文姬又来了封信说："邵君已经失去自由了。他倒是个硬汉，也不要钱。"

九莉有点担忧书评不能发表了——文姬没提，也许没问题。一方面她在做白日梦，要救邵之雍出来。

她鄙视年青人的梦。

结果是一个日军顾问荒木拿着手枪冲进看守所，才放出来的。

（《小团圆》第 142 页）

张爱玲与胡兰成是如何初次见面的，也有不同版本。根据胡兰成的说法，他从看守所获释后，从苏青那里要了张爱玲的住址，上门拜访，却吃了"闭门羹"，只得从门下面塞进一张小纸条。次日，即接到张爱玲的电话，张主动到他的住处来访，一坐竟达五小时之久。

胡兰成的那篇书评即是他写的《评张爱玲》，文章的好处，倒并不是"学鲁迅学得非常像"，而是说了许多张爱玲很受用的话，令她大有知己之感，以至听说他入狱，甚至产生要"美人救英雄"的冲动。按胡兰成所述，他去拜访张爱玲，她当时未应声开门，一旦发现胡兰成曾来访，即主动登门。以当时年龄、地位而论，张爱玲也觉得应如此"补救"，较为符合逻辑。而《小团圆》所述，舍去这个情节，邵之雍直接来到女主人家拜访，一见如故，则多少有些唐突。虽说这样写已可见盛九莉对他早就内心感激和仰慕，然比起她自己主动上门拜见，一坐五个小时，还是多保留了年轻女子的矜持。至少二十多年后，再书写这一段往事时，张爱玲觉得应该是如此。

二人未见之先，即由文字而互相仰慕；相见之下，则因言谈的"对手戏"，而致相互倾心。

张爱玲是何等人，胡兰成出身于贫寒农家，虽也在燕京大学当过旁听生，一路走来，何曾见过有如此家世和教育背景，又有如此才情和识见的女子？他虽自负读了不少中国的古书，却不但她的阅读范围有他所不及的地方，而且其颖悟的天资也常令他惊叹不如：

爱玲的聪明真像水晶心肝玻璃人儿。我以为中国古书上头我可以向她逞能，焉知亦是她强。两人并坐同看一本书，那书里的字句便像街上的行人只和她打招呼，但我真高兴我是与她在一起。

(《今生今世》第158页)

而张爱玲则一如胡兰成所言:"爱玲论人,总是把聪明放在第一。"(《今生今世》第 161 页)胡兰成不但读了不少书,且人也聪明,又善言词,她喜不自胜地当面夸他:"你怎这样聪明,上海话是敲敲头顶,脚底板亦会响。"(《今生今世》第 154 页)对彼此才学的感知和欣赏,成为两人感情迅速升温的催化剂,以后是胡常来张爱玲住处,"一坐坐得很久"。胡兰成有一套自己的关于世界、东亚与中国的文明理论和所谓"诗化政治"的观点,张爱玲颇感相契,听得甚是着迷,每每与之切磋,胡兰成形容他们的交谈是"男欢女悦,一种似舞,一种似斗"(《今生今世》第 145 页)。感情上首先缴械的似乎是张爱玲,不久,她即向他奉上了自己的玉照,而且背后写上了如下谦卑的字句:

见了他,她变得很低很低,低到尘埃里,但她心里是欢喜的,从尘埃里开出花来。

(《今生今世》第 146 页)

二人关系的进展也有过短暂停顿,似乎反映出一种犹豫。《小团圆》中写的是,有一段时间,邵之雍"好些天没来了",她看得出"他永远在分析他们的关系","他也畏难",想到"一件事圆满结束了",倒生出一种获得解脱的轻松之感。胡兰成在《今生今世》中则说,张爱玲为情所困,烦恼而委屈,送来一张字条,叫他不要再去看她,胡兰成却紧追不舍,于是,两人又"伴在房里","连朝语不息",到一定火候,她以身相许。这一点,胡兰成在《今生今世》中并未放开去写,而《小团圆》则"不管不顾",不仅写了女主人公与邵之雍的情,也写了与他的性。这种事,胡兰成不敢写,别人写不出来,也只有张爱玲自己能写,亦即她之所谓《小团圆》里"黄色的部分之 shocking [令人震惊的] 在自传性"(1976年4月4日致宋淇夫妇信,《张爱玲往来书信集1·纸短情长》第313页),也不管他人会不会为之"窘笑"了。

二

再往下就到了谈婚论嫁的阶段。按《小团圆》的叙述,主动提出要"长久在一起"的是邵之雍。一开始盛九莉似乎还不敢往这一层上想,对方的身份摆在那里,时局不妙,前景难测,她甚至已经预想他会逃亡。彼时沉浸在恋爱激情中,她想象"他逃亡到边远的小城的时候,她会千山万水的〈地〉找了去,在昏黄的油灯影里重逢"(《小团圆》146页)。《小团圆》中写邵之雍的婚姻关系很复杂,符合胡兰成的实际状况。他此时的太太应瑛娣原是一个歌女,十五六岁就跟了他,他却并未了结与前一任太太全慧文的关系,故当时小报上称应瑛娣为"二皇娘"。前一任太太有精神病,带着几个孩子住在上海,由胡兰成的侄女青芸管家。鉴于这种状况,九莉知道,她与邵之雍通向婚姻的路是很难走的。然而,正如《色,戒》中王佳芝所想,"这个人是爱我的",《小团圆》中九莉打量邵之雍时,也重复过这句话,邵竟把离婚的事办成了,他在报上并排登出了与前面两个太太的两份离婚启事。(事实是胡兰成只登了与应瑛娣的一份离婚启事,《小团圆》这样写,可能是为了表明女主人公已在法律上取得正式的妻子名分——此事作者一直很在乎。)

《小团圆》在写这件事时,时间上是有些"缠夹"的。按《小团圆》所写:"之雍夏天到华中去,第二年十月那次回来,告诉她说:'我带了笔钱来给绯雯,把她的事情解决了。'"随后,又处理了与两太太登报声明离婚的事。而现实中,胡兰成是 1944 年 11 月去华中,至 1945 年 3 月回上海,1945 年 5 月 26 日,在上海《申报》上刊登离婚启事:"胡兰成与应瑛娣业经双方同意解除夫妻关系。"6 月 1 日,上海《海报》据此载文,称胡兰成与张爱玲将在同月 10 日结婚。随后,胡返回武汉,8 月 15 日,日本宣布投降,胡兰成还在武汉,曾谋划割据一方,不久即告失败,开始逃亡生涯,9 月下旬到上海,在张爱玲处仅仅留宿一晚,此后逃亡乡下。所以,处理离婚等等,绝不可能是"第二年十月"即 1945 年 10 月的事。《小团圆》第八节开头有这样一段话:"从这时候起,直到二次世界大战结束,有大半年的工夫,她内心有一种混乱,上面一层白蜡封住了它,是表面上的平静安全感。这段时间内发生的事,总当作是上一年或是下一年的,除非从别方面证明不可能是上一年还是下一年。这一年内一件事也不记得,可以称为失落的一年。"(《小团圆》第 209 页)这段话明显告诉人们,之所以对其个人生活上这么一件大事,在时间上弄得如此不靠谱,实是故意为之的。

从张爱玲的生平讲,她与胡兰成完婚,应该确认在1945年的5、6月间,即胡兰成在报上登出与应瑛娣离婚声明之后。据说,也曾有过简单的仪式,"因为没有烛台,就把一对蜡烛插在馒头里,新郎新娘拜完堂,签了字",有胡青芸等在场(王一心:《〈小团圆〉对照记》第216页,文汇出版社2009年)。两人私下也签写过一份婚书,胡兰成的《今生今世》如此写道:

我们两人都少曾想到要结婚。但英娣竟与我离异,我们才亦结婚了。是年我三十八岁,她二十三岁。我为顾到日后时局变动不致连累她,没有举行仪式,只写婚书为定,文曰:

胡兰成张爱玲签订终身,结为夫妇,愿使岁月静好,现世安稳。上两句是爱玲撰的,后两句我撰,旁写炎樱为媒证。

(《今生今世》第155页)

按《小团圆》描述,是一天午觉起床后,"剩下的大半天不知道怎样打发"时,邵之雍提出:"去买张婚书来好不好?"九莉便独自去四马路买了回来,且只买了一张,不是"各执一份",邵之雍提笔写罢,就由她收了"压箱底"。婚书上的文字,除二人姓名,与胡兰成在《今生今世》中所述基本一致:

之雍一笑,只得磨墨提笔写道:"邵之雍盛九莉签定终身,结为夫妇。岁月静好,现世安稳。"因道:"我因为你不喜欢琴,所以不能用'琴瑟静好'。"又笑道:"这里只好我的名字在你前面。"

(《小团圆》第 220 页)

　　婚书与仪式一节,张爱玲并不太在意。按胡兰成在《今生今世》中所述,他们签写婚书在前——甚至有可能早在 1944 年的 8 月间。签写婚书是胡兰成给她的承诺——即娶她为妻,而后,张爱玲则要他完全兑现承诺,即必须向外公开声明解除与应瑛娣及全慧文的关系,这才是正式结婚。此事对她十分重要,毕竟张家是名门世家,亲戚故旧众多,胡兰成与前任太太关系不了断,一个大户人家的小姐,怎么能背上做妾的名义?况且,她母亲即将回来,张爱玲"妾身未分明",如何解释?对这一点,她很在乎,多年之后,她还提到,"胡兰成会把我说成他的妾之一",事实是胡兰成的确未把此事办完,与全慧文的关系并未解除——张爱玲去他家过夜,就见过这个女人,她有精神病,且有孩子,胡兰成感到很难下手,此事可能口头承诺了,来不及办。

三

　　胡兰成自谓是一个喜欢女人的人(《小团圆》中邵之雍对盛九莉如是说),他到汉口去办报不久,又与一个叫周训德的小护士好上了。此事他并未瞒张爱玲,尚在"燕尔新婚"中的张爱玲闻知后,心上必有些不适,再往后,发现胡兰成竟对这位周小姐相当用情,并与她有了更亲密的关系,她禁不住感到了难受。

事情未到此为止，胡兰成逃亡温州乡下，住在老同学家，又与那里的一个女子同居，张爱玲不辞辛劳前往那里去探望，却看到这一幕。此女名范秀美，《小团圆》中的名字是辛巧玉，情节与胡兰成在《今生今世》中所述大体相符。这次"姻缘"与他的"汉口之恋"不一样的是，他与范秀美竟公开以夫妻名义现身。这一状况表明，张爱玲的地位实际上很成问题，在胡兰成这里，她就是一个妾。旧家庭中，男人纳几个妾是可以不计的，于是，临别时张爱玲与他摊牌，要求他在她与别的女人之间做取舍，而他支吾推托，仍要维持这种一妻多妾的局面——他在上海的正房，并未离异，也可能是出于这样一种设计。

张爱玲这一趟温州乡下探夫之旅，在感情上固然受到重创，却"失之桑榆，收之东隅"，在写作上有所斩获——她将旅行中的见闻写入长篇散文《华丽缘》和《异乡记》中。《华丽缘》以一种工笔的细致功夫描摹温州乡间的一场社戏，既有戏台上的剧情和表演，又有看戏的场面与观众，在在不离作者视线，构成一幅予人强烈印象的画面。此文稍后在《大家》杂志上刊出过，几十年后夏志清才读到，大为赞赏，推其为张爱玲的一篇重磅佳作。

另一篇《异乡记》，现存三万多字，更全面地叙写她这一次下乡探夫的经历，以及途中目击的乡村生活、风物与习俗——许多事物均为她前所未见，却能在极短时间里抓住其特色与特征，并将它们生动地表现出来。她自己也很喜欢这种写作，她后来对邝文美说："除了少数作品，我自己觉得非写不可（如旅行时写的《异乡记》），其余都是没法才写的。而我真正要写的,总是大多数人不要看的。"又说,"《异乡记》——大惊小怪,冷门,只有你完全懂"(《张爱玲私语录》第 49—50 页)。《异乡记》之所以是她觉得非写不可,当然是她要借此抒发心声——当时她还不可能像写《小团圆》那样向外界完整地讲出她与胡兰成的故事,而跳出她原有写作窠臼,在新题材上一展身手,也未尝不是她乐意为之的。

第三节 找补"初恋"

与桑弧的合作"马到成功"——《小团圆》中盛九莉与燕山之恋——言之凿凿的"代为隐瞒"——宋淇说:"燕山我们猜是桑弧"——"朋友圈"的空壳出版社和杂志——《哀乐中年》疑云——"朋友圈"再办《亦报》,张爱玲"重作冯妇"——失爱与被弃:"虽然当时我很痛苦,可是我一点不懊悔"——到香港去

一

张爱玲结束温州之行回来,并未立即与胡兰成分手,这时或有些情感上的挣扎和思想上的斗争,也还有经济上的羁绊——她从胡兰成处拿过一笔数额较大的钱,是用来还她母亲的,这笔钱还在,归还胡兰成的钱则要另行筹措。

1946 年下半年,她与时在文华电影公司当导演的桑弧建立了联

系。桑弧原名李培林,上海人,比张爱玲长四岁,1946年参与创办文华电影公司(以下简称"文华"),是"文华"的骨干人物——《小团圆》中写燕山是所谓"机构人",即此意。

  桑弧虽在电影圈,却对张爱玲的文名仰慕已久,他和同事一起登门去向她求稿。张爱玲虽然尚未写过电影剧本,却对电影很喜欢,早年最企盼的就是在卡通影片方面大展身手,又说最喜欢的职业是写影评,且从中学时代起,自己就写了不少影评,在这上面颇有心得,此时又正值空窗期,所以很快就议定为"文华"写一个电影剧本。这个题为《不了情》的本子完成得很快,故事有些类似于《简·爱》,只是女主人公遇上了心仪的"白马王子",却由于种种障碍,自己又过于矜持,不肯下决心跨越,选择了远走,结局未免令人唏嘘和遗憾。《不了情》是一部适合市民阶层看的通俗言情故事片,转过年来,即投入拍摄,由桑弧执导,上映之后,票房甚好。接下来,张爱玲又为"文华"写了第二个电影剧本《太太万岁》,这部影片所写,也是家庭与婚姻的通俗故事,其中笑谑甚多,而女主人公委曲求全,成为"好太太"的"活法",细按也令人有些辛酸,人物形象塑造颇为亮眼,反响更为热烈。张爱玲与桑弧在电影上合作可谓"马到成功"。

  而在这个过程中,一个属于他们的爱情故事,也在悄悄书写中。

二

  《小团圆》中,作品写盛九莉此时已与电影人燕山相好。对于盛九莉而言，与燕山的恋爱，与邵之雍不一样。燕山可算是"从前错过的一个男孩子"，"她对他是初恋的心情"，等于"找补了初恋"。"初恋"之说，颇堪玩味。女主人公与邵之雍恋爱，从时间上讲是"初恋"，而邵之雍年龄比她大十几岁，是"大叔"级的，且已有很深的婚姻经历，就她而言，完全是"飞蛾扑火"，谈不上"初恋"的感觉。而燕山与她年龄相当，颜值高，在九莉的眼中是个"漂亮的男人"，一个帅哥。除了年龄和颜值，燕山也非等闲之辈——他是职业电影人，在电影方面有相当的专业素养。她跟他去看电影，"看见他聚精会神的侧影，内行的眼光射在银幕上，她也肃然起敬起来"（《小团圆》第262页）。燕山的职业也是她的兴趣所在，他们既有共同的志趣，在电影创作上，可以有很得力的合作，并由此获得较好的经济来源，对于年近30岁的她，应该说他是一个非常适合的婚姻对象。

在一段时间里，盛九莉与邵之雍和他，还是"三角"关系。邵之雍从逃亡地回到上海，最后一次来到她住处时，正巧碰上燕山来电话。"她顿时耳边轰隆轰隆，像两簇星球擦身而过的洪大的嘈〈噪〉音。她的两个世界要相撞了。"她似乎有意要叫邵之雍知道她已有新的恋人，接电话时，"留了个神，没有随手关门"——或许还想让他再做一次取舍，最终还是确定："他完全不管我的死活，就知道保存他所有的"，"他不爱我了"（《小团圆》第266—267页）。这才写了分手的短信——"那天他走后她写了封短信给之雍。一直拖延到现在，也是因为这时候跟他断掉总像是不义。当然这次还了他的钱又好些"（《小团圆》第270页）。盛九莉为"文华"写电影剧本，拿到一大笔稿费，足以还上邵之雍的钱。这并非是她一次无私的爱情捐赠，邵曾多次提示她，她却不拿出钱来，也坚不吐口，引起邵对她极端"自私"的不满——显然这是解决分手问题的一大关键。

  盛九莉与邵之雍从相识到分手，因为邵或在南京，或赴湖北，真正在一起的时间并不多，而与燕山同在上海，他们能常常在一起，虽然处于"地下状态"，却也一起去看电影，下馆子，看江景，情好日密。九莉对燕山一往情深，姑姑看在眼里，也说她对他"太认真"——她会为了他一改"不化妆"的习惯，"28岁开始擦粉"，向他表白"没有人会像我这样喜欢你的"。他们之间的关系，不仅和九莉同住的姑姑知道，她母亲也知道，并且表示认可。她还到燕山的家里去过，见过他家里人。渐次到了谈婚论嫁的时候，两人曾经共同筹划未来——她拿邵之雍与燕山做比较："之雍说'我们将来'，或是在信上说'我们天长地久的时候'，她都不能想象。"而燕山则不然，未来的许多设想都是能够落地的。

  他俩的这个关系尽管保密，也不可能瞒住所有人，《小团圆》中写道：

  其实他们也从来没提过要守秘密的话，但是九莉当然知道他也是因为她的骂名出去了，连骂了几年了，正愁没新资料，一传出去势必又沸沸扬扬起来，带累了他。他有两个朋友知道的，大概也都不赞成，代为隐瞒。而且他向来是这样的，他过去的事也很少人知道。

（《小团圆》第275页）

这当然会让人想到，当时与桑弧一起和张爱玲常有过从和交游的龚之方，有过一段如此言之凿凿的回忆：

此时，桑弧年轻，人又忠厚老实，自从与朱石麟合作多年，也显出他对电影艺术这门艺术是有才能的，尚未结婚，在旁人看来，张爱玲与桑弧不是天生的一对吗？……我不知道别人做过什么，我则有一次与张爱玲见面，婉转地提过此类的想法，她的回答不是语言，只对我摇头，再摇头和摇头，意思是叫我不要再说下去了。我就此碰了个软钉子。因之我可以在此作证，所有关于张爱玲与桑弧谈恋爱的事，都是没有事实根据的。还有一点，当时上海的小报很多，他们谈话较随意，有的出于猜测，有的有些戏谑，这却是十足的冤枉了桑弧了。

（《离沪之前》，转引自《回望张爱玲·昨夜月色》第232页，文化艺术出版社2003年）

那么，实际生活中张爱玲与桑弧的关系究竟如何呢？

现在，当事人都已作古，无法从他们那里去进一步求证。多年来，他们都没有公开谈论过双方关系，曾有人试图访问桑弧，都被谢绝了。而张爱玲在其密友宋淇夫妇（或许还有炎樱）面前，却未完全回避。20世纪50年代羁旅香港期间，她就对邝文美说过："我真怕将来到了别的地方，再也找不到一个谈得来的人，以前不觉得，因为我对别人要求不多，只要人家能懂得我一部分（如炎樱和桑弧等对我的了解都不完全,我当时也没有苛求)我已经满足。"(《张爱玲私语录》第 67 页)众所周知,炎樱是她的闺蜜,此处将桑弧与之并列,可见桑在她的生活中位置实非寻常。另外,宋淇看了《小团圆》后提出修改意见,对张爱玲说:"改写邵之雍。这个可能性较大。燕山我们猜是桑弧,你都可以拿他从编导改为演员,邵的身份没有理由改不掉。"(1976 年 3 月 28 日宋淇致张爱玲信,《张爱玲往来书信集 1·纸短情长》第 302—303 页)这表明张、桑之间有过情人关系,在他们之间不是秘密。最近,还有一篇文章将至今还留存在桑弧的老相机中的张爱玲若干私照"出土"——桑弧出入于张的卧室,为她拍照,也是非亲密者做不到的(张伟:《导演桑弧遗物中几帧图像的释读——关于张爱玲及文华影业公司》,刊于《现代中文学刊》2019 年第 5 期)。

三

前面讲到,张、桑合作的第二部电影《太太万岁》,于 1947 年末上映,又有一番盛况。其前,张爱玲在上海《大公报·戏剧与电影》(周刊)上发表了一篇《题记》,对自己的创作意图有所说明,作为该刊编者的剧作家洪深在《编后记》中为张爱玲的创作和这篇《题记》点赞,随即引发了一场论争。有的批评者直指张爱玲在上海沦陷时期活动背景,称她是"敌伪时期的行尸走肉",而且对于影片思想意义的批评也疾言遽色,迫于一种不明来源的压力,编者洪深不得不做出检讨。

此事使张爱玲更意识到自己所处环境的严峻,她在 1947 年年末印行的《传奇》增订本中特地添写了《有几句话同读者说》，做出简短而强硬的辩白，声明自己"所写的文章从来没有涉及政治，也没有拿过任何津贴"，还明确拒绝过日本"大东亚文学者大会"的邀请，不应列为"文化汉奸"。

这里要交代一下，《传奇》增订本是一个名为"山河图书公司"的图书公司印行的，它实是一个空壳，系当时张爱玲"朋友圈"中龚之方、唐大郎、桑弧等人所设，据说所出也唯此一书——朋友们在此书上着实下了很大力气，桑弧和龚之方特地请沪上名家邓散木题写书名，想来这个"辩白"也是这几位朋友所力主写的。

同时，这个"朋友圈"办了一个名头颇大的《大家》杂志，当年4月创刊号上，即有张爱玲的散文《华丽缘》刊出。5月至6月，第2、3期上，又有《多少恨》（即电影《不了情》小说版）发表——仅出了三期，似已完成"使命"，无疾而终。1947年5月，一向我行我素的张爱玲，还在上海文艺作家协会成立大会上挂名当了个"联络委员"，此会的《纪念册》上，登记她的住址为"昆山路128号"，显然是假的（陈子善：《张爱玲与陈蝶衣及其他》，《张爱玲丛考》第278页，海豚出版社2015年）。所有这些，都很像有人在着意安排。

其后两年多时间里，未看到她再有什么作品发表。这一时期，上海正物价飞涨，货币跳贬，民众生活十分困难，她也常以吃美军的罐头西柚汁度日。她与姑姑同住，姑姑并不富裕，而且向来她与姑姑在经济上分账，了了分明，那么，这一段她是靠什么收入过活，又在做什么呢？一个迹象是，她曾做过家教一类的事，按她所说，小说《浮花浪蕊》中女主人公洛贞在广州街上遇借机"揩油"的男人，让她想起在上海，"前一向她晚上出去给两个孩子补课"，被一个男子"盯梢"的经过。后来，她与宋淇讨论《小团圆》修改方案，也提到她"教过一个台湾商人中文，是在日本读大学的，跟清乡的日军到内地去做生意"（1976年4月22日致宋淇夫妇信，《小团圆》第7页）。这不大可能发生在她稿约不断的走红时期，只会是这一时期的事。

四

现在，我们大体可以知悉，张爱玲与桑弧的相好关系，这一时期一直存续着。不难想见，当时桑弧所从事的电影活动中一些文字工作即由她代劳，并由此获取报酬，或者说，她从桑弧那里可以合理地拿到钱用以维持生计。可以确定的是，这段时间里，她应约为"文华"改编《金锁记》，虽然未拍，按例却会拿到订金或酬金。另外，有一个曾见诸报端的说法，"文华"后期出品的《哀乐中年》是张爱玲的作品，但在署名上，只是桑弧自编自导，这件事一直笼罩疑云。几十年后，台湾《联合报·副刊》要发表《哀乐中年》，编辑苏伟贞曾先行致信请她写回忆文章，她谢绝并回信说："《哀乐中年》影片是桑弧一直想拍的题材，虽然由我编写，究竟隔了一层。"（苏伟贞：《导读：自夸与自鄙——张爱玲的书信演出》,《长镜头下的张爱玲》第271页，上海文艺出版社2012年）待该剧本在《联合报·副刊》连载后，苏伟贞又将样报寄给她，并致奉稿酬。张爱玲回信是这样写的：

伟贞小姐：

　　春天您来信说要刊载我的电影剧本《哀乐中年》。这部40年前的影片我记不清楚了，见信以为您手中的剧本封面上标明作者是我。我对它特别印象模糊，就也归之于故事题材来自导演桑弧，而且始终我的成分最少的一部片子。

　　刊出后您寄给我看，又值贱忙，搁到今天刚拆阅，看到郑树森教授的评价，这才想起来这片子是桑弧编导，我虽然参与写作过程，不过是顾问，拿了些剧本费，不具名。事隔多年完全忘了，以致有过误会。稿费谨辞，如已发下也当璧还。希望这封信能在贵刊发表，好让我向读者道歉。

　　　　　　　　　　张爱玲　11月6日

　　（转引自苏伟贞：《长镜头下的张爱玲》第272—273页）

　　前信已经承认该剧是她编写，剧本封面上署名是她；后信则只承认参与了写作过程，并拿了剧本费。这是因为后来见到有"桑弧自编自导"的说法，记起当年曾有"不具名"的约定，才如此郑重声明，并坚拒稿费。事实上，这也是瞒不了内行人眼睛的——宋淇曾和友人透露，此片有"张爱玲的touch（笔触）"，"张爱玲的touch，桑弧写不出来，没那个灵气。我问过张爱玲，她说你不要提，你不要提。她大概和桑弧有相当的感情，帮桑弧的忙"（引自《访宋淇谈流行歌曲及其他》，载1985年台北大地出版社初版《流行歌曲沧桑记》，转引自陈子善《张爱玲丛考》第283页）。有意思的是，郑树森直接写信给桑弧查询,桑弧作答云:编、导全是我一个人,"不过用过她剧本,并无交情"(1990年12月24日宋淇致张爱玲信,《张爱玲往来书信集2·书不尽言》第452页,皇冠文化出版公司2020年)。

而按张爱玲自述,她是确实"参与写作过程",并拿了些剧本费的。据此,她听从宋淇的意见,"哂纳"了"联副"重刊《哀乐中年》的稿费。

五

1949年5月,上海解放,新的社会大幕拉开,新政权着手促使文化事业复苏,许多文化人也从蛰居、观望状态中走出来。"文华"不但继续经营,陆续推出一批新片,如《腐蚀》《我这一辈子》《思想问题》等,与桑弧关系密切的唐大郎、龚之方等人,此时还创办了一份《亦报》,邀约一些作家供稿,张爱玲本就是这个团队储备的堪称"摇钱树"的明星作家,亦在其列,自不待言。她不仅欣然应命,"重作冯妇",而且在上海"文代会"召开时,还发表过一篇《〈亦报〉的好文章》,直接为该报站台。随后,又有了她的长篇小说《十八春》连载。这部广受当时读者欢迎的小说,叙写曼桢和世钧一对情侣历经18年的漫长而曲折的爱情经历,与《不了情》一样,有情人终未成眷属,女主人公曼桢的不幸命运,与所经的各种磨难,使人泪目。这部小说写一节登一节,从1950年3月至1951年2月,全文刊出共用了近一年时间。由于她的特殊状况,《亦报》的这帮朋友对于她的复出是采取试探性、渐进性的方式，发表《十八春》时，未用张爱玲的真名，用的是笔名"梁京"。有的研究者指此名乃是张爱玲姓名声母与韵母的另组而已，并无别意。而张爱玲则在后来坦承这个名字是桑弧代取的，"我想就是梁朝京城，有'西风残照，汉家陵阙'的情调，指我的家庭背景"（1987年5月2日张爱玲致宋淇夫妇，《张爱玲往来书信集2·书不尽言》第294页）。化名的不只是她，还有桑弧，在《亦报》做《十八春》宣传与推广中，身为"文华"导演的桑弧亲自操刀，化名"叔红"（张爱玲解释说："桑弧崇拜李叔同［？］——弘一法师［？］——不知是否与叔红笔名有关。"），写过两篇文字，一篇是《推荐梁京的小说》（《亦报》1950年3月24日），文中肯定"梁京""某一时期的停顿写作是有益的"，这促成了她的"作风的转变"，要人们看到她的"可喜进步"。

张爱玲则"投桃报李"，也以"梁京"为笔名，在6月23日《亦报》发表影评《年画风格的"太平春"》，为桑弧导演的影片点赞。

两个多月后，桑弧又写了一篇《与梁京谈〈十八春〉》（《亦报》1950年9月17日），从"昨天去看梁京"到"要泄漏一个'天机'"，则更是以之为"梁京"代言，透露他与《十八春》作者有非同寻常的过从。

这里还要说一说张爱玲参加上海"文代会"的事，此事一直都有点蹊跷。她毕竟有过那样一段被人诟病的历史，上海解放前，又"神隐"了两三年，那么，究竟是谁推举她去参加这样一个大会的呢？相传有人向当时上海文化界负责人夏衍推荐了她，夏衍很欣赏她的才情，故"拍板"邀请她——这是可能的，毕竟，让她这样一个有特殊背景的人与会，还是要由达到相当高级别的负责人首肯的。那么，推举她的人是柯灵吗？不是。柯灵在《遥寄张爱玲》中，虽记述了她参加"文代会"，却只字未提由他举荐。上海其他重量级作家中，更无一人援手。从延安或重庆来的作家，或者压根儿不知道她，或者不正眼看她。最大可能推举她的，就是以桑弧为首的这个"朋友圈"。如前所说，他们一度让张爱玲隐身幕后，以储备实力，1949年后办《亦报》，又力推她的新作，并宣传她已有积极的转变和新作。这个"朋友圈"的能量实不可低估，据夏衍说，他认识张爱玲和读她的作品，"是唐大郎介绍的"（夏衍：《文艺漫谈》，转引自陈子善《张爱玲丛考》第264页）。作为上海一个老牌电影公司的班底，当"文代会"的筹组人员向他们征询意见时，他们力举张爱玲出席，是完全可能的。这也大体可以解释传说中张爱玲还在"文代会"后下乡体验生活一节。如果她下乡一节属实（后来她接受台湾记者殷允芃采访时说过，她曾在乡下住过几个月。她姑父李开第接受采访时，也说她去过。陈子善则推测她可能是被安排在第三期即1951年1至3月的一期。见《张爱玲丛考》第269页。另可参看《秧歌》中写电影编剧顾冈下乡体验生活的一些情形），当时她不属任何体制内单位，究竟是谁来组织和安排她下乡的呢？现在看来，也可以是桑弧等人让她以"文华"的"编剧"名义接受上级文化部门安排下乡的。

《十八春》之后，《亦报》还从1951年11月4日到1952年1

月 20 日连载了张爱玲的小长篇《小艾》，这次是全文完稿之后交付刊登的。它所写纯是一个穷人受凌辱与迫害的故事，小艾被席家老爷奸污，又遭毒打，几乎是一个城市的"白毛女"，具有在当时拍成符合"主旋律"要求电影的元素。其中甚至有"对于这吃人的社会却是多了一层认识"这样的流行语，一方面是张爱玲有可能顺从潮流，以利作品进入市场；另一方面，也不排除桑弧及其身边的朋友自己动手，以突出亮色，听从"将令"。

六

然而，张爱玲与桑弧的相好关系终于走到了尽头，当时的政治氛围，以及来自家庭的阻力，都使得桑弧不能迎娶张爱玲。1951 年，桑弧与文艺圈外的一位女子结婚，对这一结局，张爱玲虽也可能预料到，却绝不愿意它成为现实。《小团圆》作为自传性小说，以盛九莉与燕山的关系向世人揭开她与桑弧这一段情事真相，可信度很高。张爱玲所谓《小团圆》要写"爱情的万转千回"，若无这一段情事，就谈不上"转"与"回"。在这一段情事中，女主人公对于婚姻的愿望更切实，投入的热情也很大，许多地方都在竭力"巴结"对方，然而，燕山还是弃她另娶——张爱玲在这里对事实稍加改动，写他是"跟一个小女伶结婚"。可想而知，对于盛九莉而言，这一次打击也很大——它也是上一次所受打击的延伸。盛九莉与邵之雍的婚恋使她背上"汉奸妻"之名，蒙受巨大的社会压力，与她恋爱的燕山，也因此同样蒙受压力。上海解放后，阶级成分和阶级阵线的大问题已摆到每个人的面前,燕山的家庭不能同意他们的结合,其另行择偶,也是可以理解的——这一场恋爱,从根本上说是毁于时势,燕山固然有些不义,却不必深责。所以,九莉的态度看去颇为通透,她说:"燕山的事她从来没懊悔过,因为那时候幸亏有他。"(《小团圆》第282页)意思是如果没有与燕山的这一场恋爱,她大概很难从上一场感情的痛苦中解脱出来,但无论如何,这个新的伤口也让她时时感到剧痛。

事实上,张爱玲对她与桑弧这一场恋情,自己也极力淡化,稍后,在香港对好友邝文美讲,"虽然当时我很痛苦,可是我一点不懊悔……只要我喜欢一个人,我永远觉得他是好的"(《张爱玲私语录》第111页)。然而,结局如此,痛苦一定还是很深的,她与桑弧相恋在与胡兰成之后,且时间比后者长得多——与胡从相识到分手虽有三年,真正在一起的时间不过半年,而与桑弧则"泡"在一起好几年,对桑在感情上会有更深的依恋,她曾在笔记中如此记述:"Holding his face in my hands [我双手捧着他的脸],如水中月,有流动飘忽之预感——有此愿望:Let age and death take this face away from me, but let nothing else. [除非是衰老与死亡,其他什么都不能把这张脸夺去。]"(《张爱玲私语录》第112页)这些话绝非是为胡兰成写,而是在找补"初恋"时留下来的,为下引《小团圆》文字所本。《小团圆》中则如是描述:"他把头枕在她腿上,她抚摸着他的脸,不知道怎么悲从中来,觉得'掬水月在手',已经在指缝间流掉了。"(《小团圆》第273页)如今既非衰老,亦非死亡,一旦失去,怎不心痛?她和胡兰成一起,是她饱受伤害,终于"灵魂过了铁"——"灵魂坚强起来了"(《小团圆》第 239 页),遂主动一拍两散,而与桑弧,则是骤然失爱、被弃,完全不是一回事。

回到 1951 年顷,事情进展到张、桑已然分手之时,桑弧"朋友圈"及其所举的事业,对于张爱玲不再利益攸关——张爱玲后来回忆说,桑弧就曾劝她留在大陆,但她未听从(见《张爱玲往来书信集 2·书不尽言》第 357 页)。柯灵时任副所长的那个"电影剧本创作所",莫说有人反对吸收她,就是前来征聘,她也不会去。

无论张爱玲如何自我开解与淡化,与桑弧分手造成的情感上的重创,是一时平复不了的。从《小团圆》的描述中可以看到,女主人公与燕山的恋情,母亲和姑姑是知道的,燕山另娶,盛九莉深陷失爱的痛苦,也必然一一看在眼中。盛九莉若是与燕山缔结连理,此后就有了可以依靠的肩膀,而现在,则必须谋划新的出路。那么,哪里是她的出路呢?

——香港。

张爱玲在香港大学学业未毕,学籍仍在,这是她的一个机会。早几年,其母曾经催促她回港大继续求学,她未听从。现在,去香港,既是张爱玲谋求生活出路之需,也是当时助她摆脱精神痛苦之需,在母亲和姑姑的积极推动和筹划下——母亲和姑姑给她凑了一笔钱,母亲又托在港大的朋友予以协助,她踏上了前往香港的前程。

第三章 香 港

由罗湖顺利出境——在"漂泊流落"的恐慌中——仓促的日本之行——进入"美新处"——翻译美国作家作品——写作小说《秧歌》《赤地之恋》——结交宋淇夫妇——登上"克里夫兰"号轮船赴美

一

1952年夏季的一天，张爱玲抵达香港。她在上海办理申请出境手续，由广东罗湖口岸出境，总算一路顺利。

一路上，她的心情一直惴惴不安。后来，在短篇小说《浮花浪蕊》中，她描述女主人公洛贞出境的一段经历，写得很真切，若干她的传记都借用这一节文字内容，因为她自己说过："《浮花浪蕊》一次刊完。没有后文了。里面是有好些自传性材料，所以女主角脾气很像我。"（1978年8月20日致夏志清信，《张爱玲给我的信件》第240页）其实，她之所以能出境，主要还是因理由能成立——香港大学注册处依据学籍档案，给她寄来了入学通知，而此事的操作，亦有赖于她母亲请托的一位在港大教书的朋友吴先生，吴先生又转

第三章 香 港

托了一位在文学院任职的老教授。多年后，她需要一纸伦敦大学录取证书以申请研究基金，回忆起这一段往事：

伦大不过是考取的证书。港大有个老教授帮我弄入境证从大陆出来，这件事原经手人是我母亲的朋友，夫妇俩都在港大教书，异常怕事，硬要我至少暂时重进港大，反正原来的奖学金仍在，读了不到一学期，因为炎樱在日本，我有机会到日本去，以为是赴美捷径，匆匆写信给 Registrar's Office 辞掉奖学金，不知道这份奖学金还在开会讨论，老教授替我力争，然后发现人已不在，大怒之下，我三个月后回港道歉也没用。学校叫我补付学费，付了满以为了事，但是后来有一次应征一个译员的广告，没想到是替个英国什么东南亚局长做事，录取后一调查，查到港大，竟有人说我有间谍嫌疑。有过这番过节，虽然那教授早已退休，可能还是不给。原来那份直到最近才发现丢了。与东西存在纽英伦有关。现在也还存着万一的希望想找回来。

（1966 年 5 月 7 日致夏志清信，《张爱玲给我的信件》第 29—30 页）

这里就说到，她回港大继续念书，申请恢复 1941 年获得的"何福奖学金"，实际并未拿到。以她当时的经济条件，是念不起港大的，即使拿到这笔奖学金，恐怕也难以支付各种费用。她如是描述当时的情形："废学十年，那年再回去……时间的重量压得我抬不起头来……"(《重访边城》第268页)也正如小说《浮花浪蕊》的题目所显出的意象——她来到这个境外的世界,虽说瞬时感到有一种所谓"阴阳二界"之别,却无所依傍,一片茫然,陷入一种如同浮花浪蕊般"漂泊流落"的恐慌中。她没有钱,又少朋友,但凡有一点希望,只好去试试运气。炎樱时在日本,为了找她谋求赴美国的途径,急于赶在她启程回美前到日本,于是,张爱玲匆匆乘船前往东京。结果很失望,她在那里盘桓三个月,语言不通,也难以为生,只好重返香港。关于这一段经历更详细的情形,她也一直守口如瓶,三个月时间,说长不长,说短不短,她在日本这个完全陌生的国度究竟如何度日,和什么人有接触,见到了一些什么,以她这样一个观察力极为敏锐的人,本是可以给人们留下一些印象深刻的文字,却只字也无——前去温州,她就写了一本《异乡记》,后来去台湾仅仅一周,又写了《重访边城》,连一直记录她的"私语"的密友邝文美也从未提及,在她的生平中,留下的是一小段空白。

说到日本之行,尽管行前已通知港大注册处,却未告知帮助她的文学院院长贝查教授,而这位老先生还在为她力争那份奖学金,情理上确有不周。回来之后,虽然做了道歉,也于事无补,在谋职的过程中,又被传有"间谍"嫌疑,她只好离开港大。

二

幸好,她的英文不错,又具有超强的中文写作能力,遇上美国驻香港总领馆新闻处(以下简称"美新处")有项目(翻译海明威的

第三章 香 港

小说《老人与海》)招募，前去应聘，顺利地被录用了。这份工作不仅给她提供了在香港两年的基本生活费用，更重要的是，还为她搭起了通往美国的桥梁——正是在这里任职的美国人麦卡锡出力相助，1955年她获得了以难民身份赴美的名额，这于她实在是非常重要的际遇。另外，还要提到，麦卡锡也是她后半生海外生涯中的一位"贵人"——在她生计困难时，曾屡屡向她提供帮助。

进入"美新处"工作，除了海明威的《老人与海》，她又译了《爱默森选集》、华盛顿·欧文的《无头骑士》、玛乔丽·罗林斯的《小鹿》等，对于她这样一个具有创作才能并已在文坛崭露头角的人而言，她确乎并不太喜欢翻译他人的作品，尤其是她并不喜欢的作品。她回忆这段经历时说："译Washington Irving（华盛顿·欧文）——好像同你不喜欢的人说话，无可奈何地，逃又逃不掉。"又说："当时我逼自己译爱默森，即使是关于牙医的书，我也照样会做的。"（《张爱玲私语录》第50页）为了生活，她必须做自己不喜欢的工作，而她的头脑里，其实有许多创作计划：

我要写书——每一本都不同——（一）《秧歌》；（二）《赤地之恋》；（三）Pink Tears [《粉泪》]；然后（四）我自己的故事，有点像韩素英 [韩素音] 的书——不过她最大的毛病就是因为她是个Second rate writer [二流作家]，别的主场等却没有关系。我从来不觉得Jealous of her [妒忌她]，虽然她这本书运气很好，我可以写得比她好，因为她写得坏，所以不可能是威胁，就好像从

69

前苏青成名比我早，其书的销路也好，但是我决不妒忌她。（五）《烟花》（改写《野草闲花》）；（六）那段发生于西湖上的故事；（七）还有一个类似侦探小说的那段关于我的 moon-face［圆脸］表姐被男人毒死的事……也许有些读者不希望作家时常改变作风，只想看一向喜欢的（They expect to read most of what they enjoyed before［他们以往喜欢的，大都期望可再次读到］），Marquand［马宽德］写十几年，始终一个方式，像自传——但我学不到了。

（《张爱玲私语录》第51—52页）

　　实际上，她在为"美新处"工作期间，也在写作两部小说：一部是英文小说《秧歌》（后又译成中文），一部是中文小说《赤地之恋》（后又译成英文）。这两部小说的写作都与该机构提供资助有关，我们现在无法知道资助的详情，不过，张爱玲并不因写作这两部小说获得高额收益而生活富裕起来是明显的。她可能得到写作期间生活费用的津贴，并由该机构承诺出版，从后来这两部书的出版情况看，版权还是属于她自己的。

　　《秧歌》所写的是土改后不久邻近上海的一个农村的故事：土改的急风暴雨过去了，然而，农民的生活没有好起来，由于驻村干部执行加重农民负担的错误政策和工作作风轻率、粗暴，导致农民金根一家家破人亡。本来，这个地方的农民已经面临饥馑的困境，驻村干部还要强逼每家交出半只猪和40斤年糕慰问军属。金根的妻子月香迫不得已，拿出在上海帮佣存下的最后一点积蓄，用来买猪。

金根虽说极不愿意，也还是遵命行事，但在上交年糕时，又受到刁难，作为导火索，引发了群众起哄要求借粮过年的风潮。驻村干部王霖率民兵开枪镇压，混乱中，金根的独生女阿招被踩死，金根也中枪受伤。闻讯而来的月香救出金根，逃到金根妹妹金花婆家附近的地方，央求金花和她婆婆庇护，却遭拒绝。绝望之下，月香放火烧了粮仓，自己也葬身火海。

小说在主要人物和故事情节之外，穿插了一个电影编导顾冈前来体验生活的线索，额外增添一个视角。顾冈按照"主题先行"的路子，设计自己电影剧本的故事情节，将眼前发生的这个真实事件植入他编造的"敌特"破坏的故事中，以体现"政治正确"，这也反映出张爱玲对于当时"公式化"文艺创作的不满。这个人物的身份，不由得不让我们想到她自己，如前所述，她曾参加过上海"文代会"，也传说过她曾以电影编剧身份短暂下乡"体验生活"。

《秧歌》的写作比较顺利，其中对农村生活和人物的描写，令她颇为得意，连她自己也情不自禁地说："月香、金花、谭大娘都像真的人！"（《张爱玲私语录》第 52 页）一些描写，确实借助了当年她到温州乡下去见胡兰成时的经历，甚至直接移用了《异乡记》的某些段落，但毕竟已经是 1949 年后的农村，物是人非，若对此时的农村生活全无一点亲历和了解，仅凭报章上的材料和他人的转述，是很难写得出来的。

对比一下，写《赤地之恋》时，她的心情就大不相同，我们来看她是如何说的：

> 有时（《赤地之恋》）实在写不出，我才明白别人为何不肯写作，任何人都有理由不写。
>
> 写《赤地之恋》（英文）真怨。Outline［大纲］公式化——好像拼命替一个又老又难看的妇人打扮——要掩掉她脸上的皱纹，吃力不讨好。一样替人化妆，为什么不让我找个年青的美女做对象？
> 这几天总写不出，有如患了精神上的便秘。
>
> "新瓶装旧酒"——人家写的，细看之后知道也不是什么新的——我写《赤地之恋》却是"旧瓶装新酒"，吃力、冤枉。
>
> （《张爱玲私语录》第 44—46 页）

《赤地之恋》是张爱玲在"美新处"写的另一部长篇作品，它写一个刚出校门的年轻人参加土改，目睹农村中过"左"的扩大化斗争，深感迷惘，后来奉调到上海机关工作，又接触到机关里种种腐败情形，并被人构陷入狱，他的恋爱对象为救他而"献身"于有权势者，令其理想更趋幻灭。再后来，他被派到朝鲜战场参战，被"联军"俘虏，不过，最终他还是选择了回国。按当时直管张爱玲的"美新处"负责人麦卡锡所说，这两部小说皆为张爱玲自报，证诸上引张爱玲自己创作计划，大抵属实。"美新处"当时有一个"中国报告计划"，该计划包括项目甚多，其中之一，是成规模地将美国经典作家作品译成中文,借以向中文读者介绍和输出美国文化和价值观,一开始招聘张爱玲即是做此事,而她的兴趣却在创作,故申报了这两部小说的选题。麦卡锡承认,因为提供资助,他们会坐下来听取故事概要,加以讨论,并关注进度。不过,他说像《秧歌》,他们只有佩服的份儿,因为"我们无法使《秧歌》更好"(转引自高全之《张爱玲与香港美新处》,《张爱玲学》第242页,台湾一方出版2003年)。从写作状态看,写作《秧歌》,张爱玲自主性较强,受"大纲"(Outline)的控驭较少,而《赤地之恋》则不然。据说,这部小说的故事还是来源于一个叫"燕归来"的同事。张爱玲在1978年6月26日致宋淇夫妇信中说:"我还想写篇短文讲《赤地之恋》,因为故事的来源(燕归来——Maria Yen是姓严或颜还是燕,是替友联还是USIS做编辑工作的,可以问Dick McCarthy——写的一个极简单的大纲)。"(《张爱玲往来书信集1·纸短情长》第390页)小说后半部内容,都与抗美援朝有关,这是当时"美新处"宣传关注的重点。主人公直接从土改第一线抽调到上海抗美援朝后方机构,再从这里派往朝鲜战场,以暴露"铁幕"后面的各种情形,这就很明显看出"美新处"相关人员的干预和操纵。张爱玲自己全无"三反"、"五反"、抗美援朝的经历,因而写来左右支绌,不胜其苦。多年后,在接受台湾作家水晶采访时,她明确指认:"《赤地之恋》是在授权(Commissioned)的情形下写成的,所以非常不满意,因为故事大纲已经固定了,还有什么地方可供作者发挥的呢?"(水晶:《蝉——夜访张爱玲》,转引自《张爱玲评说六十年》第152—153页,中国

华侨出版社 2001 年)

对这两部小说,作者自己也有明显偏好,后来,她把《秧歌》寄给胡适看,在致胡适的信中说:"还有一本《赤地之恋》,是在《秧歌》以后写的。因为要顾到东南亚一般读者的兴味,自己很不满意。而销路虽然不像《秧歌》那样惨,也并不见得好。我发现迁就的事情往往是这样。"(1955 年 2 月 20 日致胡适信,《重返边城》第 17 页)她也一直未将《赤地之恋》作为自己得意之作送给胡适之。这部书因为台湾当局认为有"碍语",也很长时间未能在台出版。

三

张爱玲在香港那段时间,先是住在女青年会,后来才租了一间小房安身,房间很逼仄,没有书桌,只能在床侧的小几上写作,有时一写十几个小时,很苦,也很孤独,这时,她幸而遇到了宋淇夫妇。他们是在"美新处"结识的,宋淇是一位学养颇深的文化人,抗战期间曾在上海从事戏剧与翻译工作,对张爱玲的才华十分欣赏,业务上与她多有交流和切磋,而他的夫人邝文美,与她同为女性,就有更多共同的话题,两人到一起有说不完的话,在孤身一人终日赶稿子的枯寂日子里,得有好友可以倾谈,对张爱玲而言,无异于一种享受,使她甘之如饴。她如此表达自己的心情:"写完一章就开心,恨不得立刻打电话告诉你们,但那时天还没有亮,不便扰人清梦。可惜开心一会儿就过去了,只得逼着自己开始写新的一章。"(《张爱玲私语录》第 46 页)尤为难得的是,邝文美还被张爱玲视为非常完美的女人,一个"钗黛合一"的女性,也是一个"太理想的贤妻",她如此评论邝文美:"我从来没有看见过像你这样好——每一方面都好——而一点不自满的人。"(《张爱玲私语录》第62页)邝文美令张爱玲极为信任和倾心,张爱玲向她这样倾诉说:"像你这样的朋友,不要说像自己人,简直就是我自己的一部分。"(《张爱玲私语录》第65页)她和她无话不谈,把记录自己心曲的笔记给她看,她说:"让你看了我的笔记,我心里轻松了一点,因为有人分担我过去的情感。"(《张爱玲私语录》第62—64页)可见她们的关系亲密到何种程度。

对于张爱玲来说,香港并非久居之地,她的目标还是去美国。麦卡锡为她争取到了赴美的名额,是她当时一大成功。她积极为新的生涯做铺垫,当她得知美国《时代周刊》刊发了对《秧歌》的评论后,非常兴奋,她对未来满怀憧憬,期望这有助于她以文学创作在那个陌生的国度赢得声望和前程。

1955年10月的一天,张爱玲登上"克里夫兰"号轮船赴美,在船上她给宋淇夫妇写了一封长信,信中这样写道:

今天廿四,收到你的信,如你预料的一样惊喜交集。在上船那天,直到最后一刹那,我并没有觉得难过,只觉得忙乱和抱歉。直到你们一转背走了的时候,才突然好像轰然一声天坍了下来一样,脑子里还是很冷静&detached(和疏离),但是喉咙堵住了,眼泪流个不停。事实是自从认识你以来,你的友情是我的生活的core(核心）。我绝对没有那样的妄想，以为还会结交到像你这样的朋友，无论走到天涯海角也再没有这样的人。

（《张爱玲私语录》第 136—137 页）

结交宋淇夫妇，可以说是她此次香港之行的最大收获，在此后的岁月里，远隔重洋，宋淇夫妇仍给予她极大帮助，他们的这段友谊，一直维系到人生的尽头。

第四章 美国（上）

第一节 异域与婚姻

初到纽约——会见胡适——获准入麦克道威尔文艺营——改写《金锁记》为《粉泪》——与赖雅结识，相爱——"奉子成婚"及"打胎"——栖身彼得堡松树街——《粉泪》被"众口一词"退稿——夏志清的评论"太夸奖了"——母亲之死——在亨廷顿·哈特福营地的日子——改写《荻村传》——移居旧金山——写作《易经》："我的书又写下去了"

一

1955年11月初的一天，张爱玲乘坐的"克里夫兰"号轮船，到达旧金山，当晚她即乘飞机前往纽约，有麦卡锡为她介绍的出版经纪人Rodell（罗德尔）接机。原已定下的工作，因故取消了，Rodell张罗着要给她找工作，她表示不打算做事，她不能同时做事和写作（翻译类）。稍事休息之后，好友炎樱把她接到她的住处暂住，接着，她就到处找房子。她的运气不错，很快就住进了Brandon

Club（布兰登俱乐部），这个住地带有一定慈善性质（在《忆胡适之》一文中，张爱玲说她住过一个职业女子宿舍，是救世军为救济贫民办的，应该就是指这个），还是要收一定费用，一星期18美元，包两顿饭，算是相当便宜了。她这一趟赴美，从姑姑那里借了一笔钱（据她后来信件透露，约为2500美元）。另外，还从宋淇所在的电影公司预支了一笔稿费，除去旅途开支，手头还有一些余钱，但不能坐吃山空，她决定一安顿下来，就着手改编一个电影剧本。这个剧本的原作是一个英国的闹剧，"中文可以叫作《两妇之间》或《两妇之间难为夫》或《人财两得》"。她"相信两个剧本写下来，混过一年半载，一定可以找到别的出路"（1955年11月20日致宋淇夫妇信，《张爱玲往来书信集1·纸短情长》第28页）。她如是告诉宋淇夫妇，怕他们为她过于担心，其实，她是很有紧迫感的。她给自己起了一课（占卦），得到的是"上上，上上，中下"——"一帆风顺即时扬，稳度鲸川万里航"，看来运势还不错。

到达纽约后不久，她即写信告诉了胡适。胡适是五四新文化运动的领军人物，中国自由派的精神领袖，其时他正在纽约做"寓公"。张爱玲的祖父与胡适的父亲是故交，她母亲和姑姑还与胡适一起打过牌，前在香港，张爱玲就将自己写的《秧歌》寄给了他，表达对这位文坛泰斗的敬仰，现在来到纽约，与他距离更近，当然要登门晋见。早期张爱玲并不是一概拒人于千里之外的人，从谋生角度考虑，她不能不重视人脉关系。求见胡适，未尝没有这种考虑，以胡适的声望与人脉，得到他的援引，或能对她在美打开生路有所帮助。胡适接信也立即打电话给她，约好来她的住处看她，稍后，她也和炎樱一起去胡适的住处回访过他。1958年，她申请亨廷顿·哈特福基金，请胡适作保，胡适也答应了。不过，据她写给宋淇夫妇的一封信上说，似乎胡适后来对她比较冷淡——"我曾经把以前那两个短篇小说寄了一份给胡适之看，他看了一定很 shocked〔震惊〕，此后绝口不提，也不还我，大概因为我的时候不免要加上两句批评，很难措辞。《传奇》与《赤地之恋》他看了也很不满"（1956年2月10日致宋淇夫妇信，《张爱玲往来书信集1·纸短情长》第40页）。不过，也可能胡适很忙，没有顾上，她多心了。

在纽约住下几个月，她忙于改编电影剧本《人财两得》，和为《秧歌》《赤地之恋》《色，戒》（*Spy Ring*）等作品找买家（《色，戒》当时已有写成的英文本，应是在香港时作，故事为宋淇所提供），同时，在考虑改写《金锁记》，然而，作品出手并不顺利，随着时间一天天过去，她越来越为自己的生活担忧，"现在我唯一的问题就是目前的生活。钱已经用得不剩多少了"（1956年1月14日致宋淇夫妇信，《张爱玲往来书信集1·纸短情长》第36页）。这是实话。司克利卜纳（Scribner）出版公司的朋友为她找到一个临时的安身之地，这便是麦克道威尔文艺营（MacDowell Colony）。这个文艺营的名称，因为翻译的问题，很容易让人联想到是一个把人集中管理的营地，其实，它更接近于我们的"笔会"。这个文艺营是由一个富孀出资兴办的，在这里，食宿全包，营员可以安心从事自己的艺术与文学创作，每天也都会有在公共区域的轻松交流，对于处于贫困和孤独中的文士墨客实乃一大善举。不过,这里也不是谁都可以来的,每期每人都有获批的期限,现在,我们从张爱玲写给宋淇夫妇的信中得知,她有出版社确认的项目——写作英文小说《粉泪》,由司克利卜纳出版公司的编辑、她的出版经纪人和作家马宽德(Marquand)作保,后者还为她写了一封很好的介绍信,她因而得能获准入营。

二

1956年3月13日,她独自来到了位于新罕布什尔州(New Hampshire)小城彼得堡(Peterborough)的麦克道威尔文艺营,这里有山有湖,一人住一个松树林里的小屋,屋里有壁炉,条件不错,可惜不是久留之地。

张爱玲便是在这里结识了她的第二任丈夫赖雅的。赖雅是一个创作力和影响力早已衰退的作家,曾受过良好的教育(有硕士和博士学位),当时正在贫病之中,但是,他的睿智、热情与和善一定还在,并很快赢得张爱玲的好感与信任。不能说当时张爱玲面对托付终身的这件事没有一些非常实际的考虑,既然要以结婚获取长期居留的身份,毕竟找一个白人同行做配偶,要优于其他五行八作的人。更为难得的是,他俩能找到共同的话题并谈得来,由此增进了相恋相依之情,情浓之时,也就共浴爱河了。因此,也不必去揣度张爱玲作为一个当时在婚姻上有较切迫企望的女人,是不是用了什么心计,以至后来告知赖雅怀了他的孩子,要"奉子成婚"。总之,在文艺营那一段恋爱时光,对于他们一定还是甜蜜和有激情的。还必须要说，尽管后来她与赖雅的生活遭遇贫穷和疾病的长期困扰，甚至日常生活里难免会有一些龃龉，被有些友人认为"苦多乐少"，殊为不值，而张爱玲却未在什么地方流露过怨悔，对赖雅也一直负责到底，在其家书上，对这位洋伴侣总是情意满满。

现在我们还回到文艺营上来。张爱玲在这里进行她的第三本英文小说《粉泪》的写作——这部小说是根据她早期的代表作《金锁记》改写的。我们知道，《金锁记》不但曾被傅雷称为当时"文坛最美的收获之一"，而且后来还被夏志清誉为"中国从古以来最伟大的中篇小说"。由于原作的美誉度高，她对它寄予很大的期望，中译英与改写同时进行，在上面做了精细耕耘，直到1957年2月，她写信告诉邝文美，此项工作才"总算完工"。应该说，在麦克道威尔文艺营的这一段生活是蛮不错的，只是好景不长，先是赖雅期满离去，开赴另一个营地——耶多文艺营，张爱玲自己也在1956年6月底到期，不能续住，必须先行离开，到10月才能再次入营。在麦克道威尔结识的营友罗丝·安德逊（Ruth Anderson）接纳张爱玲住到她在纽约市第99街的公寓，方暂时有了落脚之地。而赖雅在耶多文艺营六周期满，等待到10月再次入麦克道威尔文艺营，这一段时间就暂住萨拉托卡泉镇（Saratoga Springs，NY）的罗素旅馆（Russell Hotel）。

三

在萨拉托卡，赖雅接到张爱玲的来信，告知她已经怀上了他的孩子。他离异多年，与前妻育有一女（和张爱玲年龄相仿），无房无车，也无稳定收入，这种状况下，是无论如何也不能要孩子的。如果倒回一二十年，赖雅或会如他自己所说"hit and run［闯了车祸就跑了］"，直接把她"拉黑"了事，而现在和一个年轻东方女子结婚，对他这样一个贫病缠身的老人可谓"穷鸟入怀"，显然利大于弊，他欣然表示愿意。张爱玲也深明此情，经过一番考量，同意打胎。于是，这次会见后不久，1956年8月14日，他们就在纽约登记结婚。以他们在那里的社交关系和经济状况，无从大事张罗婚礼，据说也有三五好友在场见证。此事大约遭到远在英伦的母亲强烈反对，张爱玲说，曾受其母之托在香港大学照顾她的吴先生"代我母亲生气，大为光火"（1959年1月11日致邝文美信，《张爱玲私语录》第163页）。而她自己对这场婚姻的看法相当正面，曾写信告诉邝文美："这婚姻说不上明智，但充满热情……总之我很快乐和满意。"（1956年8月19日致邝文美信，《张爱玲私语录》第147页）虽然她也一再称赖雅"比我更没有前途"，"乏善足陈"（同上），对于亲友也还是欢颜报喜的。

　　婚后的一件大事当然是"打胎"，尽管后来在《小团圆》中，她借盛九莉之口说，"她从来不想要孩子，也许一部份〈分〉原因也是觉得她如果有小孩，一定会对她坏，替她母亲报仇"（《小团圆》第283页）。然而，作为一个女人，拿掉自己的骨肉，无论如何总是不舍，做出这一决定是近乎残忍的。关于"打胎"一事，张爱玲极少向人透露过，她的密友邝文美在读了《小团圆》后回忆，说好像曾听她说过（应该是60年代初她回香港那次），但不得其详。而与张爱玲打过交道，专注于搜集、研究她在美国生活状况的郑绪雷（司马新），在提及此事时，也只是做出了三种推测，未能道出真相，不过，他敏锐地发现在《赤地之恋》的修改版里出现了女主人公"打胎"的情节，大约融入有作者自己的亲身体验。一直到《小团圆》问世，人们才看到盛九莉"打胎"的血淋淋场面和整个过程，这无论怎么看都应是传主一段刻骨铭心的创伤记忆。

"打胎"不仅使张爱玲受到心理上的重创，也使其身体蒙受很大伤害，以至麦克道威尔的营友传说她得了重病，要前来探视。总而言之，对张爱玲来说，这一时期虽然喜事临门，却也绝不轻松。此后不久，她与赖雅又再入麦克道威尔文艺营，享受暂时食宿无忧的生活。而就在这时候，赖雅发作了一次中风，数周后稍愈，而后又复发，至此，生活向张爱玲揭开了极严酷的一面——她身边的这个老年丈夫随时会中风瘫倒，成为她沉重的负累。

四

二度麦克道威尔文艺营生活期满之后，赖雅再次申请耶多文艺营遭拒，于是，他们只能在这个叫彼得堡的小城的松树街上租个便宜的房子栖身。从这时到下一站，即入住位于洛杉矶的亨廷顿·哈特福文艺营有一年多，是两人开始共同生活的一段较为平静的时光。两个写作人在一起的好处，是可以各自忙于"涂抹"自己的文字，闲时也可以到外面逛逛和看看电影。不过，这地方相对于大城市，毕竟偏僻，对于住惯大城市（上海、香港）的张爱玲而言，不免感到过于萧索和冷寂。

贫穷虽然未必限制她的想象，却限制着她的自由——这时他们必须为维持起码的生计打拼。张爱玲来美国之初，是把对自己未来的希望放在写作上的，她希图凭借自己的写作素养和英语能力，有朝一日在异国文坛上获得一席之地，却未想到屡屡碰壁。《秧歌》和《赤地之恋》也不去说了，这些作品在美国阅读界几乎没有什么"流量"，《秧歌》被人改编成广播剧在哥伦比亚广播公司播出，效果极差，令人沮丧。她寄予很大期望的英文小说《粉泪》，竟然又被司克利卜纳出版公司退稿，审稿的编辑给出的意见还"剑出偏锋"，说什么："所有的人物都令人起反感。如果过去的中国是这样，岂不连共产党都成了救星。我们曾经出过几部日本小说，都是微妙的，不像这样 squalid［污秽的］，我倒觉得好奇，如果这小说有人出版，不知道批评家怎么说。"（1964年10月16日张爱玲致夏志清信中讲起几年前退稿事时引述了当时审稿编辑的这段话，见《张爱玲给我的信件》第10页）其后，代理人还找了好几家出版社，甚至于发愿要 exhaust all the field［试过所有地方］（1959年1月11日张爱玲致邝文美信，《张爱玲往来书信集1·纸短情长》第84页），无不碰壁。这不能不让她感到西方人看东方、看中国的眼光与自己太不一样，几乎是一条难以逾越的鸿沟。这次退稿对她的打击甚大，据说她曾为此病了一场，而另一个连带的转变，便是她更多地把目光转向自己所来自的地方——那里才有自己文字的市场。有市场，也才有自己的生计。借助于宋淇，她不断接香港电懋影业公司（以下简称"电懋"）的"活儿"，那时，写一部电影剧本可以拿到一千多美元酬金，按当时每月房租六七十美元算，一个剧本的所得，可以支付他们大半年生活费用。

五

1957年这一年，对于张爱玲还不平常的是，夏志清的论文《张爱玲的短篇小说》在台北的《文学杂志》发表。这篇论文对张爱玲的小说成就和文学地位给予了极高评价，远远高于当年在上海蹿红时受到的赞誉，文中写道："对于一个研究现代中国文学的人来说，张爱玲该是今日中国最优秀最重要的作家。仅以短篇小说而论，她的成就堪与英美现代女文豪如曼殊菲儿（Katherine Mansfield）、安泡特（Katherine Anne Portor）、韦尔蒂（Eudora Welty）、麦克勒斯（Carson McCullers）之流相比，有些地方，她恐怕还要高明一筹。"以至于乍听之下，她几乎都有点接受不了。她在1957年9月5日给邝文美的信中说："《文学杂志》上那篇关于我的文章，太夸奖了，看了觉得无话可说，把内容讲了点给Ferd［赖雅］听，同时向他发了一通牢骚。"（《张爱玲私语录》第156页）但无论怎么说，听到这样的肯定和赞赏，还是令她高兴的。另外，邝文美也动笔写了一篇《我所知道的张爱玲》，以简洁、质实的文笔向读者介绍了她，她对这篇文字深为感激，引为知音之言。

其时，她的母亲在英国已经病重，她不能前往探望，毕竟母女之间还有割不断的骨肉之情——她给垂危的母亲汇去100美元，并寄去夏志清与邝文美的文章，让母亲为她取得的不凡的创作成绩感到欣慰。不久之后，噩耗即传来，随后，母亲的遗物也寄了过来。遗物中有若干具有历史和工艺价值的物件，她靠变卖它们换钱，也帮衬自己和赖雅度过了一段经济上相当穷困的日子。这里还需要补叙一句，夏志清的那篇对于张爱玲后来声名大噪极为重要的论文是从他的《中国现代小说史》中摘出来的，而他的那部皇皇大著的英文版，则迟至1961年才出版（中文版更晚至70年代），《文学杂志》虽然品位甚高，毕竟受众面小，夏志清对她的盛赞真正发酵，尚需时日，所以，她在这个阶段，仍然要为生计在各种文字的活儿中奋力打拼。

六

在松树街住了一年多，下一站他们要前往洛杉矶，获亨廷顿·哈特福基金会资助，在那里的一个营地过半年有食宿供给的生活。为时虽然不长，却是由美东迁往了美西。张爱玲固然向往住在"万国之都"的纽约，洛杉矶有好莱坞，对她也很有吸引力。他们是1958年11月20日到达的，住的地方很不错，是一个山坡上的小屋，卧室、浴室、起坐间齐全，"到处都是大玻璃窗，望出去是葱郁的近山与远山"（1958年12月4日张爱玲致邝文美信，《张爱玲往来书信集1·纸短情长》第83页）。除了写作，两人在此也享受了不少漫游的时光。这个城市对于赖雅，是"十年一觉扬州梦"的旧游之地，他尽可以为爱妻当称职的导游，有车的营友或会开车带他们出行。彼时，张爱玲并未想到，她后半辈子会在这个城市，一住就二十多年,并终老于斯。后来选择在此地长期居留,与此行留下的良好印象不无关系。

在洛杉矶的这半年,张爱玲受托改写台湾著名报人陈纪滢的中文小说《荻村传》,并将其译成英文,易名为《荻中笨伯》(*Fools in the Reeds*),继而还将其改编成中、英文电影剧本。此事与在香港的"美新处"负责人麦卡锡有关,张爱玲到美国后,他们还一直保持联系,麦卡锡知道张爱玲的生计窘困,和宋淇夫妇一样,不断为她找一些"订单",否则,她也不会为他人这么一部作品下如此大的功夫。此书描写中国北方农村生活,主人公是一个乡村中的无赖,用张爱玲的话说,"发噱的材料不少",却"苦于格局庸俗"(1959年5月3日致邝文美信,《张爱玲往来书信集1·纸短情长》第86页)。虽经修改、翻译,亦未获美国出版商青睐,1959年,仍由"美新处"安排在香港出版。

七

次年4月底,他们结束在哈特福文艺营的生活,移居到旧金山,之所以不选择继续住在洛杉矶,而要移居旧金山,两者相较,或许后者生活费用稍便宜。他们租住布什(Bush)街645号的一个不大的公寓房,张爱玲告诉邝文美:"我们找到这家公寓,非常便宜,地点又闹中取静,近中心区,有家具,虽然旧式,也还看得过去。"(1959年6月3日张爱玲致邝文美信,《张爱玲往来书信集1·纸短情长》第87页)而且,还为赖雅在鲍斯脱街另租一小间房,作为自己的办公室,每天早去晚归,从事写作,互不相扰。到次年(1960年)10月,张爱玲启程前往台湾、香港,他们在这里一住也有近一年半时间。这段时间里,她手头的工作是将《荻村传》改编成电影剧本,因为毕竟人物和情节比较熟了,可以借此另获一笔稿酬。

从她当时给邝文美的信中,我们能感受到她承受着很大的经济压力——她在离开香港前还向公司预支过一笔稿费,一直未能结账,时间过了三年多,她并未忘却,只是手头过于拮据,时常入不敷出,实在还不上,除了竭尽全力赶这些编写电影剧本和翻译之类的活儿,别无长策。而另一方面,作为一个尚有创作力的作家,她也时时涌起难以遏制的冲动,在1959年8月9日致邝文美的信中,她如此描述自己精神上的痛苦情形:

我在赶写《荻村》剧本,中文本昨晚刚写完,Dick McCarthy[麦卡锡]十五日过埠,大概来不及译好打好给他看。其实不必如此急急,但我总想做完它,腾出充分的时间来写小说。一方面这工作也就是休息,因为我始终为那小说烦恼着,虽然已经经过大的改动,还想拆了重换框子。常常晚上做同样的梦,永远是向相识的人(昨夜是我小时候一块儿玩的一个丫头)解释为什么不再写。这真是病症[原信误写为"征"],我真要自己极力把持着不成神经病。

(《张爱玲私语录》第165页)

相隔几个月后的一封信上,则是准备连电影剧本也要放弃了:

第四章 美国（上）

我的书又写下去了，这又使我起劲得多，这次我不想再停下来写电影剧本，但是你们要改编的两出戏我还是要买来看看。欠公司的钱无论如何要还的。如果我不打算马上动手写，下次写信告诉你们，好另找人。

（1959年11月26日致邝文美，《张爱玲私语录》第166页）

一方面，友人经手的欠公司的钱要还；另一方面，实在是自己要完成想写的作品。这种内心的交战使她甚为困窘，她恳求能给她再宽限一些时间：

收到你一月底的信，知道再耽搁下去会使你们误会我是不高兴写，其实我上封信里说的都是实话，欠公司的钱与欠私人的一样，怎么能愈赖。我后来再回想离港前情形，已经完全记得清清楚楚，预支全部剧本费。本来为了救急，谁知窘状会拖到五年之久，目前虽然不等钱用，钱多点总心松一点。如果能再多欠一年，那我对公司非常感谢，因为我仍旧迷信明年运气会好些，这是根据十三年前算的命。

（1960年2月8日致邝文美，《张爱玲私语录》第168页）

那么，这是一本什么小说呢？现在看来，就是《易经》——她的第四部英文小说。关于这部小说，我们下面还会详述，简单地说，它就是一部以她的家族、家庭生活和她自己的经历为主体的小说。

89

这部小说与后来的《小团圆》相比，篇幅较大，容纳更多虚构的成分，也更接近于小说。因为涉及许多早年生活记忆，所以她在梦境里会对当年一起玩的丫头解释为什么不写下去。她在1957年9月已经着手写作这部小说，却因为生计，不得不放下，去写一些其他文字，现在，她的写作"劲头"又上来了——这次她要听从自己内心的召唤，顶着经济上的压力，把它写下去。

第二节　笔耕生涯

台湾、香港之行——半年打拼几乎一场空——寓居华盛顿——一个"低气压"时期——《易经》无买家——《少帅》半途而废——为"电懋"写电影剧本突遇变故——为"美国之音"改编广播剧——赖雅身体频出状况——谋职于大学——"学者化"转向——"投名状"：翻译《海上花》

一

时间进入1961年，张爱玲积极筹划做一次台湾、香港之行。一方面是她的"身份"问题终于解决了——她在这一年获得了美国国籍，现在她是一位美籍华人，出入境已无问题；另一方面，离开香港已经四五年，那里有她惦念的好友宋淇夫妇，也有她至今还在做的电影编剧业务，特别是宋淇要她改编《红楼梦》——隔洋通话不易，她不能一直当"长途编剧"，有些想法最好还是当面沟通。而去台湾走一趟，如今在她心上的分量也日益加重——她给出的一个理由是，"想写张学良的故事，而他最后是在台"，另外，她还想"看看土人与小城生活（我有个模糊的念头：土人与故事结局有关）"（1961年10月2日致邝文美信，《张爱玲往来书信集1·纸短情长》第102—103页）。想来她不会想不到以她的身份和当时台湾的形势，她是不可能采访张少帅本人的，不消说，这一目的并无什么结果，张爱玲自己不以为意，事后也很少提起。因而，此行的意义很像是"名为看僧实看山"——借此到台湾各处去看看。

在台湾，经麦卡锡安排，她和一干新锐青年作家有过一次聚会，见到了白先勇、王祯和、陈若曦等人。那时，她尚未名声大振，然而，《文学杂志》上夏志清评论她的文章，台湾文学界应该不少人看过，他们对她充满钦佩和好奇。她素来不喜欢与人应酬，而在这里受到的款待，情不可却。作家王祯和还专程陪她到花莲各地观看民俗、风物，亦可称大开眼界。后来，她写的长篇散文《重访边城》，对此行做过详细记叙。就在此行途中，她得到来自大洋彼岸家中的消息，赖雅再度中风，这使她的心情一下子就陷入焦虑和纠结之中。

本来，对她此次台港之行，赖雅就很不情愿。婚后这些年，他对她越来越依赖，毕竟，他年事已高，又多次中风，随时都会发生心脑血管意外，身边不能离开她的照顾。然而，她还是坚持自己的想法，认定只有作此行，才能觅得新的收入——千条万条，生计问题终归是硬道理，赖雅这才放行。现在，祸事还是降临了，赶紧回去，还是等一等，暂不回去，按原计划进行？她选择了后者。后来，有一种说法在流传，即是说她穷得连回去的机票钱都没有，必须在香港待一阶段，方可凑齐。她对此似乎颇为生气，曾特别申明，不存在没有旅费的问题。这个问题其实不那么重要，事实上，她后来给赖雅的信中也说到，要等旅行社退回船票钱，才能凑足机票费。她的确很拮据，返程订的是船票，也为的是省钱。此行的一个重要目的，本来就是要写电影剧本《红楼梦》，赚些养家的钱，否则，立即打道回府，不光倒赔这一笔旅费，而且回去之后怎么维持生计？好在美国那边的事渐渐平稳，赖雅的女儿霏丝把病重的老父接到了华盛顿自己家里安顿下来，这样，她也就不必往回赶，而可以按原计划继续行程。当然，也不可能全按"原计划"——"原计划"她在香港待一年左右，现在则要缩短为半年。台湾学者周芬伶女士从马里兰大学图书馆获取了当时张爱玲写给赖雅的六封家书，这里我们借引其中一封：

甫德，心爱的！

你说"无限期的延后"是什么意思？我说我会在2月30日回来（就是3月2日，2月没有30日，你大概不知道吧），后又改成3月16日，是因为要多赚800美元——我称它为"有回报的两周"。我工作了几个月，像只狗一样，却没拿到一分酬劳，那是因为一边等一边修改的缘故，为了省时间，所以许多剧本会在最后一分钟完成。我刚完成第三和最后部分的大纲，并且刚送去宋家，想让他在农历年前完成审稿，因为过年期间他会很忙，加上一个明星的诉讼案，根本找不到他的人。我真为你感到骄傲，能找到这么适合，这么便宜的公寓，真惊讶你是怎么做到的。我从来不认为你是浪费的。目前请不要对我如此超级敏感。在任何情况下都不要寄钱给我。旅行社认为2月底以前一定会有来自旧金山的回音……请不要担心，让我安心完成这儿的工作，我在这儿的处境已经够艰难的了。如果你能看到我在这里的生活，就能理解我为何如此想念我俩的小公寓了。在未来的六个礼拜，请你好好地为你我享受那小公寓，如果你因为担心我而生病的话，岂不是破坏一切了吗？亲吻你的耳朵。你还是边吃边走动吗？最近都吃些什么？请好好照顾自己，爱你，爱玲。（正在写信给在旧金山的旅行社，请他们快点。）

（转引自周芬伶《哀与伤——张爱玲评传》第120—121页，上海远东出版社2007年）

张爱玲在香港这半年的工作和境况，确实相当艰辛，她固然熟读《红楼梦》，而要将它改编成电影剧本，还是需费很大气力的。她夜以继日地工作，用她自己话说，累得像只狗，腿肿，甚至眼睛都出了血（结膜下出血或微血管破裂所致），问题是还迟迟不能通过，不通过就拿不到钱。这件事使她与宋淇的关系一度相当紧张，差点翻了"友谊的小船"。那时，宋淇是一个怎样的角色呢？据其子宋以朗的回忆是这样的："因为我父亲有话剧和电影经验，加上出色的生意头脑，国际电影懋业有限公司（简称'电懋'）的老板陆运涛就找上了他。1956年，父亲加入'电懋'，任制片总监，排名第二，仅在总经理钟启文之下。每一部电影由个别制片负责，父亲则负责管理所有制片的工作，另外他还要处理公司财务。"（宋以朗：《宋家客厅》第66页，花城出版社2015年）

《红楼梦》是宋淇主张要拍的，故将编剧的重任托付给了他最属意的张爱玲。一来这部巨著的改编难度很大，时间又如此仓促，她的改编或确实不如人意——宋淇自己就是《红楼梦》专家，又兼电影编剧内行，不大容易得到他的首肯；二来宋淇在"电懋"虽然职位高，毕竟上面还有老板，有总经理，公司的财务支出也会有一定的规章制度，虽为财务主管人，也不能违章行事；最后，还有一个影响决策的原因，是风传"电懋"的对手邵氏影业公司也要拍《红楼梦》，一旦"撞车"，就要掉进"坑"里——这些就成了她白白辛苦半年的真正背景。从她这一方面而言，实在怨气难平——抛下病重的丈夫不顾，拼死拼活工作了半年，一分钱也拿不到，还欠下房租、医药费！还好，宋淇为她找到了一个补救方案，再留下一小段时间，完成一个新的剧本（应该就是酝酿中的《小儿女》，当时张爱玲编剧的速度很快，她自己说，如果已想好了，一般两周时间就可以写完一个），大约能拿800美元回去。张爱玲不得不接受，这是她所谓的"有回报的两周"，所以行期延后了，她必须向赖雅做出解释，希望得到他的充分谅解。

前面说过，张爱玲与赖雅的婚姻，一向为一些友人所惋惜，认为"苦多乐少"，殊为不值；另外，文化背景、经历、习惯、个性的差异如此之大，日常生活中，难免会有一些摩擦和龃龉，此次台、港之行，他们面对的问题，更是一场"大考"。在此期间，张爱玲写给赖雅的信件是她的一份很好的答卷，她既要向赖雅做解释，又对他予以温柔的体贴与关爱，连表达方式都很西式，在在流露出十分真挚的感情。看得出张爱玲在婚姻与家庭上还是恪守东方女性的传统价值观的——她企求生活的安稳，一旦缔结了婚姻，即能茹苦含辛，竭力维护，并无自私之心。这些私信中，留下了颇为令人感动的证明。

二

张爱玲在1962年3月中旬回到美国，这次是由美西又迁回了美东，华盛顿已荡漾起了早春的气息。

赖雅找到的这一套小公寓房，位于华盛顿第六街105号皇家庭院（Regal Court），一住又是一年半多，才换另一处。华盛顿乃美国首都，具有独特而优越的人文环境，仅国会图书馆一项，就为他们带来很大便利，赖雅无须如在旧金山时另租一间邻街的小屋做办公间，可以直接前往宽敞明亮的图书馆"上班"，而将家里的安静空间留给张爱玲写作。此外，赖雅的女儿霏丝一家也住在同城，亲人往还，尤其是与外孙辈在一起，也给赖雅带来少有的天伦之乐。

然而，他们面对的根本问题并未解决，生计艰难的阴影依然跟随着这个两人的小家庭。说到底，他们没有稳定的收入，赖雅领取的社会救济金，才区区52美元，连交房租都不够，养家的压力落在张爱玲的身上。

如前所述,张爱玲的香港之行,就经济层面而言,基本上是一次失败之行。她几乎是空手而归,半年辛苦改编《红楼梦》,未被采用,一分钱未拿到。她在1955年离开香港时欠公司的一笔钱,以及借姑姑的一笔钱如何还上?卖文为生的路,今后指向何方?

这时,她手上有几部书稿,一部是时写时停,前在旧金山又奋笔写了一段,尚未完成的英文长篇小说《易经》。还有一部,便是用英文写的小说《粉泪》。在她的设想中,这部脱胎于《金锁记》,极具东方色彩,揭示中国旧家庭溃烂内貌的英文小说,应是她登上美国文坛的云梯,却不料被出版商"众口一词"拒之门外。她在极度伤心之余,也极不甘心,并做过认真反思:"至于为什么需要大改特改,我想一个原因是1949年曾改编电影,留下些电影剧本的成分未经消化。英文本是在纽英伦乡间写的,与从前的环境距离太远,影响很坏,不像在大城市里蹲在家里,住在哪里也没多大分别。"(1963年9月25日致夏志清信,《张爱玲给我的信件》第3页)她决定将它修改之后,再做一次冲刺,这就是英文小说《北地胭脂》的由来。大约在1963年夏秋之际,这个工作已经完成,张爱玲希望夏志清能帮她找几个纽约的"批评家与编辑看看",夏志清并不认识这些人,只找到一位同系的教授唐纳德·基恩(Donald Keene),承他给面子看了,却并不看好。而夏志清提议的先找杂志发表,也似乎不可行——没有什么杂志肯接受。她为自己手头的作品找出路,几乎想尽了一切办法,曾经有个出版社要出一本介绍当代作家的书,请她写一篇自传,她却是借此讲她有两本小说卖不出,希图招徕出版商,"几乎通篇都讲语言障碍外的障碍"

(1965年12月31日致夏志清信,《张爱玲给我的信件》第23页)。即使如此,还是毫无结果。

再有一部,便是她要写的《少帅》。前面说过,她去台湾的目的之一,就是想为这部小说收集材料,而此目的很难达到。回到华盛顿,有国会图书馆大量资料可以使用,她便又一头扎到这些历史资料中。原计划要写十章,写到七章,即进行不下去。关于这部小说,我们下面还要进行一些介绍和分析,这里需讲到的是,与前两部一样,又是找不到买家。此书还未写完,便找了几个美国人看过,他们被一堆人名弄得晕头转向,表示不喜欢。虽经做各种努力,仍然不行,进行到1964年夏初,只好半途而废。

这一阶段,她维持生计之道,主要还是依靠为"电懋"写电影剧本。1962年12月,她完成了电影剧本《真假姑母》,转过年来的5月又完成了电影剧本《香闺争霸战》。接着,根据艾米莉·勃朗特的《呼啸山庄》改编中文电影剧本《魂归离恨天》(此本未拍成电影),这些电影剧本大多是从欧美电影"改装",版权上存在很大的"隐患",这在当时,也是一个无奈之选。而到了1964年6月,一个突发事件几乎直接把她打入了绝境——"电懋"的老板陆运涛在一次空难中死去,"电懋"的电影业务随之收束,这一收入的来源就断了。此后,他们不得不把家搬到黑人居住区的廉价房去。关于这件事有一些不同的说法:一种是失去主要收入来源,不得不缩减开支,此处公营廉价房租金只有原房租的三分之一,虽然说起来不好听,也是顾不得了;另一种则是张爱玲自己给宋淇夫妇信中说的,他们一直想申请，这时因赖雅的年龄已符合条件，申请到了，"地方比原来的大得多，又是我喜欢的现代化的房子，空空洞洞大窗子里望出去，广场四面都是一叠叠黄与蓝的洋〈阳〉台，像在香港和 Mae 看的蓝与赭色的洋〈阳〉台一样"（1964 年 11 月 11 日张爱玲致宋淇夫妇信，《张爱玲往来书信集 1·纸短情长》第 123 页）。过了许多年，她在写给邝文美的信中还表达对那里环境的怀念之情，可见是真心喜欢。

万般无奈之下，得到麦卡锡相助，她从"美国之音"（VOA）找到一些"活儿"，将莫泊桑、亨利·詹姆斯、索尔仁尼琴等人的作品改编成无线电广播剧，以获得微薄收入应付家用。不久，此项工作也叫停了。

另一方面，"船破偏遇打头风"，赖雅的身体频出状况，先是在图书馆外跌了一跤，摔断了胯骨，入院开刀。未几，又因肺充血晕倒住院。幸而申请到医疗免费，"随时出了事入院可住双人房"，但还有医药费上的大麻烦，难以解决，为此，她甚至想到与赖雅"假离婚"："有条新法律今年如果通过，Ferd［甫德］可以随时领到医药费作为养老金，就没这些麻烦了。听说附近有一州只要住一星期就可以离婚，但现在已改为住一年，否则我可以去住一个礼拜，以后好照旧帮他的忙，只不管他的无限制的医药费。"（1964 年 1 月 25 日张爱玲致宋淇夫妇信，《张爱玲往来书信集 1·纸短情长》第 117 页）这一段虽然不算什么"至暗时刻"，却也是她人生中又一个"低气压"时期，此时在美国的张爱玲，真正是一个穷人，现实非常骨感，前景也一片黯淡，那么，她究竟要如何走出困境呢？

三

据夏志清回忆，张爱玲至少在 1961 年与他就有了通信联系，他们之间的关系是批评家与作家的关系，进而更是好友的关系。现在，同在美东，距离更近了。1964 年 3 月的一天，在开了有关东方文学的亚洲年会之后，张爱玲就同夏志清、夏济安、陈世骧、高克毅在华府 Market Inn 有过一次小聚。这在她的生平中是很难得的，一般她都不会接受这种邀请，而现在接近这个美国名校的华人教授朋友圈，则有可能为她打开一条"生命通道"。张爱玲往日是不肯纡尊降贵、开口求人的，这时也试探性地向夏志清提出，有没有可能为她谋求一个教书或翻译之类的工作。

教书我虽然资历不合格，也愿意试试，等你几时有空就请写封信给 Mr. Michael 打听打听。Dick McCarthy 想介绍我到 Iowa U. 教书，我一直担心换个环境 privacy [注：隐私或不受干扰状态]，会更写不出东西，结果也没说成。

（1965 年 12 月 31 日致夏志清，《张爱玲给我的信件》第 23 页）

未能去 Iowa U.（爱荷华大学），是因为她有自己担心的那个原因，还是终没说成呢？似乎更可能是后者。美国的大学认学历、学位，张爱玲本科未卒业，是很难跨越这个门槛的，她确实为之感到"心虚"，在随后给夏志清的信中，她说：

我并不光是为了没有学位而心虚,不幸教书不仅是书的事,还有对人的方面,像我即使得上几个博士衔也没用,不过无论如何想试试,尤其是或者因此有路子译《海上花》。

(1966年3月31日致夏志清,《张爱玲给我的信件》第27页)

然而,朋友圈还是有神通广大的"大神",做过夏志清之兄夏济安高足的刘绍铭,不久,还是为她谋到了在迈阿密大学当驻校作家的席位。这时,她的眼前似乎才现出一点曙光。

在以下讲到她赴迈阿密大学之前,要讲一下她译《海上花》的事。前面讲到她在华盛顿期间,手头有几部作品,一是《易经》,一是《少帅》,一是《北地胭脂》。《易经》到1963年即完成了,又决定译为中文,却未进行。《少帅》则未及写完而"夭折"。而改《粉泪》为《北地胭脂》,则是她在1963年至1965年的"主业",先是英文,然后将它改写成中文,易名为《怨女》,寄到香港,寻求连载或出版。其间,又出了《怨女》书稿遗失的麻烦,原稿因进行英译而改乱,要整理重抄,又费了一番辛苦,最后总算脱手了。下一步写什么,似乎还没有着落。改编欧美电影,将名家作品改编成广播剧,翻译他人的文章(如她还想过接些政治方面的文章翻译的"活儿")等,都是为了赚钱糊口,她的"主业"究竟在哪里?

她是有"主业"和"副业"概念的,她说过:"所以我找副业永远是个vicious circle [恶性循环],能够写作为生又不必找副业了。"

(1965年10月31日致夏志清信,《张爱玲给我的信件》第21页)在她的概念中,写作是她的"主业",其他则是"副业",写电影剧本是"副业",翻译是"副业",现在弄弄《海上花》的翻译,自然也是"副业"。不过,此"副业"与其他"副业"有不同,她确实喜欢这部作品,喜欢它的"平实而近自然的风格",加上受到胡适的影响,对它十分推崇,所以,她看到夏氏兄弟在《现代文学》杂志上谈这本书,喜欢之余,更勾起了翻译它的兴趣。然而,兴趣归兴趣,她却不是一个衣食无忧,有闲情逸致"玩"文学的人。这一点,在考察她的生平和创作,尤其是她的早期美国生涯时,我们不应忘记。

此时,她提出翻译《海上花》,是有其实际考虑的——在几乎走投无路的情况下,她看到了一条有可能性的出路,即是进入美国的"汉学"界,或沾上"汉学"的边儿,进而看能否在美国的大学找到一个"饭碗"。毕竟,翻译这样一部重要的中国古典小说,不但要有高超的英文写作能力,而且也要有相当深厚的"汉学"功力,一旦成功,即是在美国大学谋职的"投名状"。对于她这样一位无本科完整学历的求职者,其重要性是不言而喻的。缘此,就造成了年届不惑的张爱玲在美国的一次"学者化"转向。只是这一转向并不成功,或者说,未能进行到底,正如她自己所言,"能够写作为生又不必找副业了"。

在她的作品逐渐打开华人读者市场,有了较稳定的版税收入之后,失去经济压力带来的驱动力,翻译《海上花》便慢慢拖延下来,连同她更感兴趣的《红楼梦》的考证,都一做十年,成为真正的"心愿之作""兴趣之作"了。

夏志清实在是古道热肠的厚道人（宋淇对他的评语），他见张爱玲有意英译《海上花》，立即提醒她去向紧邻哈佛大学的赖德克利夫女子学院所设立的研究所（Radcliffe Institute for Independent Study）申请一笔助研金，并为之介绍关系，为此，张爱玲对他"感激得说不出话来"（1966年3月31日致夏志清信，《张爱玲给我的信件》第27页）。这个项目申请起来也颇不易，除了有夏志清等友人相助，张爱玲自己也是使出很大气力的。她自己写信给主管麦克（Michael），与他约见，回答他的询问，并为见面时自己有些话未说好而惴惴不安。又要找三个"保人"——除夏志清、陈世骧外，把刚认识不久的刘绍铭也算上一个。为回答申请表上"什么时候认识的"一项，特别写信关照刘先生"作弊"，说是早在台湾就认识了。为感谢陈世骧出面作保，她甚至还托庄信正给他送了一份厚礼——家传的一本善本书《梦影缘》。如若不是这份工作对她极为重要，也极具吸引力，她大约是不会放下身段，在这些"人事"上下如此大的功夫的。这件事最后也还是如愿以偿，她终于申请到了一笔经费，作为研究人员，于1967年9月进入了赖德克利夫女子学院，合约期一年，次年，又续了一年。而在此之前，她则在迈阿密大学度过了大半年。

第三节　校园独行

迈阿密大学驻校作家七个月——纽约小住——赖德克利夫女子

第四章　美国（上）

学院两年——"喧宾夺主"：从《海上花》英译转向《红楼梦》考证——赖雅去世——加州大学伯克利分校中国研究中心研究员——"名词荒"时期：两年只完成两页纸词汇表——与"老板"（项目负责人）陈世骧正面冲突——遭遇立即解雇——"特别难以忍受"时：接受水晶访谈

一

1966年9月，她到迈阿密大学（Miami University in Oxford, Ohio）当驻校作家，也是靠刘绍铭教授"运作"的结果。

刘绍铭回忆说：

我结识张爱玲时，因出道不久，"关系网"只及近身的圈子。投石问路的地方，顺理成章是Miami［迈阿密］、夏威夷和威斯康辛〈星〉。夏威夷和威斯康辛〈星〉对我郑重推荐的"才女作家"没兴趣。Miami大学的John Badgley［约翰·巴杰利］教授倒来了信。他是我在Miami大学任教时的老板。信是1967年7月27日发的。谢天谢地，该校原来在20年代有礼遇"驻校艺术家"（artistresidence〈artist in residence〉）的先例。

经Badgley教授几番周旋，终于说服校方请张女士驻校七个半月。

（刘绍铭：《落难才女张爱玲》，转引自《张爱玲评说六十年》第194页）

张爱玲在迈阿密大学时间不长,却似乎不甚愉快。不能说人家对她未予礼遇,《迈阿密校友会》(*Miami Alumni*)刊物上,报道过她的消息,题目是"一流的中国女作家,迈阿密的驻校作家",并对她的创作生涯有简略介绍。校长还特别为她的到来举行了欢迎晚宴。然而,那天她可能身体不好,姗姗来迟,也可能是生性使然,不太在意别人的感受,对应邀前来"接风"的客人表情冷淡,不大理睬,事后,她自己也觉得"糟透了"。对此,她做过反省,并期望有所改变:"我真的很容易开罪人。要是面对的是一大伙人,那更糟。这正是我害怕的,把你为我在这儿建立的友好关系一笔勾销。也许等我开始工作时,感觉会好些……"(1966年9月20日张爱玲致刘绍铭信,转引自《落难才女张爱玲》,《张爱玲评说六十年》第195页)

而后面,又有更大的麻烦。

这里还是先引述一下她自己向刘绍铭的诉说:

"今晚我到Badgley〔巴杰利〕家吃饭,"她10月12日来信(中文)说:"别人并没来找我。有两处学生找我演讲,我先拖宕着,因为Badgley〔巴杰利〕说我不如少讲个一两次,人多点,节省时间。与学生会谈的课程表明天就将拟出。周曾转话来叫我每天去office坐,看看书。我看书总是吃饭与休息的时候看。如衣冠齐整,走一里多路到McCracker Hall〔麦克拉克大厅〕坐着看书,再走回来,休息一下,一天工夫倒去了大半天,一事无成。我想暂时一切听其自然,等 give a couple of talks 后情形或会好一点……"

(刘绍铭:《落难才女张爱玲》,
《张爱玲评说六十年》第 196 页)

她所说 give a couple of talks(即跟学生讲几次)以后如何呢?她在 1966 年 11 月 4 日致夏志清的信上坦承:"最初上两课是 Badgley 的学生,他对我很失望。后来好点,但也还没摸着窍门。"(1966 年 11 月 4 日张爱玲致夏志清信,《张爱玲给我的信件》第 55 页)

对学院的另一要求,她也很不情愿接受:"但是他们又出难题目,要我写篇论文在 Kenyon Review(《凯尼恩评论》)之类发表,再在此地读出来作为演说,以资宣传。虽然题目是我自己感到兴趣的,不费上许多时间,投稿也拿不出去。"(1966 年 12 月 6 日张爱玲致夏志清信,《张爱玲给我的信件》第 58 页)

情况已是这样,相关"领导"希望她能常常"到场",看看书也行,那位同事周先生所转达的,确是"领导"的意见,而她则有自己的盘算,不愿意执行。这里面也许有一个事先沟通或约定不实的问题。张爱玲说:"我告诉他这可不是 Badgley 跟我的协定。"司马新站在她一边解释道:"由于大学仅提供公寓的住宿条件,以及适量的车马费,而不支付薪水,因此,她觉得在校园中当一名驻校作家并没有什么义务。"(司马新:《张爱玲在美国——婚姻与晚年》第 133 页,上海文艺出版社 1996 年)而刘绍铭则依据张爱玲的来信说,"她每月拿到的酬劳,约为千元",这相当于当时迈阿密大学一个讲师的薪水，不言而喻，她也应该听命尽一定义务。张爱玲离开 Miami 前，又给刘绍铭写信说："后来我跟 Badgley 见面，提到这件事。他好像有点不大高兴。自此以后，我每次提到周时，他总是显得很不自然似的。"由此她怀疑是周"扭曲"了她的话，并提到"周起初显然把我看成是他的威胁"（1967 年 4 月 12 日致刘绍铭信，转引自《落难才女张爱玲》，《张爱玲评说六十年》第 196 页）。

最后这一节，从情理上看，似乎又是她"多心"了，她曾写信对庄信正说："在 Ohio［俄亥俄］他们已有周翔初，不需要添人。"（1967 年 4 月 28 日张爱玲致庄信正信，《张爱玲庄信正通信集》第 21 页）理由很简单，她只是一位短期驻校作家，并不具备正式担任教职的资格，谈不上是人家的"威胁"。

不愉快归不愉快，好在时间不长，七个月一晃而过，她就带着半身不遂的赖雅，离开了那个地方。

二

在到赖德克利夫女子学院之前，有两个来月的空当，张爱玲到纽约暂住，目的是看病。她自己说是"脚一好一只眼睛就出血"（1967 年 5 月 14 日张爱玲致夏志清信，《张爱玲给我的信件》第 79 页）。她没有医疗保险，要找公立医院看病，需要预约，相当费时、费事。

在此地，现在有夏志清、於梨华等朋友，与之有一些过从。夏志清说，他去她住的地方看了她两次，未见到赖雅，有可能赖雅又被住在华盛顿的女儿暂时接走了。之前,在去迈阿密大学时,她把赖雅留在华盛顿家中,雇请黑人女工看护他。她抱怨说,"我在华盛顿替他安排的统统被他女儿破坏了"(1966年11月4日张爱玲致夏志清信,《张爱玲给我的信件》第55页),又不得不把他接过来,让他住在附近的一个小城的公寓房里,请人照顾他。她和赖雅的女儿霏丝关系不太好,有时闹得还很僵。大体上看,霏丝还是懂得要尽一份女儿的责任的,如张爱玲在台、港一时回不来那会儿,还是她把赖雅接到自己身边予以照料。张爱玲不愿与人打交道,不善于处理复杂的人际关系,住在华盛顿那几年,她就不愿接受霏丝的邀请去她家,为此曾引起赖雅的不满,发生过龃龉。

1967年6月底,张爱玲携赖雅来到赖德克利夫女子学院,院方看到赖雅的病况,又增发了一笔钱,让他们在附近的康桥赁屋居住。然而,赖雅已无福享受这一段衣食无虞的平静时光,也许是这一路走来的颠沛流离,加剧了他的病情,于10月8日撒手人寰。自此,张爱玲开始了近三十年的独居岁月,这在她的人生中,应是一个重要的转捩点。

她在赖德克利夫女子学院足足待了两年,享用了一笔不多不少的助研金,工作任务很单纯,就是将《海上花列传》译成英文。她有足够的悟性和能力把握这部吴语小说的独特风格和韵味,同时,已有写了四部半英语小说(《秧歌》、《赤地之恋》、《粉泪》[《北地胭脂》]、《易经》和半部《少帅》)非同一般的功力,应该说预期是不错的。早在去前一年,她就做计划,"想把胡适说坏的部分删去(中部在园中作诗行令部分，约占一小半），仍旧把情节贯串起来，所以是译与改编"（1966年7月8日张爱玲致夏志清信，《张爱玲给我的信件》第37页）。到后没多久，她就顺利译出了十回。半年后，便与夏志清讨论：此书是由哥伦比亚大学出版社还是由哈佛出版社出版，以及请夏志清作序等问题。但是，直到她两年后离开那里，译事也未告竣。她请夏志清为之作序，夏却不但未见到全稿，甚至已交打字员打印的前三十回，也未见到，此事甚为夏所不解。

现在所能知道的是，此时她忽然又移情到《红楼梦》的考证上去了。她自述："我本来不过是写《怨女》序提到《红楼梦》，因为兴趣关系，越写越长，喧宾夺主，结果只好光只写它，完全是个奢侈品，浪费无数的时间，叫苦不迭。"（1968年7月1日张爱玲致夏志清信，《张爱玲给我的信件》第104页）在为张爱玲1968年9月24日来信写的按语中，夏志清回忆说："那时候，爱玲一方面在翻译《海上花》，一方面也发傻劲在研究《红楼梦》。去哈佛燕京图书馆查看《红楼》新旧数据如此方便，对她来说，实在是个无法抗拒的诱惑。她收到我的书，赶紧就去翻看《红楼》那一章。我在该章里提到几本书，她就'抄下一个书名跑去借'，看不到这本书她是不会安心的。"（同上，第110页）放下已拿了钱的项目不努力完成，又另起炉灶，弄《红楼梦》考证，是听任自己兴趣，率性而为，还是《海上花》的翻译在后期遇到障碍，抑或又有别的什么考虑，现在已难以索解，从常理上讲，这都是难以向主管方交代的事。我们或能注意到，到1968年，她的经济情况已经发生了一个重大转变，即

第四章 美国（上）

台湾皇冠出版社（以下简称"皇冠"）已正式推出她的全部作品，用夏志清的话说，他早两年到台湾，与"皇冠"老板平鑫涛数次见面、交谈，决定出版张爱玲的作品，即已解决了她的下半生的生活问题。从这时起，她已有比较稳定的版税收入，不必为生计太发愁了。这也就是她自己说的，"能够写作为生又不必找副业了"，翻译《海上花》，可能还是归于"副业"吧。

在赖德克利夫女子学院，人事上逐渐又出现了一些麻烦。本来此处的事情比较简单，就是译书，然而，既然身处一个研究机构中，多少还会与人接触、打交道，不会完全是"一个孤绝的岛"。她原以为自己译书即可，不需要去见人，其实不然，人与人之间还是会有些交往和应酬。她在1967年11月1日致宋淇夫妇信中诉说："我在这里没办法，要常到Institute［学院］去陪这些女太太们吃饭，越是跟人接触，越是想起Mae［按：指邝文美］的好处。"（《张爱玲私语录》第181页）可以想见，她对在那里不得不与人交往抱有多么厌烦的情绪。接下来，她与学院领导与同事间的关系也紧张起来，在1969年2月22日给夏志清的信中，她写道：

Institute根本不相信我会做研究工作。有一个member［成员］常在各大杂志，发表散文，也教书，也正在做研究工作，似乎对我印象还好，现在看见我总是很窘，已经被warned off［警告］，所以我也避免跟她说话，免得叫人家为难，起因都是琐事，最大的一项是副院长建议Ferd［甫德］葬在此地墓园里。如果我觉得出了这钱她们以后就会帮我的忙,也就只好勉力以赴。但是那时候也就看着是这情形,挑拨的人太多,不是这样就是那样。副院长在伊朗旅行,看见《赤地之恋》,买了本又丢了。我告诉她只有一本自己校过的 master copy［原件］,另向香港要了来送她,半年多才到。早已以为不送,院长都知道了,见了面都不睬,等等,说了都使人无法相信。

(《张爱玲给我的信件》第 120 页)

此处说那位同事被警告,所以也避免跟她说话,这听来就似有点多疑了。

三

1969 年 6 月底,张爱玲结束了在赖德克利夫女子学院的生活,奔赴十年前她住过的旧金山。这一次,她是应聘到加州大学伯克利分校的中国研究中心工作。这个中心是隶属于这所著名大学的一个专门研究中国历史和现状的机构。当时的主任名叫 Johnson(约翰逊),该中心正在进行若干项目研究,其中之一,是由东方语文系的陈世骧教授负责的,致力于对中国大陆"文革"期间出现的特殊词语研究。在张爱玲之前,已聘过李祁、夏济安和庄信正,他们的工作足令主持者满意。庄信正因为另一个大学聘他去教书,要离开这一职位,陈世骧请他推荐继任者。据庄信正说,他写信问夏志清,夏推荐张爱玲,于是,陈世骧便给张爱玲发出邀请。其实,更有可能是夏与陈早就通话约定了，因为他俩的交情更深。如果我们还记得的话，早在1964年，陈就因夏的关系与张爱玲一起在华府吃过饭，陈对她印象如何且不管，但夏必对陈进了许多美言——他是真心欣赏张爱玲的才华，并尽力要帮助她的。这样，张爱玲就来到加州大学伯克利分校的中国研究中心（以下简称"中心"）就职。

与在迈阿密大学和赖德克利夫女子学院都不一样，前两次都有些"客卿"或"客座"意思，而这里，却是一份职业工作。因为是做研究，"中心"管理上并不太死板，以完成任务为目标。该机构不在校园中，而是在外面租了一幢二层楼，张爱玲来后租房，住在距"中心"不远的杜兰街。陈世骧因为对之前几位从业者的工作首肯的缘故，故也叫张爱玲依例进行，即做一个 glossary（词汇总表）。张爱玲并未吃透陈教授的意图，又不肯多做沟通，她平日不愿见人，总是到别人下班以后，才踽踽独行，来到办公室。更有许多时候，她因患感冒而不来"点卯"，再加上陈教授喜欢与人聚谈，而她又每每不肯到场，甚至连他的生日聚会也不去，久之，陈的心中也积郁了一些负面情绪，于是，一场正面冲突发生了。张爱玲详细向夏志清陈述了其经过，场景、对话、情态一一具备，兹转录如下：

我刚来的时候，就是叫写 glossary，解释名词，不要像济安、信正写专论。刚巧这两年情形特殊，是真没有新名词，包括红卫兵在内，（Ctr. 又还有别人专做名词，把旧的隔几个月又出个几页字典。）如"四斗"，下面列举是哪四项，以后再也没在别处出现，那是这单位巧立名目,其实不算。如果多,我也就一狠心列入,但是有四五个。就名词上做文章,又没有中心点。唯一的中心点是名词荒的原因。所以结果写了篇讲"文革"定义的改变,追溯到报刊背景改变,所以顾忌特多,没有新名词,最后附两页名词。世骧也许因为这工作划归东方语文系,不能承认名词会有荒年。我觉得从 semantics [语义学] 出发也是广义的语文研究。他说拿给 Ctr. 代改英文的 Jack Service 与一个女经济学家,与英文教授 Nathan 看了都说看不懂。通篇改写后,世骧仍旧说不懂。我笑着说:"加上提纲,结论,一句话说八遍还不懂,我简直不能相信。"他生了气说:"那是说我不懂咯?"我说:"我是说不能想象您不懂。"他这才笑着说:"你不知道,一句话说八遍,反而把人绕糊涂了。"我知道他没再给人看,就说:"要是找人看,我觉得还是找 Johnson(主任),因为 Ctr. 就这一个专家。"他又好气又好笑地说:"我就是专家!"我说:"我不过是因为既然找人看,像 Jack Service 只对中共模糊地有好感,有两次问他什么,完全不知道。"他说:"他大概是不想讲。"我说:"我不过是看过 Johnson 写的关于'文革'的东西,没看见过 Service 写的,也没听他说过。"他沉默了一会儿,仿佛以为我是讲他没写过关于中共的东西,立刻草草结束了谈话。其实我根本没想到,是逼急了口不择言。他表示第一句就不清楚,我也改了寄去,也不提,坚持只要那两页名词,多引上下句,以充篇幅,随即解雇。

(1971 年 6 月 10 日张爱玲致夏志清信,
《张爱玲给我的信件》第 145—146 页)

第四章 美国（上）

是的，"随即解雇"。1971年4月陈世骧以书面形式正式通知她"解雇"，可见这一场冲突何等尖锐。事前，陈世骧即将此决定告知了夏志清，夏当然相当为难和失望，他十分无奈地说，"不知如何再帮她的忙"（1971年4月1日夏志清致庄信正信，《张爱玲庄信正通信集》第64页）。一个多月后，陈世骧因病去世，葬礼那天，张爱玲也去了，不过，很快匆匆离去。

几十年后，夏志清就此事在旧信"按语"中说了一些替双方都"宽解"的话，其中就有一句不经意间带出，相当严重："张爱玲以前，他先后雇用（称之为'聘用'也无不可）了李祁教授、先兄济安、庄信正博士担任此项研究工作。三人绝非趋奉拍马之辈，但都比爱玲懂得些做人的道理……"（《张爱玲给我的信件》第148页）由此，多少能看出他的判断和态度。客观地说，张爱玲也不是不懂做人的道理，但她就是生性孤僻，不愿与人打交道，她自己也知道多有"不近人情"之处，这确实给她在工作和人际关系上带来很大麻烦。

两年的时间，她只完成了两页纸的词汇表，以及一篇让人看不懂的说明，连对她恭谨有加的庄信正看了都说"确是类似笔记"（《张爱玲庄信正通信集》第66页）。这件事无论如何辩白，都有点说不过去。所以，尽管解雇成事实，事情已过去，甚至主管人也驾鹤西去，张爱玲心中仍有不服、不甘，在随后的一年多时间里，她致力于要完成两篇专论性的文章：一篇是关于"文革"的结束的，另一篇则是谈关于"知青下放"的。前一篇，也就是她写给宋淇夫

113

妇遗书中交代，要找高手翻译成中文的写林彪出事的那篇，可见她对此文何等上心，不能不认为是她心理上必需的一个补偿——写作这一篇文章的目的，就是要确证林彪的去世标志"文革"收束，所以不会再有多少新名词，亦即"名词荒"出现，而非她未努力收集新名词。这两篇文章，在张爱玲去世后"皇冠"举行的纪念展上都露过面，遗产继承人已表示不会让其出版。即就当时而论，她费了极大气力写作，也无处发表。她虽然来自中国大陆，身在大洋彼岸，对中国大陆当时的实际情形还是如雾里看花。在时政研究领域里，她不是一个通人，她的研究能力，也不被学界认可。

在伯克利中国研究中心工作结束之后，她没有立即离开旧金山，手头还有上面提到的文章要完成，另外，对《红楼梦》的考证也在进行中。对于下一步如何走，早先她有些考虑，曾想过"找点小事做，城乡不计"（1968年3月30日张爱玲致夏志清信，《张爱玲给我的信件》第93页），但这种工作实难觅到。夏志清说，她在伯克利的结局，对她而言是很大的打击，其所产生的影响也很严重，外界由此会认为，她胜任不了什么工作。她也考虑过要申请美国国家基金项目，但《红楼梦》研究方面，尚未有可以申报的成果，而当时艺术与创作类的申报又叫停了。

四

这里要提到的一件事，就是这时她十分难得地接受了水晶的专访。水晶在张爱玲传播史上是一位值得提及的人物，我们已知道，夏志清发表于1957年的《张爱玲的短篇小说》，首开重评张爱玲并肯定她在文学史上地位之先河，以后的若干年里，其影响一直在发酵中，而只有到水晶评论张爱玲小说的文章在60年代后期陆续出来，才可以说是将"张热"真正点燃。

水晶原名杨沂，他自己就是小说作家，又受过系统的西方文学批评训练。他下了很大的功夫熟读、细读张爱玲作品，品味她的小说的精妙与新异，运用西方现代批评理论与方法，发人之所未发，并以文采流美的笔致道出，令人耳目一新，从而引发了下一波张爱玲阅读与研究的高潮，无怪乎夏志清亲自操刀，为他的《张爱玲的小说艺术》作序，称其评论"也是奠定张爱玲在中国文学史上地位的一个重要里程碑"。对于这样一个人的来访，张爱玲是见还是不见呢？水晶拿了夏志清的介绍信，在1970年9月的一天登门拜访时，张爱玲并未应允，但给他留了电话。水晶为此怏怏之余，还写了一篇《寻张爱玲不遇》，言下有些牢骚。而到了次年（1971年），他将一篇新刊出的《试论张爱玲〈倾城之恋〉中的神话结构》一文寄给她，6月初，才接到她的短信，同意一见。

张爱玲在美国，接受他人访谈极少。水晶之前，只在赖德克利夫女子学院时，接受过一位名叫殷允芃的台湾记者采访，为时较短；而与水晶这一次交谈，居然长达七小时。她的谈兴很浓，话题广泛，涉及中国古典文学、新文学和西方文学，也谈到她自己的生活与创作，其中，特别提到："我现在写东西，完全是还债——还我欠下自己的债，因为从前自己曾经许下心愿，我这个人是非常

stubborn［顽强］的。"（水晶：《蝉——夜访张爱玲》，转引自《张爱玲评说六十年》第155页）当时水晶对她的印象倒不是震惊，而是觉得和他想象中不一样："我想象中的张爱玲，是个病恹恹、懒兮兮的女人，如果借用李贺的诗句来形容，是'蓝溪之水厌生人'，哪像她现在这样活泼和笑语晏晏！"（同上，第157页）夏志清说，这次见水晶其实是她"特别难以忍受"时（《张爱玲给我的信件》第150页），而她似并未向水晶透露在加州大学伯克利分校中国研究中心的遭遇，肯于做这样的长谈，很像是有意对外界做出的一种展示，告诉他人：她这个人还是很顽强的，并没有因这次挫折而倒下。不过，后来她又说过，她对水晶印象不好，对这次接受来访，她一直感到懊悔（1983年8月7日张爱玲致宋淇夫妇信，《张爱玲往来书信集2·书不尽言》第175页）。

第五章　美国（下）

第一节　幽居时光

定居洛杉矶——"发傻劲"大量阅读有真人真事的"杂书"——发表《谈看书》《谈看书后记》——与盗印争时间：出版《张看》——写作《小团圆》——"十年一觉迷考据"的成果：《红楼梦魇》——改写多年的几篇小说发表——《色，戒》：与宋淇的合作——《浮花浪蕊》：女主人公的脾气像她自己——《相见欢》："一个忘了说过，一个忘了听见过"——《同学少年都不贱》："已经搁开"——创作遇到"瓶颈"，"难免有迷失之感"——《海上花》之"两译"：国语译本出版，英译本未出——唐文标《张爱玲卷》的纠纷——来自祖国大陆的声音与回应

一

卸却伯克利分校的差使之后，张爱玲未马上离开旧金山。她经常患感冒，与所住地域的气候不无关系，原想移居至较为暖和的亚利桑那州的凤凰城（Phoenix），后来还是决定住在洛杉矶。她托正在

南加州大学教书的庄信正替她找好了房子,是靠近市中心的一幢公寓楼三层的一间(1825 N.Kingsley Drive, Apt.305 Hollywood),1972年12月中旬的一天,就迁来入住了。

从这时直到1983年11月,足有11年的岁月,她是在这里度过的。

这一时期,正是她所谓"无事忙"的时期。除了继续做《红楼梦》考证,写作《红楼梦魇》中的文章,她把大量时间都掷在读一些杂书上,主要是那些载有"真人真事"的人类学记录、社会学调查、历史小说、内幕小说,"看到了一个逗引她兴趣的题目,她就到图书馆去把与题目有关的书籍,一本本借回家去看,因为研究太平洋群岛固有人种的关系,她把有关18世纪英国军舰'邦梯号上的叛变'(*mutiny on the Bounty*,影片中译名为《叛舰喋血记》)这段史实所有的新旧书籍差不多都看了"(夏志清:《张爱玲给我的信件》第178页)。这种阅读兴趣堪称"怪癖"——既奇怪又冷僻,夏志清说她是"发傻劲",肯做这种阅读的中国作家,几无他人。她把自己的阅读所得,写进"奇长"的《谈看书》和《谈看书后记》二文中——《谈看书》在台湾《中国时报·人间副刊》上连载九天(1974年4月25日—5月3日),也是因为她声名日隆,才享有如此规格。

水晶的《张爱玲的小说艺术》于1973年出版,已使"张爱玲热"在海外华人读者中迅速升温,同时,又涌现出一批追她的"张迷",加以水晶所写的访问记《蝉——夜访张爱玲》,更令其生平行状蒙上一层神秘面纱,引发了人们对她一窥究竟的兴趣。那时,有

第五章 美国（下）

一位在美国加州州立大学任数学教授的唐文标，常跑美国各大学的东方图书馆，在尘封已久的中文报刊上，发现了一些张爱玲未收入其小说集的旧作，如《连环套》《创世纪》《殷宝艳送花楼会》等，遂托人向她提出，要拿出来"重见天日"。此事令她深为不安——这些作品，或是编书时觉得写得不好而"腰斩"，或是因有碍于故人而要放弃的，如今又要以原形问世，实为她所不愿，踌躇许久，她才应允拿到《幼狮文艺》等处发表。待刊物的清样一寄到，细看之下，觉得"实在太糟"，立即又去信给欲出书的台湾出版社，予以谢绝，可以看出，在这上头，她有多么犹豫和无奈。她对自己作品的态度，一向很较真，不但不能容忍低水准，有舛错，连封面也不能马虎。后来，她接受夏志清的建议，与盗印争时间，在宋淇的协助下，集上述出土的旧作和若干新旧散文，于1976年在香港出了一本《张看》（香港文化·生活出版社），封面即由她亲自设计。

这一时期，依靠旧作（主要是《张爱玲短篇小说集》）的出版，她获得了较为稳定的版税收入，大约每年能有2000美元。当时她的作品热度还不太高，中国台港与东南亚华人读者市场又不大，特别是没有什么新作，仅有的版税收入，并不足以应付医疗以及其他意外之需（她至此时也未买医疗保险），使她这样一个已近花甲之年又无亲可靠的老妇人安心度过晚年。总而言之，她还有生存压力，必须挣钱。1974年5月间，已到香港中文大学（以下简称"港中大"）任职的宋淇，一面想办法要为她谋得一个该校研究员的职位，一面又给她找了一个由港中大资助的研究项目，即"丁玲研究",她欣然接受了,立即四处托人找丁玲的书,并到图书馆办证借阅。夏志清一面帮她找书,一面抑制不住心中的愤愤不平,在他看来,张爱玲的才华要超过丁玲,怎么让她来研究一个不如她的作家?张爱玲直截了当地告诉他说,"我做这一类的研究当然是为了钱,大概不少"(1974年6月9日张爱玲致夏志清信,《张爱玲给我的信件》第181页)。

夏志清身为美国名校的大教授,薪酬比较丰厚,生活也较优裕,确难体会她的窘困和对未来的忧虑。然而,这件事后来也未进行下去,这一年临近年末,港中大因经费问题,叫停了这个项目,谋职的事也不了了之。

二

大约在1974年夏秋之际,《小团圆》的写作就开始了。《小团圆》是写她自己和她的家族故事的一部书,带有明显的自传性,从这时写作,到她去世后十多年问世,历经了几十年,形成一个关注的热点,是她后半生的一桩大事,由于本书下编要重点考察《小团圆》的方方面面,此处先就略提一下。

她着手写《小团圆》这部小说的信息,较早见于1974年夏,她写信告诉夏志清,"前些时写了两个短篇小说,都需要添改,搁下来让它多marinate[浸泡]些时,先写一个很长的中篇或是短的长篇"(1974年6月9日张爱玲致夏志清信,《张爱玲给我的信件》第180页)。这个"很长的中篇或是短的长篇",就是《小团圆》。

第五章 美国（下）

在 1974 年 9 月 14 日致宋淇的信中，她也提到正在写小说。这时按她的构思，《小团圆》就是一个较长的中篇，宋淇所得知的亦如此，所以，他在《私语张爱玲》中透露给读者的是，她在写一个中篇《小团圆》。等到他接到书稿一看，却是一个 18 万字的长篇了。这表明张爱玲在写作时已处于一个兴奋状态，越写越长。

《小团圆》写作的全速推进应该在 1975 年，她在 1975 年 7 月 18 日致宋淇夫妇信中说："这两个月我一直在忙着写长篇小说《小团圆》。"到 1975 年 9 月中旬，初稿就出来了。写完之后，她"简直像生过一场病，不但更瘦得吓死人，也虚弱得可怕"，以至于有时候一阵阵头昏，在街上差点栽倒（1975 年 9 月 24 日张爱玲致宋淇信，《张爱玲往来书信集 1·纸短情长》第 272 页）。她决定先搁一搁，然后抄写，起初她觉得"我小说几乎从来不改，不像论文会出纰漏"（1975 年 9 月 26 日张爱玲致宋淇信，《张爱玲往来书信集 1·纸短情长》第 273 页）。不久，她就发现"小说不改，显然是从前的事了"，这部小说"需要补写"，而且还颇棘手，有的一时真"写不出"，"看来完稿还有些时"（1975 年 10 月 16 日张爱玲致宋淇信，《张爱玲往来书信集 1·纸短情长》第 275 页）。

而就在此时，宋淇将此消息透露给了皇冠出版社老板平鑫涛，平鑫涛闻讯毫不犹豫预付了 3000 美元连载的稿费，后来，还表示再提高稿费"也在所不惜"，闻风而动的海外报刊和出版社也加入了一场"抢稿大战"。最后，决定下来，还是由《皇冠》杂志和《世界日报》(《联合报》的海外版,平鑫涛主编)先连载,然后再由皇冠出单行本,平鑫涛豪气出手,立即预付了1万美元版税。

然而,面对手上的这部书稿,张爱玲的心上却并不轻松,虽然这里面有诸多问题都值得考虑,如所曝出的一些个人隐私会不会引人"窘笑",以及一再重复自己旧作的情节,会不会使人觉得"炒冷饭"等,而更大的问题还是胡兰成——她说:"胡兰成现在在台湾,让他更得了意,实在不犯着,所以矛盾得厉害,一面补写,别的事上还是心神不属。"(1975年11月6日张爱玲致宋淇信,《张爱玲往来书信集1·纸短情长》第279页)

看来,这一段补写和改写的时间,她的心路历程走起来还相当艰难。

《小团圆》真正完稿要延至次年即1976年3月间,3月14日她抄好,填完页数,17日寄给在香港的宋淇夫妇,叮嘱"那份正本如果太皱,就请把副本给《世界日报》,正本给《皇冠》"。但因为书稿上牵连的心事太多,刚寄出"就想起来两处需要添改",又赶紧寄出两页抽换。

此时,张爱玲的心情不能说不是又兴奋又忐忑。

完全没有想到,宋淇夫妇读了书稿之后,力阻她以当时的样子拿出去发表。虽然她一时还有点接受不了,却不能不为朋友的好意与忠言所动,同意搁置下来,考虑各种修改方案,并退还了皇冠预付的大额稿费。此书的修改,一直到她去世也未完成。

这究竟是怎么一回事,我们先按下不表。

三

从《小团圆》发表被阻，转入修改的 1976 年第二个季度起，直到 1983 年下半年，约有六年时间，我们在此姑作一节，来大致扫描一下张爱玲的生活。到下一个阶段，她将进入一个特殊场景，即为了躲避"虫患"而不停地迁徙和漂泊，因而，相比起来，这一时期，她过的还是比较平静和正常的生活。

尽管《小团圆》遇到挫折，她的创作活动并未停歇——不但有新的作品在台、港等地发表和出版，而且也愈来愈多地介入那边文学界的争议与出版事务中。和以往不同，她已基本上不再从事英文写作，不再谋求进入所在地的文学圈，身在好莱坞，与那里的影人与作家却全无来往——即使影星卢燕有意求见，而卢燕与名作家米勒很熟，她也避而不见。人虽为美籍，俨然还是一个旅居的中国作家。

首先要提及的，是 1977 年《红楼梦魇》的出版。这本书从酝酿、动笔到完成，前后用了十年时间。我们当还记得，她是在赖德克利夫女子学院从事《海上花》的英译工作时，忽然"移情"到《红楼梦》的版本考据的，而后一发不可收，竟然把"本职"工作都延搁了，未能如期完成《海上花》的英译。有理由相信，她在为伯克利分校中国研究中心工作的两年时间内，"本职"工作的业绩之不能令上司满意，也是她仍在孜孜不倦地进行《红楼梦》考据所致。她在为《红楼梦魇》所写的序中说：

我这人乏善足述,着重在"乏"字上,但是只要是真喜欢什么,确实什么都不管——也幸而我的兴趣范围不广。在已经"去日苦多"的时候,十年的工夫就这样捆了下去,不能不说是豪举。正是:

十年一觉迷考据

赢得红楼梦魇名。

(《〈红楼梦魇〉自序》,《张爱玲文集》第4卷第342页)

这十年的时间,当然不是天天都做此事,会是写写停停,而这,却是她萦绕心头,一直未曾放下的"主业"。在这件事上,诚如她自己所说,有"一种疯狂"。《红楼梦》版本的考据是一门专项学问,各种抄本孰先孰后,以及修改、续书、真伪、人物不同结局等问题,扑朔迷离,相当复杂。张爱玲所做的考据,有她自己的特点和她独具的功力,同为红学家的宋淇,极为佩服她对《红楼梦》的"熟极而流和眼光锐利",她对人物与细节描写的辨识,可谓是"心细如发",无人可及。其见地学术价值如何,这里不去讨论,其实,这愈到后来,愈不是她关注的重点。她在《〈红楼梦魇〉自序》中说:"我自己是头昏为度,可以一搁一两年之久。像迷宫,像拼图游戏,又像推理侦探小说。早本各各不同的结局又有'罗生门'的情趣。偶遇拂逆,事无大小,只要'详'一会红楼梦就好了。"看得出来,她几乎拿这件事当作自己心灵上的抚慰和精神生活的支撑。

正式出书之前,各篇即已在《皇冠》陆续发表,反响平平,有人反映"看不懂",或如宋淇所说,让人"始终没有捉到一个总印象"（1978年2月21日宋淇致张爱玲信，《张爱玲往来书信集1·纸短情长》第375页）。连同稍早一些发表的《谈读书》《谈读书后记》，如同笔记连缀，文字又嫌过长，不具有吸引人之处。

四

能有亮点的，是她的几篇小说：《色，戒》《浮花浪蕊》《相见欢》，都在随后不久（1978年）陆续发表。关于这几篇作品，她交代，"其实都是1950年间写的，不过此后屡经彻底改写"，因为"这三个小故事都曾经使我震动，因而甘心一遍遍改写这么些年"（《惘然记》，《重访边城》第121页）。

按发表的时间顺序，《色，戒》（1978年1月）在《浮花浪蕊》《相见欢》之前面世。这篇小说在张爱玲去世后十来年，被著名导演李安拍成同名电影，轰动一时，并获得"金狮奖"，其人物与故事情节已广为人知，此不赘述。

从现在公开的张爱玲信件看，这篇小说的故事确是宋淇提供的。张爱玲在信上对宋淇说："那篇《色，戒》（Spy Ring）故事是你供给的，材料非常好。"（1974年4月1日张爱玲致宋淇信，《张爱玲往来书信集1·纸短情长》第232页）英文稿50年代就存在，她到美国之初曾经修改过，拿它投稿，未获发表，以后放下了，到1974年，经宋淇提醒才又重新拾起来。这一次修改，宋淇参与的力度很大，对于人物设计、环境、路线等，他都做过细致的考虑，甚至还画了详图，与张爱玲反复讨论，可谓尽心尽力，在一定意义上，这篇小说就是宋淇与她共同创作的成果——她为此希望"将来有一天出小说集,序里要把 Stephen(即宋淇)有关《色,戒》的信都列入",以此证明"这么个短篇,两个人 work at it〔为它工作〕二十多年"(1977 年 10 月 31 日张爱玲致宋淇信,《张爱玲往来书信集 1·纸短情长》第 369 页)。

《色,戒》所写是抗战期间爱国学生对汉奸特务头子实施暗杀的故事,以张爱玲曾有的特殊经历,居然敢碰这个题材,可谓有点胆大。果然,不久之后,这篇作品就受到台湾文学界人士的阻击。在《中国时报·人间》上,作家张系国发文(《不吃辣的怎么胡得出辣子?——评〈色,戒〉》),批评《色,戒》涉嫌"歌颂汉奸"。虽然远在美国,张爱玲吞不下这口气,立即撰文(《羊毛出在羊身上——谈〈色,戒〉》,刊于 1978 年 11 月 27 日《中国时报·人间》)予以反驳。

平心而论,作品中写王佳芝惑于男女之情,一念之差,放走了汪伪特工头子易先生,引来杀身之祸,是足以体现一定警诫之意的,其中未必没有作者自己某种人生的省悟。王佳芝在珠宝店楼上脑子里闪现的那一句"这个人是真爱我的",竟然同样出现在《小团圆》里,盛九莉与邵之雍激吻时,也有这么一句:"这个人是真爱我的。"现在不好判断此言出现于这两部作品孰先孰后,按她自己说,《色,戒》等三篇作品,虽都是 1950 年间写的,写作应在《小团圆》之前,而定稿和发表却在《小团圆》完稿之后,能明显看出它们之间存在一定联系。在某种意义上,《色,戒》的主题意义，其实体现了张爱玲思想上的某种反省——写作《小团圆》时，她还是要为自己"出一口气"，其中对日伪方面人物一派云淡风轻，对与身负"汉奸"之名的邵之雍的婚恋，也只是失望于邵的滥情。一开始，她对宋淇的劝诫还颇抵触，比如说，宋淇告之台湾批评界对她的不善，不可将国民党的地下工作者写成"变节"人物，她一向对国民党政府不抱好感，立即反驳说："再也没想到重庆的地下工作者不能变节。"看上去，后来她还是逐渐消化和接受了宋淇的意见，定稿后拿出来的《色，戒》，对易先生之绝情与凶狠是予以揭露的。王佳芝被处决后，易先生有一段自我譬解，确实不是美化他——"不吃辣的怎么胡得出辣子"，可以解释为此人的心理逻辑，诚如她所说，塑造反面人物要进入其内心。站在因男女之情而铸成杀身之祸的女主人公一面看，《色，戒》之题义，就是要"戒之在色"，王佳芝因为"色"，不但使一起行动的几个伙伴惨遭毒手，自己也丢了性命。诚然，易先生因为"色"，也差点被暗杀，而她写这篇小说，可以看作更多的是针对王佳芝，警示不可在"性"中迷失自己。宋淇说："《色，戒》令人手足无措，caught them by surprise［让他们惊讶万分］，因为太不像你的作品了。"（1978年4月2日宋淇致张爱玲信，《张爱玲往来书信集1·纸短情长》第381页）除了作品的取材与手法之外，也应包括思想意义层面，与她其他作品确实不同。

《浮花浪蕊》写一个叫洛贞的年轻女子，从内地出来后，由香港乘船前往日本的经历。长长的航程中，除了与同舱的一对英、日籍夫妇有所接触外,她沉浸于对在上海、广州、香港的往事回溯,其中特别是钮太太一家颇具悲剧性的变故,令人黯然。而她自己面对一个陌生的世界,四顾茫茫,更有一种漂泊流落之感。张爱玲曾自叙其中有她的自传材料,女主人公的脾气像她自己,实则女主人公面对未来的心情也很像她自己。

另一篇《相见欢》(曾以"往事知多少"和"情之为物"为题),则是写一对互称表姐的中年妇人的交谈(作者说她确实听到过这一对妇人的交谈),她们的人生际遇虽各不相同,也都是极凡庸、琐碎的人生,点缀着许多"不像样的罗曼斯",和契诃夫所谓的"无事的悲剧",话题永远是过去,"一个忘了说过,一个忘了听见过",在善忘中尽显空虚和寂寞,以及"人与人之间的隔膜"(1977年10月31日张爱玲致宋淇夫妇信,《张爱玲往来书信集1·纸短情长》第368页)。和《浮花浪蕊》相同的是,这一篇也缺乏故事的张力,读来平淡而沉闷,尽失她昔日小说的华丽风采,遭到香港青年作家亦舒这样的批评:

今夜读《皇冠》杂志中的《相见欢》,更觉爱玲女士不应复出。我有我的道理,一一细说。整篇小说约两万许字,都是中年妇女的对白,一点故事性都没有,小说总得有个骨干,不比散文,一开始琐碎到底,很难读完两万字,连我都说读不下去……我始终不明白张爱玲何以会再动笔,心中极不是滋味,也是上了年纪的人了,究竟是为什么?我只觉得这么一来,仿佛她以前那些美丽的故事也都给兑了白开水,已经失去味道,十分悲怆失措。世界原属于早上七八点钟的太阳,这是不变的定律。

(亦舒:《阅张爱玲新作有感》,收录于亦舒《自白书》,
香港天地图书 1981 年)

亦舒的读后感代表了一部分读者对她新作的看法,张爱玲说:"亦舒骂《相见欢》,其实水晶已经屡次来信批评《浮花浪蕊》《相见欢》《表姨细姨及其他》,虽然措辞较客气,也是恨不得我快点死掉,免得破坏 image [形象]。"(1979 年 9 月 4 日致宋淇夫妇信,《张爱玲私语录》第 222 页)这表明许多人对她的期待已经落空——这种期待都建立在对她巅峰时期创作评价之上以及 image [形象]之中。对于这些反响,张爱玲相当沮丧,她觉得港、台有些人似乎跟她"搭上了",和她过不去,不免充满怨气。看到年轻女作家陈若曦以大陆社会现实为题材的小说《尹县长》等备受关注,更为自己受到的冷遇(如英文小说《粉泪》等被美国出版公司拒绝出版)感到愤愤不平。她写信给麦卡锡的信中诉说,对她来说,这是个运势不利的一年,西方读书界没有给她应有的重视,她则只能以道家的"顺其自然"的原则应之。

另外,还值得一提的是,这一年,她又完成了一篇小说《同学少年都不贱》。这是她短篇小说中真正的新作,也是唯一一篇将时空背景延伸到当时美国的作品。它叙写昔日在上海教会女中同寝室要好的四个同学(其中含同性恋),后来各自有不同的生活路径与际遇，着重描述女主人公赵珏与恩娟在华府的一次短聚，几十年过去，彼此之间境遇已有云泥之别，认知上隔膜亦深，相见一场，只留下深深怅惘与感慨。这篇新作在她生前未获发表，1978年8月20日她在致夏志清信中提到："《同学少年都不贱》这部小说除了外界的阻力，我一寄出也就发现它本身毛病很大，已经搁开了。"（《张爱玲给我的信件》第241页）在她看来，它的最大毛病就是女主人公赵珏与恩娟"早已没有友谊了，而仍旧依赖她，太不使人同情"（1978年5月26日张爱玲致宋淇夫妇信，《张爱玲往来书信集1·纸短情长》第387页）。而所谓"外界的阻力"是什么，似无确切的解释。当时，她的作品都寄给宋淇，由他把关，特别看有无"碍语"。这一篇与《色，戒》相比照，似乎不应有多大"外界的阻力"，但宋淇告诉她，"左派势力"会因其"反共"色彩和涉"同性恋"而对她进行攻击：

《同学少年都不贱》一篇请不要发表。现在台湾心中向往大陆的知识分子很多，虽不敢明目张胆公开表态，但对反共作家的攻击无所不用其极，想尽各种方法打击。……你这篇其实很innocent［天真无邪］，可是如果给人以同样手法一写，对你极不利。同时，它又并不比前两篇好多少。发表之后，使你的撑腰人都很为难。

（1978年7月19日宋淇致张爱玲信，《张爱玲往来书信集1·纸短情长》第391页）

这番话就"吓阻"了她,她在 1978 年 8 月 8 日即复信说:

《同学少年都不贱》本来已经搁开,没预备发表。台湾现在的左派势力我很能想象。时尚与趋炎附势的影响力实在大。

(1978 年 8 月 8 日张爱玲致宋淇夫妇信,《张爱玲往来书信集 1·纸短情长》第 393 页)

有人提出,《同学少年都不贱》中涉及的几个人物原型,可能是她所顾虑的"外界的阻力"之所在。张爱玲的小说创作一贯是会"杂糅"一些人物原型和细节的,《同学少年都不贱》中所涉及的人物原型,连宋淇都看不出其中的隐秘来,那几个人又无社会影响力,对张爱玲的话语权不能构成威胁,想来不应成为她"搁开"这篇作品的理由。这看来更像是《小团圆》被"拦截"留下的"后遗症"——《小团圆》之后,她一直对台湾文学界的左派势力心存忌惮,每有作品推出,都必请宋淇把关,看有无"碍语",而且力避与胡兰成粘连。曾经有个出版商在广告上利用她的名字推销胡兰成的书,她也自警"不能不避点嫌疑"(1977 年 9 月 8 日致夏志清信,《张爱玲给我的信件》第 224 页)。《色,戒》受到张系国的批评,时间上要稍靠后,不排除宋淇已经听到一些反映,为了充分维护她这个"品牌",对她时常敲敲"警钟"。

这几篇小说的情况都不顺,从宋淇等人的眼光看来,她应该多写一些能吸引读者的、有传奇性情节的作品,而不要一味平淡,让自己成了"作家中的作家"(此语有时是褒义,有时又带贬义),而她,一方面一直推崇"平淡而近于自然",在创作上又刻意追求于此;另一方面,她长时间离群索居,不与人来往,无从获取好的故事材料。即使有了故事,也缺乏对环境与人物的深入了解,难以下笔,这就必然被困于写作上的"瓶颈"。

五

这一时期,她工作的另一项重头戏,还是《海上花》的"两译",即由汉语译成英语和由吴语译成国语。前一项,起始比《红楼梦魇》要早,却迟迟不能竣其事;后一项,则做起来相对容易一些。故在1980年,她应该是倾力于这"两译"上,并已见成果。在加州大学伯克利分校那一段时间,她经常为感冒所苦,一发病,则不眠不食,百事俱废,夏志清认为这与她早年受其父"囚禁"有关,实则更可能是"水土不服"。一旦搬到洛杉矶居住,从她给几个友人的信中看,不大提感冒之苦了,其健康状况似好于先前,应该是她这一段能较多从事文学活动的前提。从时间上看,国语译注本《海上花》于1982年4月起在《皇冠》连载,表明她已经在这之前完成此项工作,而1981年10月1日她给夏志清的信上说:"我刚译完《海上花》,需要搁几个月再看一遍。"(《张爱玲给我的信件》第267页)此处之译事,则应是指英译。"两译"的进度几乎差不多,而国语译本先行发表,也给她带来一些烦恼,即其中的"沉闷的诗文酒令",未按原计划删掉并将其补缀起来,只能"一面登一面删",而英译本的整理,则一直在持续中——在1983年7月24日致庄信正信中张告诉说："英译《海上花》也还需要整理。"(《张爱玲庄信正通信集》第160页)不过,英译本究竟由哪里出,已摆到议事日程上,夏志清主张拿去给哥伦比亚大学出版社出,她却考虑发行量会太少,版税收入低,推托了,又托麦卡锡找其他代理人和出版社,最终,她生前一直也未出(其第一、二回,于1983年在香港中文大学的《译丛》上先行刊出),还是到她去世后,于2005年由哥伦比亚大学出版社出了。

《海上花》过去名气不大,然深为胡适、张爱玲推重,在中国传统小说中地位已有所提高,历经十多年完成的这个英译本,对这部作品走向世界是有意义的。张爱玲为国语本《海上花》写了一篇洋洋洒洒的译后记,特别肯定《海上花》在中国小说发展史上的地位,令宋淇读后大为赞叹:"《〈海上花〉国语本译后记》已看毕,写得非常之好,是你近来的力作,大概你对此书浸淫数十年,深得其中三昧,别人没有一个写得出来,连我看后都为之convinced[确信],对《海上花》估价提高了不少。希望此文可以令读者或多或少接受这本被遗弃的杰作。"(1983年3月20日宋淇致张爱玲信,《张爱玲往来书信集2·书不尽言》第139页)

困扰着张爱玲的,还有其他的一些出版事务。前面讲过,唐文标发掘出她40年代散佚的一些旧作,并要找出版商出书,她一面发声抗议,一面也自己安排校对、出书,限于当时台湾的出版法比较含糊与复杂——据说按当时台湾出版法,她的旧作已过了保护年限——与唐打交道,仍不免有些棘手。1982年,唐文标又在台湾远景出版社出《张爱玲卷》，将他"打捞"出来的《华丽缘》《殷宝滟送花楼会》《多少恨》《我看苏青》等悉纳其中，张爱玲因未即同意"皇冠"买断她的版权，故委托宋淇去与远景出版社交涉，后又感不妥，怕后者"resent it"［记恨］，影响彼此关系，进而影响自己生计，还是交"皇冠"平鑫涛介入，这些事上，她也不得不费许多心思。

六

祖国大陆在1976年打倒"四人帮"之后，进入了拨乱反正时期，张爱玲的作品在大陆尘封多年，她的名字久不为人知。上海的《文汇月刊》1981年11月号，首次刊登了一篇介绍张爱玲的文章——由中国社会科学院张葆莘写的《张爱玲传奇》，立刻引起了关注。1985年4月，文坛名家柯灵则在具有广泛影响的《读书》杂志上发表了《遥寄张爱玲》一文，追忆张爱玲在上海成名往事，并对她寄予期望与祝福。稍后，上海的大型文学刊物《收获》，重刊了她的名作《倾城之恋》（1985年第5期），张爱玲的名字遂重返故土。

张葆莘那篇介绍她的文章是她姑姑寄给她的——1982年10月14日，她在致庄信正信中即说："那一期《文汇》我姑姑已经寄给我了。"（《张爱玲庄信正通信集》第125页）这里应该说一下的是，她与她姑姑其实是一直断断续续有联系的，离开香港赴美时，她即从她姑姑那里借了一笔钱，到纽约后，也通过中间人与姑姑通过信，后来还给姑姑汇过钱，到80年代，这种联系更方便了。这一时期，她甚至还收到弟弟张子静的信（他从在美国的亲友处打听到她的地址),虽然与弟弟疏远已久,毕竟有手足之情,还是"加倍小心"地给他回了信——她对国内的情况始终抱着很深的戒惧心。

也有国内的大学和单位试图约请她回大陆访问,据她说,北京大学中文系乐黛云教授就托郑绪雷(司马新)带话,说中国作家协会有意邀请她。她将此类信息都归为"统战",反应比较消极,除了与她姑姑、姑父保持一定联系,她似乎已下定决心,坚守自己避人的幽居生涯。

第二节 躲避"虫患"之旅

1983年年末开始躲避"虫患"——"漂流"于汽车旅馆的生涯——"自己一人作战的抗战":艰辛和危险备至——一场小风波:水晶发表《张爱玲病了》——1988年年初,躲避"虫患"的旅程暂告结束——又生出了"人祸":有人在隔壁"蹲守"——1988年6月再次搬家——"虎口余生"两本书:《余韵》与《续集》——电影版权卖出高价

一

到1983年,张爱玲就已63岁,以当时的眼光看,称得上是一位老人了。就在这一年,她开始了一段剧烈动荡、颠沛流离的生活,原因是遭遇"虫患"。

1983年10月26日，她在给庄信正的信中，已诉说她被小虫袭扰，不得安生：

公寓派人来喷射蟑螂，需要出清橱柜，太费事，很少人签名要他来。今年来通知单说每月一次，再不让来要逼迁，只好把东西搬出来堆了一地，总不能一次次搬上搬下，结果是半年来一次，不是每月。东西摊了一地，半年没打扫，邻居猫狗的fleas［跳蚤］传入，要vacuum［用真空吸尘器清扫］后再喷毒雾。但是墙上粉刷的片片剥落，地毯上的粒屑拣不胜拣，吸入吸尘器，马达就坏了。我叫了个杀虫人来喷射，只保卅天，不vacuum无法根除，只好搬家，麻烦头痛到极点。久住窗帘破成破布条子，不给换我也不介意，跳蚤可马虎不得。

（《张爱玲庄信正通信集》第165页，新星出版社2012年）

fleas肯定是有的，不然，物业也不会大动干戈，不过，这样一来，也就无法正常生活。张爱玲怕跳蚤之类的小虫，而且后来经诊断证明，她也确实皮肤过敏，在别人或可忍一忍过去的事，她则奇痒难忍，寝食不安，于是，只有搬家。

说也奇怪，蚤子如影随形般跟定了她，她搬到哪儿，就跟到哪儿，这使得她一连数年，都不断搬家、逃离，试图摆脱它们。这里，我们且根据她给朋友（主要是庄信正）的信中所述，大致勾勒一下她搬家的路线——

第五章 美国（下）

她在1983年11月中旬找了一处房子，搬过去头几天，并未发现蚤子现身，却因买来个旧冰箱，冰箱下面有个盒子，带来了蚤子，惊惶之下，就在圣诞节来临时，仓皇搬出，换住motel〔汽车旅馆〕。赶上那时洛杉矶开奥运会，旅馆普遍涨价，1984年6月间，只好"冒了个险租了个公寓"，然而，fleas又"如影随形带了过去"，住了半个月，即搬了出来（1984年8月29日张爱玲致庄信正信，《张爱玲庄信正通信集》第177页）。这就又只得去住旅馆。到同年8月份，她请林式同做当地的担保人，找到一处房子，签了一年合同，准备长住。不料，又发现了蚤子，还有从未曾见过的一种虫子，当即决定到当年10月底搬出，连房东会追索空置期的租金也不顾了。再托林式同帮她申请郊外新盖的低收入住房，可是，手续相当麻烦——她的I.D.（公民身份证）被人偷了，须有固定住址才能补领。可她哪来固定住址呢？只好作罢，再度开始她的"漂流"于汽车旅馆的生涯。

这个漂流生涯之艰辛，远超一般人的想象。为了摆脱蚤子对她的追随，她不得不时时更换住处，有时一天换一个旅馆，有时是在同一旅馆里换房间。城区一些地方旅馆，她都住遍了，再到后来，就往郊外搬，越搬越远。之所以如此，就是要防止fleas扎根滋生，若是租房住下来，会因租期不到，发现虫情而不能立即撤离。她执着地认为，这种fleas已经逐渐缩小，几乎成为看不见的细菌，她必得一个人与之"苦战"到底。

因为过于辛劳，行路不稳，她常常跌跤。一次是在搬家前，要把带不动的书一包包丢到垃圾桶里，累得跌了一跤，原已扭了筋的脚又添新伤，引起脚肿。又有一次，从一家旅馆搬到另一家，她独自拎着行李，好容易到了，柜台没人，只得转另一家，有几大包书分短程一次次搬，"两边都是大房子，上下楼再迷路，精疲力尽，完了出去吃饭，没看见一个极浅的台阶，绊跌了一跤，膝盖跌破还没好又摔破，第二天还流血不止"（1984年8月26日张爱玲致宋淇夫妇信，《张爱玲往来书信集2·书不尽言》第230页）

除此，还有更凄惶的情节——因为怕把 fleas 带进房间，她总是在户外"闪电脱衣"，结果招来了感冒。与其转述，不如听听这位作家如何向挚友陈述：

Mae & Stephen，

自从收到你们同具名的电报，大喜过望。但是已经开始天天换（汽车）旅馆，一路抛弃衣物，就够忙着添购廉价衣履行李。旅馆里无法拍发电报。因为理行李特别匆忙，邮票也没有，附近也都没超级市场（有售邮票机器）。好容易去邮局买了，却又病倒。因为我总是乘无人在户外闪电脱衣，用报纸连头发猛擦，全扔了再往房里一钻。当然这次感冒发得特别厉害，好了耳朵几乎全聋了，一时也无法去配助听器，十分不便。也还是中午住进去，一到晚上就绕着脚踝营营扰扰，住到第二天就叮人，时而看见一两只。看来主要是行李底、鞋底带过去的……两次叫杀虫人，老远到兽医院一两百元买了十只 flea bombs［杀蚤药］，毫无效力。似是自己带过新公寓里——头要剪到极短，但是可以觉得里面有轻微的动作，像风吹。衣袖里也有。三次搬家,两头付房租,只好改住旅馆,东西存仓库。到卫生署费了大事拿到一瓶 Kwell 杀头虱洗发精,虽与 fleas 不同,刚用过就往上直扑,要包着头防 reinfect [再度感染]。找医生不受理,以为疑心病,精神病,再不然打官话要卫生署去查旅馆地毯上有没 fleas,打草惊蛇,被旅馆公会知道了,我更不能搬来搬去了。如果算了,去租房子住下来,十天内猖獗得时刻需要大量喷射,生活睡眠在毒雾中,实在于健康有害⋯⋯

(1984年1月13日张爱玲致宋淇夫妇信,
《张爱玲往来书信集2·书不尽言》第 193—194 页)

还有一次,她因太累迷迷糊糊睡去,竟然让剧毒的洗发精流入眼睛,差点酿成大事故:

全神贯注的结果,终于又好些了,身上行李上没有了,却又转移阵地到头发上,只头顶偏左那一块,永远在最后几分钟内钻进一只,搬家就又带了过去。或是下了蛋,数小时后有轻微的骚动,渐渐蹦跳。我学会了自己剃头也没用。消毒剂洗头失效,改用杀 lice 洗发精,头一天消了毒,隔夜又渗透了,不得不改在早上提早,6点钟直忙到12点多,一搬定了就出去,远道进城,再多跑几个地方,太累了竟把一个月取一次的信全丢在公车站的长椅上,幸而没有你们的信在内。次日再照这新课程行事,更闯了大祸:这种剧毒的洗发精要专心不让它流入眼睛,但是擦上了要等一个钟头(方单上说十分钟——无效），我利用这时间做点别的事，头一天可以早点睡。（我说的三小时睡眠已经是分两截，回来得晚些总要一直忙到天大亮，全靠第二天补觉，不出去。）不料瞌睡麻木，一低头做事，淋到眼睛里有一会才觉察。到附近医院急救，第二天复诊，有 lesions［损伤］叫我到 USC 医院诊治，五天后又再长出一层眼膜。住在医院对过的豪华的旅馆里，给病人打折扣，但是不让搬房间。总算住满三天搬了一次，又住了三天。fleas 本来差不多没有了，迅即恶化。

（1985 年 7 月 27 日致宋淇夫妇信，
《张爱玲往来书信集 2·书不尽言》第 251—252 页）

此类情况层出不穷，可以看出，这个被宋淇称为"自己一人作战的抗战"（《张爱玲私语录》第 247 页），是如何艰辛和危险备至。

二

她的这种境况引起朋友们极大担忧，夏志清建议她到纽约住；庄信正也主张她易地而居，如到纽约，当时他正在那里工作，可以就近多照顾她；宋淇夫妇则希望她能去香港；台湾的一家报社还提出接她去台湾疗养，费用全包——这都是一些不错的选择，但都被她拒绝了。

朋友们对她的情况或持有不同看法，夏志清倾向于她应该去看心理医生，以诊断有无精神上的症状，庄信正也认为她是"疑心生

第五章 美国（下）

暗虫"（《张爱玲庄信正通信集》第 207 页）。而她本人绝不承认这是幻觉，也不认为是皮肤过敏所致。宋淇根据她的来信，认为她的困扰是有生理上的根据的，写信拜托当时正在洛杉矶的水晶，帮她找医院和医生，随信附寄了张爱玲给他们的私函。

附寄的张爱玲给宋淇夫妇的信是这样写的：

Mae&Stephen：

前几天刚寄出一信，又收到 Stephen 的信，就又再补寄上这航简来。这次一个月才去开一次信箱取信，现在这批 fleas 来自（19）83 年 11 月买的旧冰箱底下的 insulation［隔热板］中，浅棕色，与上一批 Kingsley 旧居邻家猫狗传入的黑色不同，疑是中南美品种。变小后像细长的枯草屑，在中国只有一种小霉虫有这么小。（19）84 年秋搬家放弃第二只新冰箱前，曾经问过买的那家公司，说冰箱底下有个浅盆，fleas 可以进去。早在（19）83 年冬我就想住一两天医院，彻底消毒。不收。现在要住院：除非医生介绍，而医生也疑心是 a bee in my bonnet［女帽上的一条丝缎，隐喻，暗示纯属子虚乌有］。前两天我告诉他近来的发展，更像是最典型的 sexual fantasy［性的妄想］，只有心理医生才有耐心听病人这种呓语。送去的标本拿去化验，看是否 animal tissue［动物体内的组织］，两星期后听回音。

（1985 年 3 月 17 日张爱玲致宋淇夫妇信，
《张爱玲往来书信集 2·书不尽言》第 245 页）

不承想水晶接信后，在台湾报刊上发表了一篇题为《张爱玲病了》的短文，引来众多人围观，造成一场小风波。水晶未经写信人同意即发表其私信，已属不妥，更严重的是，他还就此做发挥说：

不过我也跟夏志清一样，怀疑她这一恐蚤病，来自内心深处，也就是医生给她的处方，是"女帽上的一条丝缎"，因为，"世上没有人是一座孤岛"，而张女士偏偏想打破这条至理名言，结果，恕我直言，被她坚拒于公寓墙外的那些人（不是无头冤魂），也不清楚包不包括唐文标，化成了千万只跳蚤，咬她叮她。生命真的变成了"一袭华美的袍子，爬满了蚤子"（见《天才梦》）。我写出这则消息，心情和宋淇、夏志清同样沉痛！

（引自《张爱玲病了》，原载台湾《中国时报·人间副刊》1985年9月21日）

这就等于说，张爱玲此时正患有一种"精神官能症"，或其他心理疾病，尽管患有某种"精神官能症"或其他心理疾病，并非什么不光彩的事，却是她自己不愿承认和面对的。看到水晶这篇文章后，宋淇的心情非常沉重，他给张爱玲写了一封长信，详细叙述了事情原委，做出自我检讨，请求她予以原谅：

……在等了一个月之后，没有你的消息，遂又将上次的信影印一份于7月16日短函中附上，同时我寄上一信给水晶，请他就地查询一下你的情况，我想他一向是你的忠实读者，访问过你，又蒙你的介绍才见到我，可以信得过。因为志清信中始终认为你患的是心理病，而且信中无法详细解释，我竟不加思索将你 3 月 15 日致我们的私函影印了前一大半给他，以证明你的困扰是有生理上根据的。事先事后我都不以为意，也没有同 Mae 商量，就此忽略了私函的 private［私人］和 confidential［保密］性质，真是罪莫大焉。……此文一出难免影响到我们几十年建筑起来的 good will［友好］，思之黯然，只怪我一时糊涂，认为他会尊重别人的隐私权。天下竟然有这种事，如他仍在 Berkeley，我根本不会如此做，我以为他既在 LA，有汽车、学校背景，当然在医生和医院方面比较有办法，或许到有需要时能助你一臂之力。谁知道一切都是我的单相思，自己送上门去给人利用，夫复何言？！

（1985 年 9 月 28 日宋淇致张爱玲信，
《张爱玲私语录》第 243—245 页）

　　事情已经发生，张爱玲倒也淡然置之，就连对夏志清认为她患有心理疾病，也不深怪，只是从此与水晶断绝了往来。

　　从 1984 年到 1986 年，有将近两年时间，连庄信正和受托关照她的林式同也不知道她的行止，直到 1986 年 9 月下旬，庄信正才收到她的这封信：

　　这些时一直惦记着没给你们俩写信，非常不安。但是抗 fleas

工作等于全天候带加班的职业，上午忙搬家，下午出去买东西补给药物与每天扔掉的衣履与"即弃行李"——大"购物袋"——市区住遍了住郊区，越搬越远，上城费时更长。睡眠不足在公车上眈着了，三次共被扒窃一千多，三次都是接连三天只睡了一两小时。只好决定除每天非做不可的事外，什么事都不做，多睡两个钟头，清醒点，信箱付月费才去一次，拿到信也全都不看，原封不动收起来。你的信都收到，《纽约时报》书评没工夫看，带来带去多天后还是抛弃了。写信不免要作交代，不多讲点细节又实在使人无法置信，太费力，费时间。大概是我这天天搬家史无前例，最善适应的昆虫接受挑战，每次快消灭了就缩小一次，终于小得几乎看不见，接近细菌。但绝对不是 allergy［过敏反应］或皮肤病。

（1986 年 9 月 25 日致庄信正信，
《张爱玲庄信正通信集》第 206 页）

这也就是说，直到这时（水晶文章的风波已过了近一年），她也不认为所谓"虫患"是有幻觉因素，甚至连皮肤过敏也不是，尽管有这些好心的朋友要向她施以援手，她却岿然地声称："遇到这种奇祸，只能自己 sweat it out［硬撑］。"（1987 年 9 月 9 日致庄信正信，《张爱玲庄信正通信集》第 215 页）

如此，又过了一年多，到了 1988 年 2 月，她主动联系林式同，告诉他跳蚤已经绝迹，可以住公寓了，请他代为安排。林式同的公司正好有一处新房，她嫌大（有两间房），又自行找了一处（地址

第五章 美国（下）

是：245 SO.RENO ST.，APT.9）。待安顿下来，拆看积存的信件，才发现有一封郑绪雷给她介绍医生的信，便按此信去找 UCLC（加州大学洛杉矶分校）医生，医生说她是皮肤特别敏感，敷了特效药就好了。她很佩服这位医生的诊断，自己譬解说："大概 fleas 早两三年前就没有了。"（1988年3月13日致庄信正信，《张爱玲庄信正通信集》第222页）言下之意，后来的事，算是皮肤过敏惹的祸。

至此，这一段躲避"虫患"的漫长旅程才算暂时落幕。

三

搬入这个新居，没有了"虫患"，却又出了"人祸"。住在洛杉矶的一位来自台湾的女作者别出异想，打听到她的住处，在她的隔壁租了一间房"蹲守"，随时窥探她的境况，以期做独家报道。那一段时间，她正患感冒，很少出门，只偶尔出来扔垃圾。情急之下，这位女士便翻她的垃圾，分析、获取她的饮食习惯与健康信息，随后，写出文章《华丽缘——我的邻居张爱玲》，欲在报刊登载。此文虽被一些报刊抵制，终究还是在美国《中报·副刊》上发表了。此事让张爱玲着实大惊，这些年来，她极力避免与他人交接，对住处地址和电话都加意保密，就是要保护自己的隐私，竟然会有人不择手段在她身边潜伏，实令她"毛发俱竖"，气愤之下，立即搬走。

这一次，她就住进了林式同安排的公寓（时在1988年6月）。自1974年庄信正委托林式同照顾张爱玲，其间她与林虽也有一些联系，寻求他的帮助，但只是从这时起，才算正式蒙受他的照看（住在林式同公司建的公寓，林交代管理人员关照她）。后来，虽又搬了一次家，也还是林安排的，就仿佛"老有所托"，直至她溘然去世，林式同作为她的遗嘱执行人，将后事料理妥当。我们且在此打住，另作一节叙述。

  长达五年的流浪生涯，带给张爱玲的损失极大，除了身心俱疲，健康受损，也因频繁搬家，丢失了不少东西，更大的损失还是时间——如此久长的时间，她不可能坐下来从容一点进行写作。每一次搬家，都耗尽了她的时间和精力。搬之前，她要准备三个小时，近一点的地方，打不到出租车，有时只好自己提着行李走过去。因为每次都要抛扔一些东西，到达新的住地之后，又要去补买生活必需品。极端情形下，她一连几天，每天睡一两个小时，歇下来时，只能补觉。不要说看书，累得常常连来信也不拆看。由此我们也就可以理解，为什么她计划的《小团圆》等的修改，一直延宕下来。

  这些年里，她倒是有两本书出版，一本是《余韵》，另一本是《续集》。前一本所收的是她在大陆所写，他人发掘"出土"的旧作，如《华丽缘》《我看苏青》《小艾》等；后一本，则是她到香港之后写的，有电影剧本《小儿女》《魂归离恨天》和小说《五四遗事》等，因为它们都是应对盗版抢先出的，她称其为"虎口余生"。这两本书又都是由宋淇策划、主持，甚至连序也是宋淇捉刀代笔的，时值她在躲避"虫患"期间，他们之间偶有通信，她通常只能简短作复："一直没空写信，尽管焦急惦念"（1987年9月9日张爱玲致宋淇夫妇信，《张爱玲私语录》第256页），"可惜又耽搁了这些时，其实我不用看"（1987年12月10日张爱玲致宋淇夫妇信，《张爱玲私语录》

第 258 页），致使宋淇相当为难。他在 1987 年 11 月 19 日致"皇冠"责任编辑的信中说："最可惜是我 10 月 19 日挂号寄去《续集》的序，现在她根本不能收挂号信，当然又落了空。我寄去的是原稿，中间空一格写，有几处用铅笔写了点意见，征求她可否，现在也无从知道她的反应。想来想去，目前唯一办法是照她信所说，只好由我做她的枪手，重新理过，用正楷抄一遍，寄上发排。同时影印一份给她，请她看看有什么意见，如有重要的，等到再版时更正好了。否则遥遥无期。大家都给她吊在半空。平信会遗失，挂号信不能收，到手后忘了看，看到了又不入脑。想不到一代才女会落到这地步，不禁怃然。"（转引自《张爱玲私语录》第 257 页宋以朗注）

幸而，这两本书销路不错，给她很大安慰，她念及宋淇的"惨淡经营"，"简直使人心酸"，实在感激莫名。还要提及的是，宋淇很有商业头脑，又谙于谈判技巧，陆续帮她将《倾城之恋》《怨女》《第一炉香》的电影版权卖出高价，让她获得数万美元的进项，这些钱又由他买外汇理财，产生较丰厚利息，遂为她积累了一笔可观的货币资产，给她的生活提供了可靠的保障。

第三节　生命的最后岁月

1991 年 7 月入住罗彻斯特公寓——应付各种病患："保身的功课"——"做一点事要歇半天"——过街时被撞伤——想写的《谢

幕》《美男子》《相面》等——"全集"出版——《对照记》的由来——《爱憎表》与拟写的《小团圆》散文——"遗嘱"与附寄的信——安排姑姑、姑父来美——黑人暴动与大地震：平安度劫——把想说的话大段大段地在脑子里对 Mae（邝文美）倾诉——"毕马龙情结"——疑心病与恐惧症——皮肤病又恶化——"虫患"之幻影重重——更愿意去新加坡安居——1995 年 9 月 5 日生命最后一刻来到——三天后被发现——死于动脉硬化性心血管病——1995 年 9 月 30 日骨灰撒到大海

一

1988 年 6 月，张爱玲搬进林式同为她安排的一间公寓房，但这并非她最后一次搬家，到 1991 年 7 月，她又搬了一次，由林式同当担保人，租住了靠近加州大学洛杉矶分校的罗彻斯特公寓一间房子（10911 Rochester Ave., 206 Los Angeles），房东是一个伊朗人，在这里，她一直住到去世。

从林式同安排的公寓搬出去的原因，是因为又有了虫。这无疑也是实情，仅仅才过一年多，1989 年 12 月 11 日，她就写信告诉庄信正说："此地新房子蜜月期已过。蟑螂蚂蚁小花甲虫全有了。房东发通告警告脏乱与违规养猫狗——可能就快有 fleas 了。我远道去买较好的杀虫器材。房东也叫了杀虫人来，要出清橱柜，等于三个月小搬家一次，房客（中南美与黑人居多）怕麻烦，大都不要。'自扫门前雪'也事倍功半。但是我绝对不搬家，实在没这时间精力。"（《张

第五章 美国（下）

爱玲庄信正通信集》第 256 页）再往后，她告知庄信正，已从这里搬出去，原因实是："我寓所蟑螂激增，比以前好莱坞老房子更多十百倍。"（1991 年 8 月 3 日致庄信正信，《张爱玲庄信正通信集》第 274 页）林式同也承认，"因地点关系，我在 lake ST. 的那栋公寓住进了许多中美移民，素质较差，三年新的房子，已经被弄得很脏了，有人养了猫，引来许多蟑螂蚂蚁"（《有缘得识张爱玲》，《华丽与苍凉》第 33 页）。她实在搬家搬怕了，所以，努力做杀虫的工作，费去许多时间，不到实在无奈的地步，她本意不再搬。然而，终究还是搬了。

新住处的房东说，他们注重预防，没蟑螂也按月喷射、熏，情况好多了。可是，后来又出了状况，还是想搬走（一直到她 1995 年去世前，还想过当年 7 月底搬走）——可以说"虫患"的魔咒一直没有离开她。当然，到生命的最后一段途程，她也实在动不了了。相对而言，她在罗彻斯特公寓住有四年多，时间还算比较长。

多年来，困扰她的不只是虫患，还有各种疾病——感冒（她认为是过敏性的）、牙痛、眼病、脚肿等，她把平时用于就诊、用药、遵医嘱安排饮食等，称为"保身的功课"，为此占去了大部分时间。1989 年，她在给郑绪雷的信中如此描述："说来使人无法相信，日常的啰唆事太多，医生派下的例行功课永远有增无减，都不是吃药的事。现在改低胆固醇 diet［饮食］也麻烦，health foods［健康食品］难吃，要自己试验着做菜。整天是个时间争夺战。"（司马新《张爱玲在美国——婚姻与晚年》第 181 页）1990 年 3 月 23 日致夏志清信上也说："我成天只够伺候自己，chores［零星杂事］永远有增无减。"（《张

149

爱玲给我的信件》第 319 页）饶是这样，病魔还是不断缠身。1991年年末，她外出办领证手续，"接连两天奔走，就又'寒火伏住了'，感冒快一个月，六年来没发得这么厉害过"（1991年12月7日张爱玲致宋淇夫妇信，《张爱玲私语录》第 280 页）。宋淇认为，她平时力行节食，结果抵抗力低，容易生病。这种情况一直持续着，连写信对于她也是沉重的负担，一封信有时也要写好几天。除了极少的几个人，她都不写信，甚至和她有出版业务联系的宋淇夫妇那里，1992到1993年间，也有大半年没有收到她的信件。她也在不无忧虑地想，别人会对她不能理解，有一次，她接到夏志清来信，获悉他生了一场病，震惊之余，还有了这样的想法："同时我不禁苦笑，终于有一个朋友尝到服侍自己的麻烦，不然我总是无法交代在忙些什么——各种医生派下的任务再加上我确实精力不济，做一点事要歇半天。"（1993年1月6日张爱玲致夏志清信，《张爱玲给我的信件》第 340 页）

说到这里，还要补叙一件事，即在1989年春的一天，她在过街时，被一个迎面跑来的中南美的年轻男子撞倒在地。男子相当壮猛，竟使她跌破右肩骨，疼痛难忍。她去看了医生，医院没有收她住院，因为她未买保险。她写信给林式同说："我觉得我这样按月收入的人，医疗费还是现付合算，但是现在此地医院往往不收没保险的病人，所以预备保个短期住院 Blue Shield［按：美国保险名］。"（《有缘得识张爱玲》，《华丽与苍凉》第 30 页影印件）尽管那时她已有了一笔可观的存款（在香港）和较稳定的版税收入，却仍然量入为出，不敢随意花钱。既然如此,也只能是"医生说让它自己长好,但是奇慢"(1989年8月6日致夏志清信,《张爱玲给我的信件》第313页),就"由它去了",这种情况,也令她久久不能执笔。

毕竟已到古稀之年,来日无多,她的紧迫感愈来愈强,而且她绝不是一个懒人,总希望还能争取时间,再出一些作品。她在1989年3月6日致宋淇夫妇的信上说:"我想我们都应当珍惜剩下的这点时间,我一天写不出东西就一天生活没上轨道。"(《张爱玲私语录》第266页)她的心上,还有一些写作任务尚未完成——1993年1月6日她在给庄信正的信上还说,除了正在写的一篇长文(即《小团圆》散文),"另外还有几篇故事要写"(《张爱玲庄信正通信集》第299页)。

现在,我们从她给宋淇夫妇的信中得以了解,她还想写的有——小说《谢幕》,主人公是以戏剧家曹禺为原型的,"我想写他这次来美,使他想起战后自内地来沪,一次影片公司大请客,气氛与心境有相同之点——大受欢迎,同时也有点自卫性"(1980年9月29日张爱玲致宋淇夫妇信,《张爱玲往来书信集2·书不尽言》第31页)。她早先就此与宋淇有过一番讨论,宋淇很赞同她写这个题材,向她提供了自己所知的曹禺材料,可能苦于缺乏生活细节,放下了多年,到1988年,经宋淇提起,才又开始考虑写,酝酿了一段,终未见写出。另一篇,她说她"一直想写一个中篇小说《美男子》,好两年了,有一处没想妥"(1990年2月15日张爱玲致宋淇夫妇信,《张爱玲往来书信集2·书不尽言》第397页)。这个小说是写一对来自台湾的夫妇,在美国读了名牌大学,找到了工作,但是觉得"为人作嫁"没前途,不如自己开店好。"'美男子'被许多做明星梦来LA的少女看中,小说写他离婚经过与离婚情形。"(1990年6月6日张爱玲致宋淇夫妇信,《张爱玲往来书信集2·书不尽言》第425页)宋淇听了也很感兴趣,认为光是《美男子》这个题目就很吸引人,或能借此在读者中掀起一个高潮,不过,他认为华人在美国开店很艰辛,未必好写。这部作品也未见写出。除此,还有若干散文题目盘旋在她心里,如一篇讲"相面",酝酿甚久,她为寻找一本介绍美国总统的书还画图求助,也就只差动笔写了。

　　一方面是满怀对时日的紧迫感,另一方面是身体上种种病痛的限制,可以想见,她当时内心是相当焦灼。不过,这些年里,她还是完成了两件大事:一是"全集"的出版,一是写出《对照记》。"全集"的出版在1994年,即她去世前一年,而筹备工作,则从1991年即已进行。那一年2月14日,她写信告诉夏志清说:"我在忙出全集的事,出了寄两本有新文字的来。"(《张爱玲给我的信件》第322页)更多的具体工作,当然是由在香港的宋淇和台北的皇冠出版社编辑在做。从她与宋淇的通信中可以知道,自1990年起,宋淇就在为出这套"全集"找书。"全集"共收有以下16册书:《秧歌》《赤地之恋》《流言》《怨女》《倾城之恋》《第一炉香》《半生缘》《张看》《红楼梦魇》《海上花开》《海上花落》《惘然记》《续集》《余韵》《对照记》《爱默森选集》——其中,大部分是她在大陆时期所作,有一些是他人从旧报刊上找到的,即她所谓"无中生有"者,体量也颇可观。她去世后，一批雪藏多年的遗稿如《小团圆》《雷峰塔》《易经》《少帅》《异乡记》等陆续问世，更壮大了这个阵容。

而1993年即已完稿并在《皇冠》上开始连载的《对照记》，起因是"皇冠"出"全集"要配她的照片，她忽然产生了一个想法，"反正是我珍视的我的一部分"，"出全集可以登个'回顾展'，从四岁起，加上notes［附注］，借此保存，不然迟早全没了"（1990年4月22日张爱玲致宋淇夫妇信，《张爱玲往来书信集2·书不尽言》第419页）。随后，她去仓库取回老照片，她的想法已愈见清晰："照片很多——以前寄来的一张不预备用——这section［一块］可以叫《老照相簿》。附注有繁有简，成为一篇《对影散记》——或《对照记》？"（1990年6月6日张爱玲致宋淇夫妇信，《张爱玲往来书信集2·书不尽言》第425页）所拟的几个题目中，她倾向于用"张爱玲面面观"做书名，而宋淇则认为"对照记"有"张爱玲笔触"，她就听从了宋淇的意见。这本书曾被人讥为"写真集"，收集了她保存的她自己和亲友的部分旧照（据庄信正说，在张爱玲向他出示的相簿上，他看到的一些照片还有未收入的，故建议再出一本续集），实有的文字不多，而且有的还是从别的书稿中移录的，即使如此，她在那种身心困惫的状态下写作、修改，亦殊不易。

另外，因为在上海的陈子善找出了她上中学时填的一张"爱憎表"，其中有一项"最喜欢爱德华八世"，需要做些解释，促使她又着手写一篇长文《爱憎表》（暂名，未完稿），"把《小团圆》内有些早年材料用进去"，原来准备放在《对照记》中做附录，又觉得"尾大不掉",而《对照记》一文作为自传性文字,她觉得"太浮浅",于是,就把要写的长文以及书名都叫"小团圆",这就牵涉小说《小团圆》与散文《小团圆》的关系问题,我们下面再详细道来。

二

出版"全集",似乎是一个收束的信号。此时,她已是一个高龄人士,身体又如此不好,对于身后的事,应有所考虑。早在1985年住汽车旅馆期间,有一天晚上,她怕回去太晚,快步走了几条街,忽然感到心口又有点疼,就想到可能 heart attack(心脏病发)倒在街上,"应当立遗嘱"(1985年2月1日致宋淇夫妇信,《张爱玲私语录》第240页)。到了1991年,宋淇身体状况很不好,邝文美给她来信说,"他急于把公事交代清楚,先把这些附件(版税结算单)寄上。你看了便知,关于出版新书的事,盼直接与'皇冠'联络,以免耽误。事非得已,你一定明白"(1991年2月6日邝文美致张爱玲信,《张爱玲私语录》第276页)。天有不测风云,谁也说不准下一刻会发生什么,张爱玲不愿身后自己的财产充公,也曾询问过遗嘱公证的相关事宜,一来手续颇为麻烦,二来她的公民身份证丢失,一直也未能办。这一天,她为给姑父李开第办国内版权代理,要买授权书表格,却无意间看到了遗嘱表格,顺便买了一张。再一问,有了公民身份证(当时她已补办好了),办个遗嘱公证也不难,便找到公证处,填写了表格。除了相关必需的信息外,遗嘱正文便是:

第五章 美国（下）

我 EILEEN CHANG REYHER，定居于加利福尼亚州洛杉矶罗彻斯特（ROCESTER）大街 10911 号公寓 206（90024），声明本遗嘱是我的最后遗嘱，并取消在此之前本人所立的其它〈他〉遗嘱：

第一，在我死亡时，把我的全部动产遗赠给STEPHEN C. & MAE SOONG（MR.&MRS. STEPHEN C.SOONG）。

第二，我想立即火葬，不在殡仪馆，把骨灰撒在任何荒无人烟的地方，撒遍宽广的陆地上。

第三，我指定 MR. STONE LIN 作为本遗嘱的遗嘱执行人。

公证人确认她"在签署遗嘱时心智健全，而且不是被迫，也没有受到威胁、欺诈和任何人的不当影响"，即给这份遗嘱签了字。签完这份遗嘱后，她给林式同写信，附上遗嘱影印件，说了这件事，林式同还以为她得了什么不治之症，打电话问她，她说身体尚好，只是以防万一（此处采用庄信正的说法，见《张爱玲庄信正通信集》第288—289页。林式同在《有缘得识张爱玲》一文中说，当时他未回复，系记忆有误，庄乃是有日记可佐证的。但林式同说当时并未当一回事，也是真的，执行遗嘱时，遇到很多麻烦，皆因未预先认真讨论过）。24日签下遗嘱，25日她即将正本寄给宋淇夫妇，同时写了以下嘱托：

为了托 KD［李开第］大陆版权的事，我到文具店买授权书表格。就顺便买了份遗嘱表格，能 notarize［找公证人见证］就省得找律师了。以前一直因为没证件不能立遗嘱，有钱剩下就要充公。现代医疗太贵，如果久病，医护费更是个无底洞，还有钱剩下的话，我想：

（一）用在我的作品上，例如请高手译，没出版的出版，如关于林彪的一篇英文的，虽然早已明日黄花。(《小团圆》小说要销毁。) 这些我没细想，过天再说了。

（二）给你们俩买点东西留念。

即使有较多的钱剩下，也不想立基金会作纪念。……

(《张爱玲私语录》第 282—284 页)

可以看出，此时她牵挂在心的，主要就是两部未出版的作品：一个是关于林彪的，即 70 年代在加州大学伯克利分校中国研究中心写的那篇政论文，如前所述，对她而言，这是横亘胸中多年一直难消的一个块垒——她之所以被陈世骧教授解雇，是说她在伯克利大学两年没有什么业绩，而其实她是有研究成果的；另一个就是自传体小说《小团圆》。关于《小团圆》，这也是一个大大的心结，在后事的交代中，必须提及。由于接受嘱托者是宋淇夫妇，他们对《小团圆》为何不能问世最为清楚，无须多做解释，只一提即可知。前已说过，这些年来，她的版税收入存放在香港，由宋淇夫妇为她理财，已是颇大的一笔款项，故有成立不成立基金会之说。宋淇夫妇几十年来一直是她的挚友，后期更代理了她的出版与版权事务，对她的作品及著作权情况最了解，也最堪信任和托付，指定为其遗产继承人，顺理成章。

宋淇夫妇收到她寄来的遗嘱后，深为她这种情逾骨肉的信任所感动，也为他们都已步入残年剩景而感慨，在此后三年间，他们之间还不断有书信往还，彼此关心日常起居和健康，对后事问题倒未见进一步讨论，翻译有关林彪的论文和销毁《小团圆》小说等事，也未再提起。

三

关于她自己家人的情况，这里还要说一说。她的姑姑张茂渊是1991年6月去世的——去世之时，她远在美国都能感到"无缘无故低气压"（1991年7月12日张爱玲致宋淇夫妇信，《张爱玲往来书信集2·书不尽言》第471页）。了解她的家庭情况的人都知道，在家里，她与姑姑最亲，相伴度日的时间也最长，以至姑姑有时要避嫌，免得其母认为是她疏离了她们母女关系。她赴美时得到姑姑一笔钱资助——说是借，那种情势下谁确定能还上？当张爱玲经济状况转好之后，她一直想还钱并有以报答。80年代起，他们之间的联系频繁起来，姑姑希望她能回上海见一面，但她疑心太重，觉得姑父有可能受命对她做"统战"工作，连姑姑询问她当时有无收入，她都认为是"显然在收集资料好摆布我"（1983年11月5日张爱玲致宋淇夫妇信，《张爱玲往来书信集2·书不尽言》第184页），坚拒不回大陆。到1988、1989年，也曾计划安排姑姑、姑父来美相聚，然而，她又疑虑重重："现在看来，我姑父大概是想立功。我甚至有点怕他来了知道我地址，即使借口脏乱不能请他们去。也许推说客满，另找一个较远的旅馆。当然也很容易跟踪——此地的士必须打电话叫,但是旅馆外面常有的士可坐。"(1988年12月27日张爱玲致宋淇夫妇信,《张爱玲往来书信集2·书不尽言》第356页)后来,姑姑、姑父终未能成行,她借姑姑的2500美元前已还上,又把预留下的他们来美国的费用寄给他们,"不愿意她临终太鄙薄我"(1990年4月9日张爱玲致宋淇夫妇信,《张爱玲往来书信集2·书不尽言》第413页)。其间,还发生了一件事,他们连续寄给她的三封信都未收到,无回复,姑姑很生气,而她认为,信件是"大陆检查扣下了",而后发现因无法投递,都已退回原寄出地广州,闹了个"乌龙",实在说,以她的情况,当时除了文学界有些人注意她,对她并无其他特别关注,她也是想多了。

1992年春天,她所居住的洛杉矶,发生了一场因种族歧视引发的黑人暴动,声势很大,幸运的是,她并未被殃及。1994年洛杉矶发生地震,大震之后,又有余震,一时人心惶惶,友人们也都纷纷来信、来电询问。她告诉他们,地震时,所住公寓有一两家的墙面惊现裂缝,而她住的房子,只是灯罩震掉下来而已。这些灾厄,她都平安度过,实是可庆幸的事。

四

长年孤身独居,避与外界接触,对她身心健康极为不利。体弱多病就不说了,精神状况也似愈来愈不佳。较为典型的是,她无人可以说话,只能在头脑中,把她想说的话大段大段地对Mae(邝文美)倾诉。1992年3月12日她在给宋淇夫妇信上说:"前

第五章　美国（下）

两天大概因为在写过去的事勾起回忆，又在脑子里向 Mae 解释些事（隔了这些年，还是只要是脑子里的大段独白，永远是对 Mae 说的。以前也从来没第二个人可告诉。我姑姑说我事无大小都不必要地 secretive［遮遮掩掩］）。"（《张爱玲私语录》第 285 页）对造成这种现象的直接原因，她自己判断也是对的："我至今仍旧事无大小，一发生就在脑子里不嫌啰唆——对你诉说，暌别几十年还这样，很难使人相信，那是因为我跟人接触少。"（1992 年 9 月 29 日张爱玲致邝文美信，《张爱玲私语录》第 288 页）邝文美的容貌、才干、为人，令她十分赞赏，而另一方面，她也承认自己有一种"毕马龙情结"，她曾说："还有我说常看见广告上有像她的人，有一次拿给她看，（一个英文杂志上）她看了说我总拣比她漂亮些的。我想说又没说：那是我的 Pygmalion complex［毕马龙情结］，所以在我心目中已经加工了。"（1991 年 4 月 14 日张爱玲致宋淇夫妇信，《张爱玲私语录》第 277—278 页。该书编者注解："Pygmalion comples；毕马龙情结。希腊神话中，毕马龙对现实世界的女性没有兴趣，反而爱上了自己用象牙雕出来的女雕像，最后感动了爱神，雕像变成真人。这里张爱玲是说，邝文美被她的想象美化了。"）离她们最后一次相聚已经过去了近三十年，虽然有书信联系，毕竟年深岁久，她只能在想象中固化、美化对邝文美的印象，并以之作为倾诉的对象——"我永远有许多小难题与自以为惊险悬疑而其实客观地看来很乏味的事，刚发生就已经在脑子里告诉 Mae，只有她不介意听。别人即使愿意听我也不愿意说，因为不愿显得 silly［愚昧］或唠叨"（同上）。这种情况也许到她生命的最后一段时光更甚，1993年4月25日她写给邝文美的信中还说："我还是小事故层出不穷，一步一跌。……我在脑子里絮絮告诉你的就是这一类的事，你不会怪我不写信讲这些。"（《张爱玲私语录》第290页）不难看出，这种精神上的异样状况，正是长时期无人说话的极端孤寂状态造成的。

更严重的是，疑心病与恐惧症也在日益加剧。她与庄信正认识于1966年，庄很崇拜她，对她一直恭谨地执弟子礼，一段时间里，他几乎是最能就近照顾她的一个人，后来他离开了洛杉矶，又委托友人林式同照顾她，几十年间，他们之间交往和通信甚多，看上去关系不错，因为庄信正后来去联合国工作，她就认为他不可信。庄信正应一家出版社之邀欲编一本中国近代小说选，选入鲁迅、沈从文、萧红、老舍以及她的小说，她怀疑"是否有统战意味"（1988年3月27日张爱玲致宋淇夫妇信，《张爱玲往来书信集2·书不尽言》第327页）。台湾《中国时报》要请她去当文学奖评委，并出资让她回大陆探亲，听说是庄信正推荐的，她的反应是："原来是庄搞统战！"（1990年8月16日张爱玲致宋淇夫妇信，《张爱玲往来书信集2·书不尽言》第435页）。

她看身边的人，也疑影重重。住在公寓里，不可能不接触到维修工，有个维修工已在那里工作多年了，深受房东信任，她却杯弓蛇影，如临大敌。下面的这段文字，让人不能不为之悚然：

第五章 美国（下）

——刚搬来，此地的维修工人就三次问我什么时候出去，出去多久。每次见面就问这一句话。我不免疑心，每次出去都把现金带着。（所以没买金币，防 crash 太重。）今年初，听另一工人说他回瓜〈危〉地马拉去了，正自庆幸。5 月初有人敲门，问是谁，没人应。再问，半晌才答说："是 Dario。Apt. 一切都好吗？"又回来了！大概本来不预备回答，又怕我在窥视孔中看见他溜走。此后天花板漏水，是楼上一家。两三天后他又不召自来，问是否漏水，大概以为我不在家。

……7 月 4 日假期长周末，公寓里的人都出去度假去了，忽然门外极轻微地"叮！"一声，是维修工人随身带的通讯器上的"代门铃"，不过不像他们平时自我通报时的响亮。我怔住了没出声，隔了一会儿，听见门上有钥匙轻轻插入声，吓得嚷了声"是谁？"寂静。等我找了眼镜到窥视孔去看，早没人了。次日我打电话去告诉房东，果然大怒说："用了多年的……绝对信任……报警好了！……我不要听。"

……最后总算有点相信了，当然也不会怎样。我不能用他们的锁匠，都通气的。随便叫一家也欠安全。他们介绍了一家。昨天正叫了人来换信箱锁，Dario 刚巧来了，见了显然猜到我疑心他。本来也已经不止一次露出心虚的神气。

（1992 年 8 月 5 日张爱玲致宋淇夫妇信，
《张爱玲往来书信集 2·书不尽言》第 498—499 页）

这种心态也使她与房东（伊朗人）之间的关系闹得很僵。浴缸太脏，洗不干净，房东让她雇女佣打扫，她坚拒之，声称租约到期就搬，于是，不久就有人来看房，是公寓的副理（以色列人）安排的，"存心骚扰"，她觉得自己就跟与整个的中东在冷战一样。

日常生活中，她也时而会产生受害的妄想，她曾写道：

前一天我忽然无故想起有一种罐头可以买来预防地震，没水没火也能吃——如罐头汤就不行。在这之前两三个星期又有一次预感应验。补助营养的小罐头 Ensure［按：高蛋白饮料安素］吃了快一百罐了，这天开罐头忽然想起它畅销，医生又都叫吃，可会有人下毒吓诈，像 Tyleno［按：泰诺］等？

（1994年3月5日张爱玲致邝文美信，《张爱玲往来书信集2·书不尽言》第520页）

如影随形的虫患更令她恐慌不已，幻觉迭出。1991年搬进罗彻斯特公寓后不久，她去邮局信箱取信，在取回的报上发现一只蚂蚁，便大惊失色，吓得又要换别的邮局。她函购的埃及草药，原来用的是纸袋，后改用双重塑料袋，她又从中发现了一种"臭虫大的小蟑螂"，于是要暴晒翻搅，最后扔掉了事。越往后情况可能越严重，1995年7月25日，即距她去世不到两个月时，她写给宋淇夫妇的信所述的状况，已到令人惊骇的地步：

第五章 美国（下）

前信说过皮肤病又更恶化，药日久失灵，只有日光灯有点效力。是我实在无奈才想起来，建议试试看。医生不大赞成，只说了声"要天天照才有用"。天天去 tanning salon［日光浴店］很累，要走路，但是只有这一家高级干净，另一家公车直达，就有 fleas［跳蚤］，带了一只回去，吓得连夜出去扔掉衣服，不敢用车房里的垃圾箱，出去街角的大字纸篓忽然不见了，连走几条街，大钢丝篓全都不翼而飞，不知道是否收了去清洗。只好违法扔在一条横街上，回去还惴惴好几天，不确定有没留下 fleas 卵。tanning salon 天冷也开冷气，大风吹着，又着凉病倒。决定买个家用的日光灯。现在禁售，除非附装定时器，装了又太贵没人买，$600 有价无市。旧的怕有 fleas 卵，但是连旧的都没有。好容易找到远郊一个小公司有售，半价，又被搞错地址几星期才送到。我上次信上说一天需要照射十三小时，其实足足廿三小时，因为至多半小时就要停下来擦掉眼睛里钻进去的小虫，擦不掉要在水龙头下冲洗，脸上药冲掉了又要重敷。有一天没做完全套工作就睡着了，醒来一只眼睛红肿得几乎睁不开。冲洗掉里面的东西就逐渐消肿。又一天去取信，背回邮袋过重，肩上磨破了一点皮，就像鲨鱼见了血似地飞越蔓延过来，团团围住，一个多月不收口。一天天眼看着长出新肉来又蛀洞流血。本来隔几天就剪发，头发稍长就日光灯照不进去。怕短头发碴子落到创口内，问医生也叫不要剪。头发长了更成了窠巢，直下额、鼻，一个毛孔里一个脓包，外加长条血痕。照射了才好些。当然烤干皮肤也只有更坏，不过是救急。这医生"讳疾"，只替我治

sunburn［晒伤］，怪我晒多了，正如侵入耳内就叫我看耳科，幸而耳朵里还没灌脓，但是以后源源不绝侵入，耳科也没办法。他是加大肤科主任，现在出来自己做，生意不好。替我清除耳腊〈蜡〉后说："I'm glad there's something I can do to help you."［很高兴有一些事我能帮忙。］显然是承认无能为力。等到发得焦头烂额，也只说："痒是快好了，皮肤有点痒"；以为是虫，"其实是肤屑［skin flakes］，我不是拿到显微镜下看也不相信"。他本来也同意我的青筋不是青筋，有些疤痣皱纹时来时去，也同样是eczema［湿疹］的保护色。当然肤屑也有真有假。真肤屑会像沙蝇一样叮人crash-dive into eyes with a stab of pain［直插眼内造成一阵刺痛］眼睛轻性流血已经一年多了。我终于忍无可忍换了个医生，林式同的，验出肩膀上ulcerated［溃疡发作］，治了几星期就收了口，脸上也至少看不大出来了。

（1995年7月25日张爱玲致宋淇夫妇信，《张爱玲私语录》第310—312页）

这里较多引述了她自己的叙写，一方面是她自己所说，其真实性无可怀疑；另一方面，也是因为这些文字出自她的手笔，描写当时的环境、氛围及心理活动，不可能比之更细致和真切。

五

我们注意到，这种种现象，在1992年立遗嘱之后越来越严重。当然不是表明那时她的精神已经完全失常，事实上，也能看到，最后的几年中,她还极力保持着自己一定的判断力。她曾经因为要逃避虫患,一度想离开洛杉矶,去凤凰城或拉斯维加斯居住,但看了那边报上的招租广告后,权衡之下,还是做出了不去的理性决定。宋淇夫妇劝说她去香港,可是她考虑"九七"等因素,表示自己更愿意去新加坡安居。她对时事政治相当关注,并抱有颇为浓厚的兴趣,她留给世人的最后一张照片,居然是手执一份刊载朝鲜领导人金日成去世消息的报纸,而最后一封给宋淇夫妇的信上,还有对国际形势长篇大论的分析——透过这些分析,她做出换存美元或日元的抉择。当然,她那么熟稔于美国内外的时事,也一定与她终日面对电视机有关。

终于,她的生命最后一刻来到了,谁也不知道,那时发生了什么,或者,她还想着什么,也许她曾试图起身去喊人,或者打电话——她安装电话,就是为了应付紧急情况用的(1988年3月13日她致庄信正信中就说:"电话不能不装,万一生病。"可见她很重视电话在这事情上的用处。《张爱玲庄信正通信集》第223页),但她完全动弹不得,她只能无助地、绝望地躺在那里,直到闭上眼睛。

一连好些天,公寓管理人没有看到她的身影,便过来按她的房间门铃,没有应答,这才发现,这位东方的老太太已经去世了。

据查验,她死于动脉硬化性心血管病,而去世的时间,应在被发现之日的三天前,即1995年9月5日。

去世时,她的房间里只有一张单人行军床、一条蓝灰色毛毯、一张折叠的书桌、一台放在地上的电视机,以及到处散放的中英文报纸和书籍，大约知道自己大限已到，她将重要证件装进一个手提包里，摆在折叠桌上。

遗嘱执行人林式同和友人们为她办理了后事：遗体送玫瑰园（Rose Hills）殡仪馆火化，骨灰于9月30日撒到大海。

身世飘零的一代才女作家，最终就这样影沉洛杉矶。

下编 《小团圆》公案

第一章 社会小说写作与《少帅》

偏嗜"社会小说"——从"社会小说"到"黑幕小说"——摹写张、赵爱情故事的《少帅》——写作上"大大的失策"

张爱玲在美国的写作接连受挫,加上生活的磨难,使她初到美国时文学上的抱负日渐消磨,然而,说她后期一点抱负也没有,也不合事实,例如,在写作上,她仍然坚持"社会小说"的实验。

关于"社会小说",她曾经如是谈道:

但是从小养成手不释卷的恶习惯,看的"社会小说"最多,因为它保留旧小说的体裁,传统的形式感到亲切,而内容比神怪武侠有兴趣,仿佛就是大门外的世界。到了四五十年代,社会小说早已变质而消灭,我每次看到封底的书目总是心往下沉,想着:"书都看完了怎么办?"

(《谈看书》,《重访边城》第 54 页)

那么,什么是"社会小说"呢?

如果简单下一个定义,"社会小说"就是以社会实事为主要题材的写实小说。"社会小说"的名称虽是 20 世纪 20 年代才有的,其强调社会纪实的传统却由来已久。中国古代小说本来就和社会纪实的传统几乎是共生的。班固《汉书·艺文志》中说:"小说家者流,盖出于稗官。""稗官"的职责是给执政者提供"闾巷风俗",即真实社情。最早的小说与"史部"混杂一处,后来也还是靠"讲史"吸引受众。再往后,写实小说更壮大,也仍与社会纪实有一种"沾亲带故"的关系。在鲁迅的小说史谱系中,《红楼梦》《金瓶梅》是人情小说,《海上花列传》是狭邪小说,《儒林外史》是讽刺小说,《官场现形记》是谴责小说,而在社会写实的层面上,它们都有一种"共相",其中也免不了有一些实际生活中人事的影像,而其指向,则归于一时之世情,统谓之"世情小说",亦为不可。所以说,张爱玲对"社会小说"的"偏嗜",也是她对中国古代写实小说传统"偏爱"的必然延伸。而这里,似乎还有另一种"循环":她由中国传统写实文学培育出对纪实传统以及世情小说的爱好,又由此种爱好形成"定见",乃至影响对整个小说史的观念,进而支配其对阅读和写作路向的选择。

我们知道,作为一个小说家,她的阅读范围和趣味相当"另类",还在青少年时,她就喜欢看各种小报,看上面刊载的一些纪实性小说连载,后来,住在美国,她对西方的文学名著不大问津,所写的长篇随笔《谈看书》和《谈看书后记》,洋洋洒洒数万言,涉及的主要是"非文艺性"的"纪录体"书,可以看出明显的"偏嗜"。

她说:"从前爱看社会小说,与现在看纪录体其实一样,都是看点真人实事,不是文艺,口味简直从来没变过。现在也仍旧喜欢看比较可靠的历史小说,里面偶尔有点生活细节是历史传记里没有的,使人神往,触摸到另一个时代的质地。例如西方直到十八九世纪,仆人都不敲门,在门上抓搔着,像猫狗要进来一样。"(《谈看书》,《重访边城》第59页)

在她的阅读经验中,那种毫无生活真实性基础、胡编乱造的小说,是受到排斥的;而那种虽有一些生活内容,却一味渲染文艺性,搞所谓"三底门达尔"(sentimental 音译,一般译为"感伤的",又有解释为"感情丰富到令人作呕的程度"的),听凭想象力充填的作品,也绝不会受到青睐。相比之下,倒是老老实实记叙真实生活,哪怕只是记叙一些事实的作品,有耐看和回味的价值。

这一点,她确与许多作家不同。她说:"当然实事不过是原料,我是对创作苛求,而对原料非常爱好,并不是'尊重事实',是偏嗜它特有的一种韵味,其实也就是人生味。"(《谈看书》,《重访边城》第58页)除了这种"人生味"之外,她还发现,存在于事实之中的是:"无穷尽的因果网,一团乱丝,但是牵一发而动全身,可以隐隐听见许多弦外之音齐鸣,觉得里面有深度阔度,觉得实在,我想这就是西谚所谓 the ring of truth——'事实的金石声'。库恩认为有一种民间传说大概有根据,因为听上去'内脏感到对'('internally right')。是内心的一种震荡的回音,许多因素虽然不知道,可以依稀觉得它们的存在。"(同上)

这种记叙事实的作品,并不一定要说明什么,它会很内敛、含蓄,要靠读者去咂摸、体会,细心看出"夹缝文章"——尽管是一个笼统的印象,也可以看到多方面的人生,"有些地方影影绰绰,参差掩映有致"(《谈看书》,《重访边城》第 65 页)。因为这种写法会更近于生活本身:"实生活里其实很少黑白分明,但也不一定是灰色,大都是椒盐式。好的文艺里,是非黑白不是没有,而是包含在整个的效果内,不可分的。读者的感受中就有判断。题材也有是很普通的事,而能道人所未道,看了使人想着:'是这样的。'再不然是很少见的事,而使人看过之后会悄然说:'是有这样的。'我觉得文艺沟通心灵的作用不外这两种。二者都是在人类经验的边疆上开发探索,边疆上有它自己的法律。"(《谈看书》,《重访边城》第 53—54 页)从这方面看,"社会小说"应是将作品表现方式与现实生活本身拉得更切近、紧密的一种方式,是写实的一种极致化操作。它一定程度上遏制了故事情节、人物塑造对原生态生活真实的侵犯与遮蔽。这种对"社会小说"的偏好与追求,以及所进行的实验,或可以促进对写实文学传统大步回归。

理想中这种带有较浓厚纪实性的"社会小说"当然不错,人们偶尔也会碰上这样的作品,然而,实际上情况又多不然,她也看到,"不过社会小说之间分别很大"(《张爱玲语录》,《张爱玲私语录》第 60 页),这种既号称纪实又容许虚构的体裁的作品,极有可能堕为所谓的"黑幕小说"。为了避免"被带到沟里",她主张:"凡是好的社会小说家——社会小说后来沦为黑幕小说,也许应当照 novel of manners 译为

'生活方式小说'。"(《忆胡适之》,《重访边城》第 24 页)

从"社会小说"到"黑幕小说"中间,确有一段灰色地带,就是影射现实世界中真人真事。鲁迅在《中国小说史略》中曾就《孽海花》一节写道:"书于洪、傅特多恶谑,并写当时达官名士模样,亦极淋漓,而时复张大其词,如凡谴责小说通病;惟结构工巧,文采斐然,则其所长也。书中人物,几无不有所影射;使撰人诚如所传,则改称李纯客者,实其师李慈铭,字莼客,见曾之撰《越缦堂骈体文集序》,亲炙者久,描写当能近实,而形容时复过度,亦失自然,盖尚增饰而贱白描,当日之作风固如此矣。"(《中国小说史略·清末之谴责小说》,《鲁迅全集》第九卷第 291 页,人民文学出版社 1981 年)

张爱玲的祖父张佩纶被化名"庄仑樵"写入《孽海花》,就是一个显著例子,不过,曾朴笔下的张佩纶,生平还大抵如实,只是写在签押房遇见威毅伯(李鸿章)的千金,以及该女有诗作等情,张爱玲父亲认为不实。《孽海花》为较上乘之作,尚且多有张大其词、形容过度之处,而"其下者乃至丑诋私敌,等于谤书;又或嫚骂之志而无抒写之才,则遂堕落而为'黑幕小说'"(《中国小说史略·清末之谴责小说》,《鲁迅全集》第九卷第 292 页)。即就张爱玲十分推崇的《海上花列传》而言,鲁迅也指出过:"书中人物,亦多实有,而悉隐其真姓名,惟不为赵朴斋讳。相传赵本作者挚友,时济以金,久而厌绝,韩遂撰此书以谤之,印卖至第二十八回,赵急致重赂,始辍笔,而书已风行;已而赵死,乃续作贸利,且放笔至写其妹为倡云。"鲁迅这里所说,乃是一种"相传"之言,他同时也为它做出辩解，指出"二宝沦落，实作者豫定之局"，然终归是在一种恶浊空气中，难以彻底洗白——"……光绪末至宣统初，上海此类小说之出尤多，往往数回辄中止，殆得赇矣；而无所营求，仅欲摘发伎家罪恶之书亦兴起，惟大都巧为罗织，故作已甚之辞，冀震耸世间耳目，终未有如《海上花列传》之平淡而近自然者"（《中国小说史略·清之狭邪小说》，《鲁迅全集》第九卷第267页）。

西方的此类纪实类小说，其实也有同样的问题，作者有借纪实小说腾谤报怨的，所以，"动不动有人控诉诽谤"（《谈看书》，《重访边城》第57页）。由此看来，张爱玲所属意的这种纪实性的"社会小说"，虽具有一些优长之处，却也潜存着一定风险，历史的经验教训已经很多，如不重视，极容易失足。

谈到张爱玲关于"社会小说"的观念与写作实践，少不得要谈一谈她的小说《少帅》。

这部小说写于20世纪60年代初，原计划写十章，未终稿即被搁置。现出版的是未完稿，仅七章，三万字左右，原文是英文，由郑远涛译成中文，于2015年，即张爱玲去世20年后出版。

从构想上看，它似是一个长篇的架子，所写主要是张学良与赵四小姐的爱情故事，同时，在背景上也展现了那个时代中国上演的一场场内战闹剧。张学良在小说中被易名为陈叔覃，赵四小姐改叫周四小姐，其他人物的名字也都换过，而人物身份、关系以及相关事件，大都与人们熟知的历史情况差不多。周四小姐因其父与老帅是世交，常来帅府参加各种寿宴，得以与少帅相识并相恋。少帅有原配夫人，也有情人朱三小姐，甚至于还有"第一夫人"亦有意于他，而他，独钟情于这个13岁（实岁12）的豆蔻少女。这个岁数，对于她本就是一个不适合恋爱的年龄。他们相恋的过程不长，少帅很轻易地就把她弄上了床，以后则是不时抽空来"临幸"她。这件事即从当时的眼光看，也是有些出格。周四小姐家人知道了此事，其父将她安排去北京大学当旁听生，也未能阻断她与少帅的关系。在她与少帅相处的日子中，发生了军阀混战诸多事件，身在少帅之侧，她几乎能成为一个时代的见证人——虽然她主要是听来的为多。作品描写的重点，也不在此。周四小姐在自己不寻常的成长过程中，愈发坚定了对于少帅的爱情，曾经想到一旦少帅战死，就去当"望门寡"。终于，他们之间的这种无名分的关系得到双方家长的默认，老帅被日本人炸死之后，这段爱情竟有了相当完满的结局：

　　他历劫归来，这对于她是他们俩故事的一个恰当结局，从此两人幸福快乐地生活在一起。童话故事里往往是少年得志，这种结局自有几分道理。在那最敏感的年龄得到的，始终与你同在。只有这段时间，才可以让任何人经营出超凡的事物，而它们也将以其独有的方式跟生命一样持久。17岁她便实现了不可能的事，她曾经想要的全都有了。除了据说是东方女性特有的娴静之外，如果所有的少妻都有某种自满的话，她则更甚，因为她比她知道的任何人都更年青，更幸福。一种不可动摇的笃定感注入了她的灵魂，如同第二条脊梁。她生命中再也不会有大事发生了。

(《少帅》72—73页)

虽无名分,她和少帅的原配夫人却相安无事,一起住在一个院子里,外界承认少帅有两个夫人(而不是一妻一妾):"下一次南行,太太们也与他同坐一架私家飞机。终于是20世纪了,迟到30年而他还带着两个太太,但是他进来了。中国进来了。"(《少帅》第86页)进入20世纪30年代,少帅还能带两个太太出现于公众之前,这很不符合时代规范,而这一特例还是站住了,以至于作者要惊呼"中国进来了"——这个中国是传统的中国。张爱玲以这个方式肯定少帅和周四小姐爱情的结局,连带也肯定这种不合今人道德规范的"洛丽塔"式的"少女恋"——她称之为"少年得志",认为"在那最敏感的年龄得到的,始终与你同在"。就这个结局而言,他们的爱情故事到此收尾也未为不可,接下来,便是"西安事变",少帅被囚,赵四小姐侍奉他终身——确实一旦他俩的关系笃定之后,也再没有什么大事发生了,生死休咎,都可以置之度外。这也就是她说的,"要点是终身拘禁成全了赵四"(1966年11月11日张爱玲致宋淇信,转引自《少帅·别册》第31页)。这也很类似于《倾城之恋》中表达的意思:"香港的陷落成全了她。但是在这不可理喻的世界里,谁知道什么是因,什么是果?"(《倾城之恋》第201页,北京十月文艺出版社2012年)

看上去这确实是一个别致的爱情故事,她1956年即已起意写这个故事，1961年去台湾的目的，其一就是为写作这部小说搜集材料。当时，她抱着满腔热望，试图以英文小说创作打开异域的读者市场，却屡屡受挫——《粉泪》被各处退稿，《易经》找不到买家，她简直很崩溃，非常需要一个有"卖点"的作品来突围和"转运"——看上去《少帅》的题材具有这个潜力。

在这部小说上，她花了很大力气，自承"三年来我的一切行动都以这小说为中心"（1964年5月6日张爱玲致宋淇夫妇信，《张爱玲往来书信集1·纸短情长》第119页），然而，未曾想到，她要写的是一个万众瞩目的人物的故事——此人曾经那样活跃在中国现代史舞台上，牵涉的人物和事情太多，而她对此知识准备不足。在这上头，她也晓得须谨守史实，否则，必遭诟病。那几年，她住在华府，一头扎进国会图书馆翻阅图书，尽力恶补，对于从各种渠道弄来的资料都如饥似渴地阅读，甚至直接转录到作品中。即使如此，她还是感到力有未逮，写的是还未久远的历史，却把北伐时期"军政事日期搅错了"（1963年7月21日张爱玲致宋淇夫妇信，转引自《少帅·别册》第27页），至于太多的人名，"已经用gimmicks［花招］简化一切，还搞不清"，还有那些纷乱如麻的事情也让她理不顺，以至于喊出："难道民初历史根本不能动？"（1964年5月6日张爱玲致宋淇夫妇信，《张爱玲往来书信集1·纸短情长》第119页）终于，她"灰心得写不下去"（1967年3月24日张爱玲致宋淇信，《张爱玲往来书信集1·纸短情长》第146页）。这就是只留下一半残稿的由来。

又过了十来年，宋淇想起她曾写过这部小说，建议她再捡起来，她都"已不记得书名"，也不准备再写了。不过，她提到"这故事虽好，在我不过是找个可接受的框架写《小团圆》"（1982年2月1日张爱玲致宋淇夫妇信，《张爱玲往来书信集2·书不尽言》第87页），能启发我们想到它的写作与《小团圆》之间确有某种思想上的联系。有论者认为，这部作品在张、赵的爱情故事中"代入"了她与胡兰成的爱情故事，可与《雷峰塔》《易经》并列，而成为60年代张爱玲所写的"自传三部曲"之一，此说听来仍不免有点穿凿，因为张、赵故事与张、胡故事根本不属于同一类型，将《少帅》纳入张爱玲的自传体系也不伦不类。

必须指出，在写作上，一方面，她必须尊重史实——历史事件的时间、地点、参与者等（很显然，"难道民初历史根本不能动？"这种质疑是没有道理的），而另一方面，不管出于什么目的，她又在一些地方有意地改动史实，这又逾越了历史小说的基本界限，造成真假相混，以假乱真，如周四小姐亦即赵四小姐的年龄和身世，都与真实情况不符（参看《少帅·别册》）。在正文中，"不合比例地"写了她与少帅的许多"床戏"，特别是周四小姐的性交体验，即使撇开对赵四小姐其人有无伤害不论，这种写法也极易误导读者对历史的认知，而这正是前文所说的，"社会小说"容易滑入"影射小说""黑幕小说"的一大弊病。

就文本自身而论，因为属于未完稿，亦是未定稿，不必苛求。由于作者所写，是她不能深知的生活，难免运笔支绌；涉及的人和事头绪纷繁,往往只见轮廓,而无细致、纵深的刻写;又常常只是从谈话中间接转述,不能给人如在目前的印象。前面曾经谈到,她前期创作理念中非常重视对所写生活内容的深入了解,道是"写小说非要自己彻底了解全部情形不可(包括任务、背景的一切细节)"(《张爱玲语录》,《张爱玲私语录》第49页)。至少,她在着手写《少帅》这样一部作品时,已偏离了这个原则,这正是这部小说写作难以为继的根本原因,也无怪夏志清要说她写《少帅》是"大大的失策"(《〈张爱玲在美国——婚姻与晚年〉序》第12页)。

  还要提到的是,提倡"社会小说",热衷于"社会小说"的实验,是她在70年代中后期的事,她在《谈看书》《谈看书后记》等几篇文章中阐明的有关纪实类作品和"社会小说"的观点,都可以视为她写作《小团圆》的注脚,由于较早就喜欢《海上花》,因而,对此类文体就一直在关注和思考。《少帅》虽写作于60年代,也与这个思路有关,它所暴露的问题,与《小团圆》的问题有一定的同源性——她在美国期间的写作屡屡受挫,在某种程度上,也是深陷这种写作理念的误区所致,《少帅》如此,《小团圆》也如此。

第二章 《小团圆》近缘作品之一——《雷峰塔》

《易经》(含《雷峰塔》)的写作过程——《雷峰塔》的情节梗概——父亲的真实形象——那些可亲的"底下人"——童趣盎然的儿时生活回忆——传统中国的"介绍"者——作为《小团圆》的底本

一

《雷峰塔》和《易经》原来就是一部作品,开始写作时间在1957年,起初的计划是这样的:"新的小说第一章终于改写过,好容易上了轨道,想趁此把第二章一鼓作气写掉它,告一段落,因为头两章是写港战爆发,第三章起转入童年的回忆,直到第八章再回到港战,接着自港回沪,约占全书三分之一。此后写胡兰成的事,到1947年为止,最后加上两三章作为结尾。这小说场面较大,人头杂,所以人名还是采用'金根''金花'式的意译,否则统统是Chu Chi Chung 式的名字,外国人看了头昏。"(1957年9月5日致宋淇夫妇信,转引自宋以朗《〈雷峰塔〉引言》,《雷峰塔》第1—2页,北京十月文艺出版社2011年)从这个计划看,结构上与后来的《小团

第二章 《小团圆》近缘作品之一——《雷峰塔》

圆》有些相近,后者的头两章就是写港战的,而写作中就改变了这个计划(或大纲),作品一开始直接进入童年回忆,即女主人公幼时从上海迁到天津后的生活。从整部作品(连同《易经》)看,也未往下延至1947年,未写胡兰成的事,只写到从香港返回上海为止。

现在,我们已无法追溯作者当时是为何做出这个改变的,而可以看到,大约在1961年年初,她写了一半,已觉得很长,且可以独立成书,虽想好了全书名为《易经》,此时,为这个独立成书的上半部要设计一个新的题名,这就是《雷峰塔》(一度叫《雷峰塔倒了》)。《易经》全书大约在1963年6月即完成,她在1963年6月23日致宋淇夫妇的信中说:"《易经》决定译,至少译上半部《雷峰塔倒了》,已够长,或有十万字。"(转引自宋以朗《〈雷峰塔〉引言》,《雷峰塔》第3页)这里的译,是指将英文译成中文,然终也未见译出。英文本未找到买家,中文本未译出,这就一直要等到她去世后16年,才由他人译成中文出版,离她动笔写这部小说,已将近一甲子了。

有一种说法,张爱玲的母亲死于1957年,因而,此书写作的动念,或与此有关。其实不然,我们在介绍其生平之香港部分时,引述过她的创作计划,其中之一是写她自己的故事,前几部都陆续付诸实施,就轮上写自己的故事这一项,可见筹之已久,并非其母去世才触动此念。值得注意的是,这两部英文作品的写作,是在她与赖雅婚后,辗转于一些文艺营辛苦谋生之时,她写作的主要动力,实来自于要靠自己的英文作品,叩开西方图书市场的大门。她以在西方读书界已赢得一定声誉的华裔女作家韩素音为竞争目标，认为自己比她更有优势——虽然韩有一段生死恋情，以《瑰宝》一书名世，而自己的家族和经历更具传奇性，也更有文化内涵，足以吸引西方读者的眼球，她的这一强烈的创作动机，是我们走进这两个文本时必须了解的。

二

先说《雷峰塔》。《雷峰塔》全书共分24节，所写的故事是一个叫沈琵琶的女孩，幼年时，母亲因婚姻不幸福，不顾家人的反对，毅然随姑姑出国了。母亲走后，她和弟弟由用人照料。其父将妓女出身的姨太太接回家，她和姨太太老七相处了一段时间，从那里也感受到一些缺失的母爱。父亲还为她和弟弟请来了教书先生，开始接受僵硬、沉闷的私塾教育。后来，族人赶走了姨太太老七，琵琶又随家人由天津回上海。母亲也从国外回来，她很重视对子女的教育，他们在一起度过了一段较为温馨的时光。然而，父母之间的感情关系走到尽头，终于协议离婚，琵琶和弟弟归父亲抚养。随后，母亲再次出国，父亲又迎娶了继母。继母进家后，实施俭省计划，生活上做许多克扣。其弟因继母挑唆而常挨打、罚跪，琵琶虽与弟弟不睦，却对继母怀有一腔愤恨之情，她发誓报仇，家里充满紧张空气。母亲再次从国外回来，筹划让琵琶到英国念书，请老师给她补习功课，参加伦敦大学入学考试。考试期间，适逢淞沪会战，她在母亲家中住了一晚，竟遭继母打骂，琵琶反抗，复遭其父暴打，

第二章 《小团圆》近缘作品之一——《雷峰塔》

随后又被监禁,逃跑未成,姑姑来救,亦未果。其间,她生过一场病,病愈后终于逃脱,来到母亲身边。从小照看她的用人何干送来了她留在家中的珠宝盒,不久,何干也回老家去了,琵琶含泪为她送行。

以上就是《雷峰塔》的情节梗概,读过她的散文《私语》的人,不难看出,这就是《私语》的扩写。这一点,她在准备将此稿由英文译成中文时也说:"看过我的散文《私语》的人,情节一望而知,没看过的人是否有耐性天天看这些童年琐事,实在是个疑问。"(1963年6月23日张爱玲致宋淇信,转引自宋以朗《〈雷峰塔〉引言》,《雷峰塔》第3页)

很显然,它与《私语》所述家族故事和个人成长过程基本相当,只在事实交代和细节描写上,更显裕如,因之,说它是张爱玲的一部自传体小说,庶几近之。只是在一个重要事件上,她进行了虚构,即琵琶的弟弟陵因用继母的杯子喝药,染上肺结核,不治而亡。凶手即继母荣珠,是她蓄意害死了陵。事实当然不是这样,其弟张子静并未遇到这样的谋害,之所以这么写,源其初心,就是在继母恶毒狠辣的形象上,加上重重一笔,以了其当年发下的"报仇"夙愿。作家在创作上自有充分想象和虚构的权利,然对一部以事实为摹本的自传性作品而言,出现这样一种重大虚构,造成真假相混,以假充真,无论如何说,都会对自传的真实性造成一定损害。

与《私语》还不同的是,这部自传体小说从《易经》中独立出来以后,被命名为《雷峰塔》,似乎被赋予了一个颇具社会意义的主题——它不但关乎一个中国古老的神话传说,也与"五四"新文化中反抗封建礼教的时代旋律相呼应。不过,在我们看来,和纯粹虚构的小说、戏剧不一样,自传性作品受到事实真相的限制,不太可能集中于一个后设主题。琵琶的母亲追求女性的自主——出国与离婚,诚然有一定的社会阻力,却基本上是"为所欲为",反而是其夫榆溪显得被动和弱势。而琵琶自己,诚然因与继母正面冲撞而挨打,并被监禁,然也终于逃脱,再无其他被迫害与抗争等情,并不形成实现这一宏大主题必需的张力。再者,如果说她母亲的所作所为,在一定程度上尚能代表受"五四"新文化推动的新女性觉醒,而从张爱玲自己的一贯表述看,她似乎也从不认为,自己的个人经历具有一种反封建礼教的以及女性主义的象征性意义。因之,把这部自传性作品定位于与"雷峰塔"相关意义的主题,多少是有些牵强的。

三

《雷峰塔》的主要贡献,还是在于它在事实的背景上显现了琵琶父母的真实形象。关于她的母亲,我们在谈《易经》时再专门讨论,这里着重谈一谈她父亲。

以往几乎所有谈到作者父亲的传记,都依据《私语》《童言无忌》等相关段落介绍他,其基本面貌就是一个染上嫖妓、吸食鸦片等恶习的纨绔子弟。他因女儿还手打了继母,而对她殴打,并加以监禁,是他作为具有父权的家长淫威的一次爆发,给人留下恶劣印象。但是,只有走近了看,才能看到他的身上还有更复杂的矛盾的东西,像下面这样一段描写中,琵琶父亲的言谈是不是有点令人意外?

父女俩坐黄包车回家,琵琶坐在他腿上。罕有的亲密让琵琶胆子大了起来。
"舅舅的姨奶奶真不漂亮。"
他嗤笑。"油炸麻雀似的。"
"舅舅信佛么?"
"不信吧,我倒没听说过。"他讶然道,"信佛的多半都是老太太和愚民。不过你舅舅也是不学无术。"
"舅母信么?"
"信佛么?不知道。也说不定。你舅母笨。"他笑道。
"真的?"
她很惊异,一个大人肯告诉孩子们这些话。也很开心,觉得跟她父亲从没这么亲近过。

(《雷峰塔》第 100 页)

能批评别人"不学无术"的人,自己不但眼界高,而且有底气。女主人公父亲确实受过很好的教育,居然在亲戚中是以"满腹经纶"出名——他会英文,也会点德文,且有很好的古文底子,如果延续科举制度,他或能和其父一样中举,走上仕途。然而,他生不逢时,在一个新旧交替的时代,他纵然兼习中学、西学,却找不到自己在社会上的位置,而且处处表现得进退失据:

世纪交换的年代出生的中国人常被说成是谷子，在磨坊里碾压，被东西双方拉扯。榆溪却不然，为了他自己的便利，时而守旧时而摩登，也乐于购买舶来品。他的书桌上有一尊拿破仑石像，也能援引叔本华对女人的评论。讲究养生，每天喝牛奶，煮得热腾腾的。还爱买汽车，换过一辆又一辆。教育子女倒相信中国的古书，也比较省。

（《雷峰塔》第 174 页）

他不是没有想过振作自新，先前托庇于族人，在津浦铁路局做过英文秘书，后来也曾力图重新融入社会，"末了在一家英国人开的不动产公司找到了差事。每天坐自己的汽车去上班，回家来午饭，抽几筒大烟，下午再去"（《雷峰塔》第 157—158 页）。过了一段时间，他又不干了。一方面毕竟是世家子弟，还有老本可吃；另一方面，他的坏习染太深，已很难自新，只能沉沦下去。然而，这种人的内心是不会没有不安、恐惧和痛苦的——他一事无成，坐吃山空；他爱妻子（作品写他千方百计要留住妻子，不同意离婚），妻子却决然离他而去；他也爱孩子（作品中也有若干处写对孩子的温情表现，如吃饭时会帮琵琶搛菜到碗里等），而他钟爱的女儿，与他势不两立。他的苦闷和痛苦无可告诉，作品描写"他像笼中的困兽，在房间里踱个不停，一面大声的〈地〉背书。背完一段就指吹口哨，声音促促的，不成调子"（《雷峰塔》第 158 页）。此外，长期的精神压抑也使他产生一些怪异行为，如母亲对孩子们就讲过，他的习气"当然是跟他害羞有关系"(《雷峰塔》第110页)。他有时会喃喃自语,"自个说话自个听"(《雷峰塔》第105页)。看到这一切,作为女儿,琵琶是真心地"替他难过"。《雷峰塔》并未写到他的结局,真实生活中,作者的父亲,晚年花光了所剩无几的家产,住进一间十几平方米的小房子,死于贫病交迫之中。

他的人生不能不说也是一出悲剧,可以看到,在他的性格和命运上,有着时代浓重的投影。张爱玲曾经誓言要报仇,那主要是对继母而发的,后来,虽与父亲断绝来往(从香港回来后,还曾去见过父亲讨要学费),却始终未忘父亲对她的钟爱与温情(如谈到父亲为她写的《摩登红楼梦》拟订回目等)。她曾经说,对她造成伤害的两个人,一是胡兰成,一是她母亲,却非她父亲。当然,她又说,她从来没有爱过她父亲,而这似乎并不符合事实。相比于她母亲,她和父亲在一起度过的岁月更长,骨肉之情终究割舍不断,作品中琵琶哀叹:"可怜的爸爸。他是个废物,就连挥霍无度这样的恶名也沾不上边。进了堂子,还得千哄万哄才哄得他出手豪气。改过自新之后,他年复一年撙节开销,一切花费都省俭了,延捱着不付账,瞧不起这个看不起那个,这里抠一点那里抠一点,到末了儿割断了根,连系过去与未来的独子,就如同他的父母没生下他这个人。"(《雷峰塔》第322—323页)从作品字里行间,不难看得出她对父亲感情的历历余痕。

此外,在人物描写上,还值得称道的是,作品描写了家中的一群"底下人",即保姆、厨子、杂工等,他们勤劳、朴实、厚道,未受过什么传统教育,却熟知各种民间故事传说和习俗,给成长中的琵琶带来异样的精神营养。特别是琵琶的保姆何干,为了维持家中生计出来打工,她无微不至地照看琵琶,充满爱心,又小心翼翼地周旋在这个风波迭起的家庭中,力图保住自己一份养家糊口的差事,进退之间,不知受了多少委屈,费了多少心思:

这一向她很少提老太太了。怕像在吹嘘,万一传进了荣珠耳朵里,还当是抱怨。她服侍过老太太,又照料过老爷;六十八了,反倒成了洗衣服的阿妈,做粗重活。她知道有人嫌她老了。在饭桌边伺候,荣珠极少同她说话。每次回话,琵琶就受不了何干那种警觉又绝望的神气,眉眼鼻子分得那么开,眼神很紧张,因为耳朵有点背,仿佛以为能靠眼睛来补救。表情若有所待,随时可以变形状,熔化的金属预备着往外倾倒。

(《雷峰塔》第 233 页)

从她的身上,琵琶看到另一种人生,丰富和深化了对世界和人生的认知。这个人物在女主人公的生命史上也是相当重要的,我们在这部作品压轴部分看到,何干最后不得不离去,琵琶赶去车站送行,为她送去用自己仅有的两块钱买的核桃零食,整部作品就是在这样深情告别的场面和低沉、哀伤的旋律中结束的,情景也颇感人。

琵琶立在月台上，一帘热泪落在脸上。刚才怎么不哭？别的地方帮不上忙，至少可以哭啊。她一定懂。我真恨透了你的虚假的笑与空洞的承诺。这会子她走了，不会回来了。琵琶把条手绢整个压在脸上，闷住哭声，灭火一样。她顺着车厢走，望进车窗里。走道上挤满了人，可是她还许能挤进去，找到何干，再说一次再见。她回头朝车厢门走，心里业已怅然若失。宽敞半黑暗的火车站里水门汀回荡着人声足声，混乱匆促，与她意念中的佛教地狱倒颇类似。那个地下工厂，营营地织造着命运的锦绣。前头远远的地方汽笛呜呜响，一股风吹开了向外的道路。

（《雷峰塔》第 328 页）

四

《雷峰塔》的另一特色，是以散文笔调抒写儿时生活的回忆，洋溢较为浓郁的童趣。母亲出国，不在身边照看，对琵琶姐弟造成母爱的缺失，而这个缺失，却由照料他们生活的保姆来弥补（姐弟各有一个保姆），他们身边，还有其他仆人（厨子、杂工等）。生活在他们中间，琵琶姐弟听他们讲述各种民间传说和故事，感受他们人生的悲欢，有他们一路相伴的时光，还是比较快乐的，而且留下了一些天真烂漫的"童话"。在这部作品的头几节，我们就看到不少这样的文字：

琵琶虽然不同洋人的小孩说话，在家里玩倒是满口的外邦语言,滔滔不绝,向蛮夷骂战。他们把椅子并排排列,当成汽车的前后座,开着上战场,喇叭嘟嘟响。又出来重排椅子,成了山峦,站在山脊上,双手扠腰,大声嘲笑辱敌。末了扑向蛮夷,近身肉搏,刀砍剑刺,斩下敌人首级,回去向皇帝讨赏。中午老妈子们送午饭来,将椅子扶正。饭后他们又将椅子放倒,继续征战,一个叫月红,一个叫杏红,是青年勇士族里两员骁将。琵琶让陵长了岁数,成了八岁的孩子,她自私的让自己十二岁,叫他杏弟,要他喊月姐。她使双剑,他要一对八角铜锤。

"我不要使锤。"他说。

"那使什么?"

"长矛。"

"铜锤比较合适,年青,也动得快。"

他背转过去,像是不玩了。

"好,好,长矛就长矛。"

没人在眼前他们才玩。可是有天葵花突然对琵琶低声哼吟:"月姐!杏弟!"

"你说什么?"琵琶慌乱的说。

"我听见了,月姐!"

"不要说。"

"怎么了,月姐?"

"不要说了。"霎时间她看见了自己在这个人世中是多么的软弱无力,假装是会使双剑的女将有多么可耻荒唐。

葵花正打算再取笑她几句，可是给琵琶瞪眼看了一会儿，也自吃惊，她竟然那么难过，便笑了笑，不作声了，可是有几次她还是轻声念诵："月姐！"

"不要说了。"琵琶喊道，深感受辱。

她的激动让葵花诧异，她又是笑笑，不作声。

战争游戏的热潮不再，末了完全不玩了。

（《雷峰塔》第 28—29 页）

张爱玲曾担心，大段描写这些童年琐事，会不会使中文读者感觉厌倦，其实，完全没有这个问题，在我们看来，正是这种童趣盎然的文字，使这部作品增色不少。当初当她用英文写作时，还是颇有自己的抱负的，她觉得自己所写，"并不比他们的那些幼年心理小说更'长气'"（1963 年 6 月 23 日张爱玲致宋淇夫妇信，《张爱玲往来书信集 1·纸短情长》第 112 页）。这里的"他们"应是指西方那些经典的或当红的作家，他们中有些人的作品，描写幼童生活和心理冗长而沉闷，而她的描写如此活泼而生动，完全可以与之争锋。后来，她又反省，这部作品"里面的母亲和姑母是儿童的观点看来，太理想化，欠真实"（1964 年 5 月 6 日张爱玲致宋淇信，《雷峰塔》第 4 页）。《雷峰塔》中的母亲和姑母的形象是否太理想化，欠真实，容再讨论，而这里，很可贵的一点，就是用一个天真未凿的儿童的观点来看世界，看身边的一切。无论是父母的争闹、离异，还是姨太太老七的畸形、被逐，也无论是底下人的打牌、闲谈，还是私塾先生的授课、打板子，所有这些,构成了儿童眼光中的一种历史生活风貌,儿童似懂非懂,不会刻意修饰,乃至扭曲,因而,保有一种原汁原味的真实性。

这种写法与她当时的写作意图是一致的,前面说过,她写这部作品意在超过韩素音以及其他华人作家,要在她的家族和自己的故事中体现更丰厚的中国文化内涵,展露更浓郁的中国特色,从而让她的书被西方主流族群的读者接受,打开英文图书市场。此前不久,她将她的名作《金锁记》煞费苦心改写成英文小说《粉泪》,却遭出版社退稿——编辑不喜欢她写的人物,不喜欢她笔下所写故土上的种种丑恶与不堪,他们心中的东方和中国是另一种奇异之地。张爱玲显然不能同意这种浅薄、偏执之见,她曾带着难以抑制的愤懑写道:"我一向有个感觉,对东方特别喜爱的人,他们所喜欢的往往正是我想拆穿的。"(1964年11月21日张爱玲致夏志清信,《张爱玲给我的信件》第13页)她的作品就是要拆穿这个西方人心中的东方迷影,然而,在《粉泪》之后,再写这样一部关乎她进军西方图书市场能否成功的作品时,她不能不打起精神,兴趣盎然地"介绍"传统中国,同时,又很有分寸地"拆穿"它。这就是为什么这两部小说打出"雷峰塔"和"易经"两个最具中国传统文化知名度名片的直接原因。张爱玲不像林语堂那样以夹叙夹议的文体直接解析"吾国吾民",她选择的是,在生平回忆中,意到笔随地对诸多特色事物做形象化描绘,给人以视觉的感受,比如,前清时官员出门拜客要由跟班投帖,这是一种怎样的礼仪和姿态呢?

几十年过去,她还忘不了:

第二章 《小团圆》近缘作品之一——《雷峰塔》

　　王发瘦瘦的，剃着光头，两颊青青的一片胡子碴，从前跟着老太爷出门，走在轿子后，投帖拜客。

　　"我学王爷送帖子。"打杂的说，"看，就是这个身段！"他紧跑几步，一只手高举着红帖子，一个箭步，打个千，仍然高举着帖子，极洪亮的嗓子宣读出帖上的内容，说着说着就笑了起来。他其实没亲眼见过。民国之后就不兴了。

（《雷峰塔》第 40 页）

　　不知道是不是翻译的问题，作品中多处提到"孔教"。实际上，作为一个宗教的"孔教"，在中国并不存在，渗透在中国人思想与行为方式中的，主要还是儒家的孔孟之道。张爱玲并不掩饰对儒家那一套东西的反感，父亲为她和弟弟请来私塾先生，所学的就是以《论语》打头的儒家经典，在她眼中，那位大成至圣先师和他的宣道者长的是这样子：

　　榆溪要孩子们下楼来见先生，墙上挂着孔夫子的全身像，黑黑的画轴长得几乎碰地，孔夫子一身白衣，马鞍脸，长胡子，矮小的老头子，裙底露出的方鞋尖向上翘，琵琶不喜欢画像，还是得向供桌上的牌位磕头，心里起了反抗，还是向供桌磕了三次头，再向先生磕头。他是人间的孔夫子的代表，肥胖臃肿，身量高，脸上有厚厚的油光，拿领子擦了，污渍留在淡青色的丝锦料子上……

（《雷峰塔》第 68 页）

在孔孟之道的外衣下，传统的中国社会堪称"藏污纳垢"：琵琶父亲整天躺在烟榻上吸食鸦片，还要专人伺候烧烟；讲道学的大爷在外面开小公馆，纳妾生子；五大爷秋鹤去"满洲"一趟，又讨一房姨太太，妻妾成群；亲兄妹为遗产打官司，争向法官送钱行贿……在《雷峰塔》中，张爱玲忠实地记录这一切，她从《金锁记》以来的立场基本不变，对于如鲁迅所说的，那种将传统中国当作古董来鉴赏的洋人，她的态度仍然是——该拆穿的，即予拆穿。在这一方面，她相当清醒地意识到自己所具有的中国新文学背景，正如她在一篇《自白》中所说："中国比东南亚、印度及非洲更早领略到家庭制度为政府腐败的根源。现时的趋势是西方采取宽容，甚至尊敬的态度，不予深究这制度内的痛苦。然而那确是中国新文学不遗余力探索的领域，不竭攻击所谓'吃人礼教'，已达鞭笞死马的程度……我因受中国旧小说的影响较深，直至作品在国外受到与语言隔阂同样严重的跨国理解障碍，受迫去理论化与解释自己，这才发觉中国新文学深植于我的心理背景。"（《世界作家简介·1950—1970，20世纪作家简介补册》，纽约威尔逊公司1975年）这无疑是张爱玲价值观中最具有积极意义的一部分。

五

《雷峰塔》以及下半部《易经》，都是张爱玲写得很用心的小说，不但酝酿时间长，写作时间也长，从1957年到1963年，历经六个年头，其间虽也穿插写了一些别的东西，她委实倾注了大量心

第二章 《小团圆》近缘作品之一——《雷峰塔》

血。然而,作品也和人一样,有时会时运不济,尽管拜托麦卡锡多方找出版社,也无处接盘。甚至在为一本介绍20世纪作家的书写个人小传时,她特意为这部作品打广告,却还是如同泥牛入海,这使她极为懊丧,只好将文稿压在箱底。光阴荏苒,不觉到了十来年后,1975年她决定写《小团圆》,在《雷峰塔》和《易经》中沉淀的往事记忆,以及这两部作品的存稿,才重新摆到眼前来。

现在我们看到的《小团圆》,不少段落都与《雷峰塔》和《易经》相似,这并不奇怪,因为这就是作者的家族和她自己的事,她只能写这些事。像《雷峰塔》里那样虚构弟弟的病亡,在《小团圆》这一部中文自传作品中并不可取,故而她不再那样写。她坦然自承《小团圆》用了那个太长的《易经》(含《雷峰塔》)的一部分,这不是抄袭,也不是"炒冷饭",因为那部作品就从未发表过。为了写作的方便,她将有些段落译成中文移录过来,当然,也按她这时候的意图与心情重新修改、定义。举一个小例子,即琵琶母亲带她过街时牵手,《雷峰塔》中是这样写的:

从百货公司里出来,得穿越上海最宽敞最热闹的马路。
"过马路要当心,别跑,跟着我走。"露说。
她打量着来来往往的汽车电车卡车,黄包车和送货的脚踏车钻进钻出。忽然来了个空隙,正要走,又踌躇了一下,仿佛觉得有牵着她手的必要,几乎无声的噴了一声,抓住了琵琶的手,抓得太紧了点。倒像怕琵琶会挣脱。琵琶没想到她的手指这么瘦,像一把骨头夹在自己手上,心里也很乱。这是她母亲唯一牵她手的一次。感觉很异样,可也让她很欢喜。

(《雷峰塔》第 144 页)

而到《小团圆》中便成这样的了:

蕊秋难得单独带她上街,这次是约了竺大太太到精美吃点心,先带九莉上公司。照例店伙搬出的东西堆满一柜台,又从里面搬出两把椅子来。九莉坐久了都快睡着了,那年才九岁。去了几个部门之后出来,站在街边等着过马路。蕊秋正说:"跟着我走:要当心,两头都看了没车子——"忽然来了个空隙,正要走,又踌躇了一下,仿佛觉得有牵着她手的必要,一咬牙,方才抓住她的手,抓得太紧了点,九莉没想到她手指这么瘦,像一把细竹管横七竖八夹在自己手上;心里也很乱。在车缝里匆匆穿过南京路,一到人行道上蕊秋立刻放了手。九莉感到她刚才那一刹那的内心的挣扎,很震动。这是她这次回来唯一的一次形体上的接触。显然她也有点恶心。

(《小团圆》第 80 页)

显而易见,这里用了《雷峰塔》的底本,然也进行了改写。按前者,女儿感受到母亲的保护和关爱,她的内心是欢喜的;而后者,却把重点放在母亲的踌躇上,感觉却是震动。前者感触到母亲的手

第二章 《小团圆》近缘作品之一——《雷峰塔》

指像一把骨头,令人疼惜;后者却感到"像一把细竹管横七竖八夹在自己手上",让人憎厌。

张爱玲为何对她母亲的观感发生如此大的改变,这里暂不讨论,我们完全可以由此看到《雷峰塔》和《小团圆》的近缘关系——从文本上看,《雷峰塔》的内容不是整体搬进《小团圆》的,而是经过缩写与改写装入了《小团圆》的第三和第六节,也许是出于篇幅和结构的考虑,有些重要事情的描述做了缩水处理,例如那个著名的监禁事件,《雷峰塔》中用了几乎上万字的篇幅做详细描述,而到了《小团圆》,就简略得太多,写到她是如何逃离的,只有如下寥寥几句:

她乘病中疏防,一好了点就瞒着韩妈逃了出去,跑到二婶三姑那里。一星期后韩妈把她小时候的一只首饰箱送了来,见了蕊秋叫了声"太太!",用她那感情洋溢的声口。

(《小团圆》第 115 页)

《小团圆》在一些事情的交代上都使用了笔记式,甚或提纲式的语句,有些地方详略的裁定又失当,看上去似乎疏简、含蓄,却使人感到突兀和枯瘠,这是它的一个很大的弊病,同样是自传性小说,它虽然脱胎于《雷峰塔》和《易经》,许多地方的艺术表现力却明显不如它们。这一点,我们下面还会谈到。

第三章 《小团圆》近缘作品之二——《易经》

为什么取名《易经》——《易经》的情节梗概——母亲杨露的形象：整部作品的最大亮点——沈琵琶：一个自尊心极强、心智欠成熟和稳定的女孩——香港之战的真切描写——虚构的戏剧性情节："智取"船票——与《小团圆》的替代关系

一

现在我们看到的《易经》是原《易经》的后半部，前半部以《雷峰塔》为名独立后，后半部仍沿用《易经》为名。

这部作品为什么取名《易经》呢？作品中曾提到，琵琶在香港战火弥天时仍痴迷于找书看，她希图从满地狼藉的图书中，寻到《易经》这部古老的典籍：

宿舍楼梯口上有一堆丢弃的书，始终没人清理。琵琶在里头挖宝，多半是教科书，有中文的，《孔子》《老子》《孟子》。她想找《易经》，据说是公元前12世纪周文王所作，当时他因于羑里，已是垂垂老矣，自信不久便会遭纣王毒手。这是一本哲学书，论阴

阳、明暗、男女,彼此间的消长兴衰,以八卦来卜算运势,刻之于龟甲烧灼之。她还没读过。五经里属《易经》最幽秘玄奥,学校也不教,因为晦涩难懂,也因为提到性。《老子》也不在她的课外书之列。只读过引文,终于让她找着了一本。《老子》是乱世的贤哲,而中国历史上总是乱世多于治世。

(《易经》第 272 页)

虽然找到了一本《易经》,琵琶是否读完,有何心得,作品未写,不得而知。张爱玲自己曾在童年时接受过一段私塾教育,念的主要是《纲鉴》《论语》等,然而,她知道《易经》是一部怎样的书——在一个"群魔乱舞的世界",她"亟渴望能找到纪律或秩序"(《易经》第 272 页),《易经》能满足这种渴望。她以《易经》作为这部自传体作品书名,当然不是自炫深奥幽秘,或者提供卜算答案,而是另有一重意思:要表明主人公经历的人生如何充满变易,内中又包含多少起伏消长的神秘意味。除此,这部作品的人物和情节与那部著名古代典籍并无关联。事实上,前半部以《雷峰塔》为名独立出去之后,后半部以琵琶与其母住在一起的生活叙写开头,再写她到香港就学,遇战事,最后回到上海,原有完整的艺术构思已经割裂,统一性大打折扣,而仍以《易经》为书名,就不免有点名实难副了。

二

《易经》的故事上接《雷峰塔》,敷叙琵琶与其母一起生活的日子里,母亲的脾气越来越坏,"碎碎念"之外,有时还会粗暴地责骂她,深深伤害了她的自尊心,也一点点毁了她对母亲的爱。她考上了伦敦大学,却因欧洲爆发战事,不能前往,改到香港读大学。在此,她结识了一个家在中国的锡兰女生比比,二人成为终身好友。一年之后,母亲在前往新加坡的途中,路过香港来看她,琵琶收到布雷斯代教授赠送给她的800元奖学金,交给母亲,次日,得知母亲在牌桌上将钱输掉了,十分忿恚,发誓要还母亲用在她身上的钱,以示与母亲了断。在港期间,其母被疑是间谍,遭港英警方搜查并被拘押,后终获释放,离开香港。故事转入下一段——大考之日,港战爆发,因战事而停考。港战中,琵琶去报名当防空员,路上遇日机轰炸,几乎丧生。在民防机构,一度没有口粮,忍饥挨饿。终于,港英投降,战事结束,转至临时医院从事护理工作,在这里,她目睹了种种腐败、走私的黑幕。学校宣布停课,琵琶决定回上海,四处为弄到船票而奔走,找医院负责人莫医生帮助被拒,却因接触到"四号病人"被杀的疑案,以此"要挟"他,最后,竟如愿以偿,购到船票,得以回到上海。

  在介绍《雷峰塔》时,我们重点谈到了琵琶的父亲,现在,就要来谈一谈她的母亲——作品中她的名字是杨露。作品并未具体交代她的祖父和父亲官居何职,却也提及祖父为湘军"福将",其父死在云南任上,是一个清朝官僚。她系姨太太所生,其父与生母早故,由正房太太一手养大,并许配给沈榆溪。这是一个她不愿意接受的包办婚姻,直到快要成亲,她还"绞尽脑汁想悔婚",但是,

"父母之命不可违",还是被送上了花轿。对此,作品有一段很带死亡气息的控诉性评述:"他们给她穿上了层层的衣物,将她打扮得像尸体。死人的脸上覆着红巾,她头上也同样覆着红巾。注重贞节的成见让婚礼成了女子的末路。她被献给了命运,切断了过去,不再有未来。婚礼的每个细节都像是活人祭,那份荣耀,那份恐怖与哭泣。"(《易经》第 145 页)她和沈榆溪育有一子一女,而她对他没有爱情,虽然她也承认榆溪"长得不难看",却无法忍受他染上的习气,时间愈长,厌恶之心愈盛。她不甘做这个不幸婚姻的牺牲品,决意挣脱、突围,小姑出国留学,她借口做伴同行。这在当时是一惊世骇俗之举,无异于在守旧氛围浓厚的家族圈投下一枚深水炸弹。到了快起程之前,亲友们还从各地赶过来劝阻,沈榆溪更是千方百计"搞事情"——派人偷东西、扣行李,而这一切都不能令杨露止步不前。

  杨露做出并坚持这一人生的重要决定,不仅要顶住和克服外部的重重阻力,还要面对来自内心的亲子依恋之情,两个孩子——女儿六岁、儿子五岁,做母亲的怎舍得离开?上船之前,她大哭了几个钟头,琵琶记得她恸哭时的样子:

  她小心的打量了她母亲的背,突然认不出她来。脆弱的肩膀抖动着,抽噎声很响,蓝绿色衣裙上金属片邾邾闪闪,仿佛泼上了一桶水。

(《雷峰塔》第 7—8 页)

然而，她是勇敢和坚定的，还是向着新世界，向着新生活，迈出了第一步。这一去也不准备回头，几年之后，她答应沈榆溪回来，条件却是只为照顾孩子，不与他同住。

作为母亲，她对两个亲生儿女有着难以割舍的母爱和高度责任心，不仅走前给负责照料孩子日常起居的用人立下许多规矩（如每天要带孩子去公园等），还安排略通文墨的仆人楚志远写信向她报告情况——无论走得多远，孩子始终牵动她的心魂。

终于，到了回国与孩子相聚的一刻，她迫不及待地要看孩子穿的什么，有什么不合适，头发长不长，是否遮住眼睛。关爱之切，足见思念之深，可以想见，这些年在国外，她是如何为这种感情所煎熬。紧接着，她就安排送孩子住疗养院做体检，坚持让两个孩子上学校念书。在孩子的教育上，她有自己的见识和理念，她鼓励"新的一代要勇敢，眼泪代表的是软弱，所以不要哭"（《雷峰塔》第140页）。她希望他们接受良好的教育，日后能独立自主，成为社会上的有用人才。在与沈榆溪离婚时，她特别要求送琵琶去英国留学，并将此项承诺写进协议。琵琶逃出其父的监禁，来到她的身边，尽管她没有收入来源，经济上压力很大，也力排众议要送琵琶去英国留学，不惜代价请老师为其补习功课，助其取得入学资格。作为一位母亲，杨露在这些事上的表现，无疑都是爱心满满和相当称职的。

然而，事情也还有另一面。正如鲁迅在他那篇著名的文章《娜拉走后怎样》中所说："梦是好的；否则，钱是紧要的。"杨露女士就是当时的一位"娜拉"，她纵然拥有一些陪嫁财物，也抵不住坐吃

第三章 《小团圆》近缘作品之二——《易经》

山空，又何况，小姑为营救表亲罗雪渔挪用了她的钱，致她陷入困境。下一步究竟怎么走？她立足于自己独立谋生，经营皮具的制作与销售，这对于一个世家贵妇而言，又是何等不易。走过了一段坎坷之路，她终于明白"女人靠自己太难了"（《易经》第98页），再婚——用她的话说，让别人来照应（注意：不是包养），肯定是一个重要选项。然而，她也切身体会到："年纪越来越大，没有人对你真心实意。"（同上）她结交了一些外国男友，他们大多是只要满足自己一时情欲，而不愿承担责任，还有如伊梅霍森医生，更是在给琵琶看病时，乘人之危，要她以性为代价。她确也付出过，她对女儿说："我不要，是别人想要，他们逼我的。"（《易经》第122页）一个世家贵妇，为争取婚姻自主而走到这个田地，不能不说是一个令人叹息的时代悲剧。

在应对重重危机的过程中，她备受折磨，精神与心理也必然受伤，这是她脾气日渐变坏的一个根本缘由。她的确会对琵琶唠叨、责备，有时甚至还有过粗暴的斥骂，如琵琶所难忘的一次，因为琵琶搬椅子的笨拙行动而骂她"猪"，这些都深深伤害了这个自尊心极强的女儿，因而，也一点点地毁了女儿对她的爱，直至母女关系产生裂变——这里有女儿一方的原因，也确有做母亲的应该反省的地方。当她觉察到女儿态度的"改常"后，也曾自问"是不是哪里做错了"。她的结论是，之所以她与琵琶姑姑不一样，每见琵琶什么做错了就说，不那么客气，就是后者不在乎，而她是母亲，爱之深，则责之切。这个解释未尝不成立，当然，由于忽略了对象的特

203

殊性——她女儿心智的特殊状态，难说很正确。

我们对她的介绍和分析先到这里，以下我们还会谈到她，特别是《小团圆》中，作者把女主人公九莉与母亲的关系作为一条主线，贯串始终，我们更不能不追踪而行。不过，就《易经》呈现出的杨露基本状况而言，她的形象是大体清晰的，站在后人的立场看，她的确不愧为那个时代一位反抗封建传统、争取个人独立自主的勇敢的新女性，她的坎坷的人生历程也很令人同情。在那个没落、暗昧的家族环境里，她无疑是唯一的亮点，它所映照出的那一代中国女性的命运，引人深思，而这大概也是《易经》（含《雷峰塔》）整部作品最大的亮点。

三

现在，我们就要稍稍对女儿琵琶做一个粗略的观察。

琵琶出生在一个相当富裕的家庭，家里仆佣成群，她有专职保姆，衣食住行自然也属上等。母亲出国，确实使她缺失了一份母爱，而在保姆无微不至的照顾下，童年生活也是相当快乐的。生活的转捩点主要在父母离异，特别是其父娶了继母之后。按照协议，她要与父亲一起生活。继母的到来，改变了家庭的原有格局，并使亲人之间的关系日趋复杂化。随着家境一天天败落，继母实行俭省计划（如叫停钢琴课，让琵琶拣剩的旧衣穿等），更令自尊心强、心智尚欠成熟的她，愈来愈不能适应，"恶毒后母"的社会成见得到印证和固化。当她看到其弟因继母挑唆被罚跪和挨打，所产生的反应超常

第三章 《小团圆》近缘作品之二——《易经》

激烈——她想到要报仇,甚至要施行仇杀。其后,终至发生一起严重事件——因与继母冲突而遭到其父殴打,并被监禁在家。

这大抵是我们在《雷峰塔》(原《易经》的前半部)所看到的,而到《易经》(原《易经》的后半部),则完全转入另一组人物关系的矛盾——她与母亲的矛盾。矛盾起因其实都是一些琐事:琵琶粗枝大叶,丢三落四,做事笨拙,杨露对她常有一些埋怨和责备,乃至粗暴的斥骂。她原来是爱母亲的,这种爱却被这种"伤自尊"的经历逐渐销蚀,并由委屈转生怨恨。她觉得花了母亲许多钱,带累了母亲,却不知如何是好,内心十分痛苦,甚至想过"从屋顶跳下去",一死了之。另一方面,又执着地纠缠在"恩怨必报"的情结之中——"有句俗话说:'恩怨分明',有恩报恩,有仇报仇。她会报复她父亲与后母,欠母亲的将来也都会还。许久之前她就立誓要报仇,而且说到做到,即使是为了证明她会还清欠母亲的债"(《易经》第 61 页)。这种想法也大大影响了她的行为方式。

她与母亲的矛盾发展到高潮,是母亲在香港期间,教历史的老师布雷斯代给了她 800 元,以助其完成学业,她将这笔钱交给母亲,母亲却把这笔钱输在牌桌上了。此事令琵琶极为忿恚,她没有寻求母亲对这件事做出解释,而是断然在心里为她们的母女关系画上了句号:

将近一个星期之后她才又到饭店去,态度也变了。不再在意她母亲说什么做什么。倒不是她做了决定,只是明白到了尽头了,一扇门关上了,一面墙横亘在她面前,她闻到隐隐的尘土味,封闭的，略有些窒息，却散发着稳固与休歇，知道这是终点了。她母亲说输了八百块那天，她就第一次感觉到了。

（《易经》第113页）

这件事在逻辑上是有些说不通的，琵琶在香港的学习与生活费用都是由她母亲出的，她将这笔意外收入交给母亲是对的，如何支配，由母亲来做主，都在她的总收支中，当然也没有问题。她母亲来港能住得起十分昂贵的浅水湾饭店，这800元对于她既非唯一，也不是个很大的数目，在牌桌上顺手用了这800元，不等于琵琶得到的800元没有了：

琵琶一听八百块整个木然，听在耳朵里也没有反应。八百不是她昨天带来的钱吗？为什么不输个七百块或是八百五？如有上帝的话，她要抗议：拜托，别开玩笑了。她哪里还有脸再见布雷斯代先生？他领的不是教授的薪水，还特为送她一笔奖学金。她母亲并不想说出输了多少钱，踌躇了片刻，还是说了，漫不经心的〈地〉抛出了数目，正眼也没看她一眼，仿佛在说：看吧，造化弄人。

（《易经》第112页）

"漫不经心"，正说明杨露并不在意这件事，输800元，数目不多不少，就是一个偶然，没想到琵琶会如此入心。这件事《私语》和《烬余录》中未曾写过，而在《小团圆》中继续保留，也许真有过，也不排除是如弟弟被继母害死一类的虚构情节，即使真有过，你不能不说这个女孩太钻牛角尖，过分放大自己的感受。本来，母女二人对钱的态度就有不同，如作品中所写，母亲对钱并不十分看重，而琵琶在钱的问题上则要了了分明，推至极端，则是把至亲关系直接归之于用钱与还钱的关系。作品中所描写的琵琶与母亲的关系以及她的心理活动，当然也不止于此，事实上，她一直在理性与情感之间不断摇摆——母亲被警方调查、拘押，她也还是多方回护，设法营救。

总之，作品中的琵琶是一个自尊心极强、心智欠成熟和稳定的女孩，如果说她在与其父和继母的矛盾中所做的抗争对于父权压迫还有一定的批判性，而在与她母亲的矛盾中，则主要展现的是处理人际关系缺乏良好的沟通，她的反应方式趋于偏执，需要更多的自我审视与矫正。这部作品在展露她母亲作为时代新女性形象难以掩抑的光彩同时，大量宣泄作为女儿的女主人公的怨厉与绝情，实在让人看不出这里有什么良好的道德视景。

四

香港之战是张爱玲一生中非常重要的经历，也是她一份重要的写作资产。尽管《烬余录》中做过描写，《倾城之恋》中也能见到它的背景，却都无《易经》中写得更真切、周致。

香港之战与珍珠港事件几乎发生于同时，日军对香港的进攻，遭到英军抵抗，经过半个多月的守防，英军投降，香港沦陷。这部作品的最大好处是它由亲历者书写：一个来自上海的女大学生，她耳闻目睹的一切——从战争起始到结束。她和她的同学们完全没有想到战争突然来临，他们当时正为一场大考倍感焦虑，乍听到因战事而停考，第一反应还是一种窃喜，并认为不用过多久，一切还会回到平时的轨道上来。作者长久不能忘记战前修道院女生宿舍里临考的氛围，以及身边女生的各种言谈、情态，表明这场战争对于平民是如何猝不及防。那些女生也完全不知道战争是怎么一回事，有人还只是想着打仗时自己该穿什么，活泼开朗的比比甚至照常洗澡，晚上出去看电影。然而，很快战争在她们面前就展示了它的无比真实的残酷性——飞行器的使用打破了旧有的前方和后方的界限，人们一下子便被纳入战场，每天都要面临敌机的空袭，炸弹随时会摧毁遮蔽物，夺取无辜者的生命。前面我们曾经引述过，琵琶随同学一起去跑马地报名当防空员，路遇空袭，差点丧命的经历，而在她以后每天去防空站上班的路上，也还是一样"出生入死"：

她走着斜坡路到宿舍，小径在松树、杜鹃、木槿丛间迂回，路上坑洞极多。炮弹飞过来，尖溜溜一声长叫："吱呦呃呃呃呢……"偶而〈尔〉嘶嘶叫着落在左右两边的沥青道上。可是她只知仓皇赶路，一个炮弹也不看见。她在充斥着声响的世界里攀爬。别的都不存在，唯有声响，排开声响穿过去就和排开杂树丛穿过去一样难。……第二天早上仍是一样，在"吱呦呃呃……"中她一路奔下山，抓紧了瑟雷斯丁孅孅做的三明治午餐。下午回去情形依旧。

（《易经》第 214—215 页）

第三章 《小团圆》近缘作品之二——《易经》

即使是张先生夫妇这样有身份的人，躲到浅水湾饭店这样"高大上"的地方，也难逃此劫，张太太如是对琵琶描述："大家都到楼下来，守在食堂里，还算是最安全的地方。炮子儿朝这边射来，我们就逃到那边墙根，朝那边射来，就逃到这边。人人都贴着墙根站，像等着枪毙。"（《易经》第263页）作者对此显然有相同的切身感受，这也成为她在《倾城之恋》中所写浅水湾饭店战争场面的基础。

这场战争发生在当时作为英国殖民地的香港，难免不使有些人由于身份的错综，认同感有些迷失，像琵琶这样一个来自中国的女生，起初还自私地以打仗能免考而喜悦，直到她听说她喜欢的布雷斯代教授丧命，才对战争发出来自内心的抗议："不管有没有上帝，不管你是谁，停止考试就行了，不用把老师也杀掉。"（《易经》第219页）战争是人类的大灾难，反战是所有平民的共同要求，作者尽其所见，揭露了战争的残酷和罪恶：灭绝人性的轰炸、饥饿和洗劫……日军入城后，她亲眼看见尸横街头，趾高气扬的日军在城里盘查、殴打平民，"耳光像是掴在她脸上"，心中也"很气愤，却也无话可说"（《易经》第261页），保留下这些真实的历史记录，无疑是可贵的。

正像作者在《烬余录》中所说的："现实这样东西是没有系统的，像七八个话匣子同时开唱，各唱各的，打成一片混沌。在那不可解的喧嚣中偶然也有清澄的，使人心酸眼亮的一刹那，听得出音乐的调子，但立刻又被重重黑暗拥上来，淹没了那点了解。"（《流言》第48页）除了自己亲历战争的感受，作者的笔触还伸向身边其他人的生活——既有热血学子找校方请缨上战场的，也有迅即躲藏、以策安全的，还有以结婚、同居做保护伞的，大难来临时，人们惶乱、恐惧、逃避、苟且，同时，也有独自挣扎、相互扶持与安慰，真正"打成一片混沌"。作为一个对人性有犀利而深刻观察的作家，在这种时刻，她更能洞察出人性的自私和贪婪。防空总部的负责人林先生明知她正在挨饿，却当着她的面享受美食，对她不屑一顾，还要因她痴迷于看书，让她"换工作"。无奈之下，搬到循道会住，琵琶发现住进那里的人都保持距离，"人人都关在房间里。唯恐有了交情，贴隔壁出了事，像炸伤了、挨饿、急病，要袖手不管会不好意思"（《易经》第218页）。更有在标榜"救死扶伤"的临时医院里，一些人瞒心昧己克扣病人，贪污，走私，自肥。而另一面，安洁琳的哥哥冒着生命危险，带他的妹妹和琵琶逃离危险区，自己却不幸中弹身亡。好友比比会特地从城里徒步到琵琶的住处来看望她，两人共盖一条毯子过夜。

所有这些，都是能使人"心酸眼亮"的地方，它们交会一片，正是《易经》战争描写的独到之处。

五

在《易经》中，我们又再次遇到情节虚构的问题。这部作品临近结尾部分，出现了一个具有戏剧性的故事情节：琵琶为了回她所依恋的上海，必须弄到船票。她不仅要设法凑足购买船票的钱，而且因为要走的人太多，船票很难买到。她和比比冒险去城里，卖掉

第三章 《小团圆》近缘作品之二——《易经》

作为口粮配给的大米——显然靠这个交易是弄不到什么钱的,何况她们还买布料,看粤剧,乱花一气。在再次去找张先生回来的路上,她竟然发现了临时医院的"四号病人"遗弃的衣服和他常常外出会买的叉烧,据推断,他可能是被谋害了,原因是他可能牵扯进了医院里以莫医生为首一伙人的一桩贪污和走私案。琵琶曾经在某个黑夜里,偶然碰见他们用日本军车偷运物品出去,"四号病人"有可能是以此向他们敲诈勒索而被灭口。琵琶遂去面见莫医生,也以此要挟他,要他为她和比比回沪弄两张船票,遭到莫的拒绝。为此,她有一次直接拦住正在巡视的日军军官,在拿到该军官名片后,准备去日军总部上告。终于,莫医生识相地为她们弄到了船票,她们上了船,竟然是与蓄须明志的梅兰芳同船,还碰见曾去求助却回避不见的张先生夫妇。

作品描写琵琶去"胁迫"莫医生时,居然如此镇定自若:

说得越多,她越有溺水的感觉。桌上的灯光,木然的脸,镜片后那双淡然直视的眼睛,都有似曾相识的感觉。她得用心记忆才不忘记小心构思的每句话,像回到以前帮她母亲带话给父亲,他先是木然听着,随之泛起无聊的神色,再后来大发雷霆。但她克服了那种感觉。生平第一次是她一个人的主意,不经别人核可,也不曾这么口若悬河过。

"我不懂你在说什么。"

"万一他们问起这里的军用物资,还有四号病人。"

"我真的不懂你的意思。"他起身,"我很忙,所以——"

"莫医生,万一他们问起四号是怎么死的,我要怎么说?"

"你说的话我一个字也听不懂,而且我很忙,我还有事要办。"

"莫医生,我来找你是因为你一直很好又帮忙——"

"我没帮过你的忙,我根本不认识你。"他喊道。

"你人好,接下这份工作,帮助受困的学生。我们又都是中国人,除非是逼不得已,我不会去找日本人。"

(《易经》第 332—333 页)

  琵琶这么做,如她自己所说,并不是什么值得称道的英雄主义行为,而以她一贯的拙于处理人际关系的表现看,这种戏剧式的交手仗,实让人不太能信以为真。前面讲到《雷峰塔》中虚构琵琶弟弟陵的死亡,其实,作者弟弟张子静彼时尚健在,这里,我们虽没有更确切的事实来证明上述情节全属虚构,然也还有一些线索可以追寻。如"四号病人",在《烬余录》中写到的是:"有一个肺病患者比较有点钱,雇了另一个病人服侍他,派那人出去采办东西,穿着宽袍大袖的病院制服满街跑,院长认为太不成体统了,大发脾气,把二人都撵了出去。"这个能"穿着宽袍大袖的病院制服满街跑"去采办东西的病人,大约就是"四号病人"的原型。而"卖米"一事,《烬余录》中所写的是:"医院院长想到'战争小孩'(战争期间的私生子)的可能性,极其担忧。有一天,他瞥见一个女学生偷偷摸摸抱着一个长形的包裹溜出宿舍,他以为他的噩梦终于实现了。后来才知道她将做工得到的米运出去变钱,因为路上流氓多,恐怕中途被劫,所以将一袋米改扮了婴儿。"(《流言》第 58 页)这个故事就演化为琵琶与比比二人将口粮分配得到的米塞在衣服里,拿出去变钱,以谋买船票回上海。她凭着自己的"智谋"弄到船票之后,以她当时的财力去独乘二等舱(她曾说自己银行户头当时只有两元多钱,卖米所得也极有限),而让比她富裕得多的比比乘三等舱,似也不合理。还有,以莫医生为首的团伙,在日军眼皮下敢于猖狂作案,盗卖军用物资,乃至杀人灭口,竟然就让一个稚嫩女生的威胁得逞,乖乖为其所用,似乎也让人难以置信。从情节发展上看,似乎也还环环相扣,看得出作者具有一定编剧手段,而作为张爱玲的自传作品,却不像是传主的真实事迹。

总起来看,《易经》(含《雷峰塔》)作为一个独立的自传作品,其成绩应该在良好线左右。比较起来,她将《金锁记》改写,并英译成《粉泪》,又易名为《北地胭脂》,再改成中文长篇小说《怨女》,文体未变,原作人物命运与情节线索依然可见,而《雷峰塔》与《易经》,却是将散文《私语》和《烬余录》等扩写成长篇小说,可视为新创作。张爱玲写作它时,正当 40 岁左右年纪,她自写作《传奇》以来所挟的创作力尚未消退,文字魅力犹在,进军西方图书市场的动机强烈而单一,又有造成它"足月顺产"的良好天然条件。设想如果它们当时经过修改,顺利出版,在此基础上,再完成含有与胡兰成婚恋经过的第三部,形成真正的自传体小说三部曲,经夏志清等著名评论家荐介,在西方文学界造成一定影响,她的生活与创作就一定不是后来的那种景况。我们往下就会看到,她写作《小团圆》时,其状态有多么迫促,文字又何等滞仄,与写作这两部英文作品实不可同日而语。

从另一方面说,当年如果《雷峰塔》与《易经》获得出版(随着英文版出来中文版也会出),就不太可能有现在我们看到的这样子的《小团圆》,不但其中重复写早年家族、家庭的内容以及写港战经历会被视为"炒冷饭"而不可取,其中对抗战与国家的立场,也不像《小团圆》中那样反向而行,所显露的对家人的态度(如对母亲有甚多回护,对弟弟也还是偏于温情的),没有《小团圆》中所写那样不堪,毕竟在出版一部自传性的作品时,作者还是要顾头顾尾,保持一致性。没有了《雷峰塔》与《易经》的内容,《小团圆》在内容上仅剩下女主人公与邵之雍及燕山的恋爱故事,篇幅自然要大为缩水,也或会更多借助于艺术虚构,作意外的变奏。这两部作品与《小团圆》一样,被雪藏数十年,成就了自身的一段故事,也颇令人唏嘘。

第四章 《小团圆》面面观

第一节 写作动机、被阻出版与修改方案

一则传奇,一个公案——《小团圆》写作的真实动机——《小团圆》成书的特殊情况——宋淇夫妇的"拦截":"此书恐怕不能发表或出版"——承认自己"误判"——考虑各种修改方案:从女主人公改唱京剧花脸到"1979年方案"——"山重水复疑无路":一搁又十年

当《小团圆》书稿寄到宋淇夫妇手上,他们首先感到的是,它将"在万众瞩目的情形下隆重登场",因而非常重要,经过一番认真讨论,结果是把它"拦截"了。这部书稿真正"在万众瞩目的情形下隆重登场",则是在张爱玲去世14年之后——即2009年,其所引起的关注的程度,有逾于当年。这个传说中的《小团圆》,"庐山真面目"究竟如何,作为一个悬念,已经存在人们心中三十多年。如此悠长的岁月里,附丽于《小团圆》的故事愈来愈多——它自身已然成为一则传奇,一个公案,进入了张爱玲的创作史和生命史,引

起人们解读和探究的兴趣。

宋以朗在为《小团圆》出版所撰的"前言"中，详述了当年张爱玲与宋淇夫妇讨论的经过，以及他作为张爱玲遗产继承人决定将这部书稿推出行世的理由。让历史的还给历史——这个立场应为大多数人所接受，由此，我们才可以走出笼罩于其上的重重迷雾。《小团圆》文本的存世，带有一定的偶然性，如它极有可能在张爱玲尚有行为能力时销毁，或在宋淇夫妇尚有行为能力时，遵从张爱玲意愿，将其存世的所有稿本销毁，但它竟然留存了下来，且以极大销量公之于世，就具有了一种不容抹杀的存在的客观性。诚然，对这部作品争议甚大，赞弹皆有，我们所需要的，仍然是尽可能周详、切实的考察。

一

前已述及，早在1957年，张爱玲就着手写作英文自传体小说《易经》，表明她要写她的家族和自己的故事的想法早就有了，并已付诸实行。此事还可以追溯到更早，她在与胡兰成分手之前，向他索要她给他的信件时，就说她"要写我们的事"（《小团圆》第219页）。她对宋淇夫妇说："《小团圆》是写过去的事，虽然是我一直要写的"，"酝酿得实在太久了"，所言确实不虚。不幸的是，此事一直进行得不顺，60年代她花大气力写的自传性小说《易经》，找不到买家，后来，又因生计压力与兴趣转移，去做其他一些事，直到这个时候——从加州大学伯克利分校中国研究中心出来，摆脱了各种课题与任务的束缚，可以自主地安排时间，决定写作项目，实现这个夙愿，正当其时。

其次，她从加州大学伯克利分校中国研究中心被解雇，可以说是遭到一次很大挫折，基本上打消了今后在职场上谋生的念想。幸运的是，此时，她的文学声望已在海外华人文学界冉冉上升，其旧作的翻印，为她带来了可供生存之需的收入。而另一方面，危机的阴影并未消失，其所获收入，尚不很丰厚，也未必稳定，不足以使她这样一个已近花甲之年又无亲可靠的老妇人安心度过晚年，总之，她还有生存压力，必须挣钱，例如，当时之所以要接下"丁玲研究"的活儿，她直言"我做这一类研究当然是为了钱"（1974年6月9日张爱玲致夏志清信，《张爱玲给我的信件》第181页）。

行笔至此，我们实际上已能看到张爱玲当时的处境，也是她写作《小团圆》的重要背景之一，即是她的经济状况——她无职业，无可以挣钱的项目，英文写作在美国无出路，旧作出版收入有限，亟须在中文写作上谋求一次大的突破。而在中文写作上，以往她曾尝试贴近市场，迎合读者口味，写军阀时代名人题材的《少帅》，结果也是折戟沉沙。手头有的几个短篇小说，写于50年代，除了《色，戒》，也都不具有扩写成长篇的基础，而把《色，戒》写成长篇，正像她自己所言，她对特工内情并不熟悉。这一路走来，可以看到，她的经历和经验范围实甚有限，能提供其创作开拓的可能性不大，那么，能让她看到最有亮光的出口，亦即最有可能撬动市场的题材，就是她自己和她的家族故事。

在这方面,"点醒"她的还是夏志清,她写信给夏志清说:"你定做的那篇小说就是《小团圆》。"(1976年3月15日张爱玲致夏志清信,《张爱玲给我的信件》第206页)在后来答复宋淇对《小团圆》批评的信中,她追叙《小团圆》写作缘起,也说:"志清看了《张看》自序,来了封长信建议我写我祖父母与母亲的事,好在现在小说与传记不明分。"(1976年4月4日张爱玲致宋淇信,《小团圆》第6页)此时,她已拥有了一个"张迷"日多的海外华人读者市场,众多"张迷"都在翘首以待她的新作——如果又是一部自传性作品,亲手揭开她的人生面纱,将真容示人,可想而知,一定会很热销。

当然,更令她产生一定紧迫感,形成直接推动力的,还是当时台湾作家朱西宁要动手写一部张爱玲传记。朱西宁是"张迷"兼"胡迷",他与时在台湾教书的胡兰成过从甚密,声称"除了她的作品,胡兰成先生所提供的人身事迹更为直接而丰盛,因也有意欲为爱玲先生写传"(朱西宁:《终点其人,起点其后——悼张爱玲》,转引自《寻找张爱玲》,中国友谊出版公司1995年)。朱曾写过一篇《一朝风月二十八年》,其中就有若干涉及张爱玲行止的失实之处,她读后不得不予以指明。现在,朱西宁提出要写她的传记,她一方面"婉言严拒":"赶写《小团圆》的动机之一是朱西宁来信说他根据胡兰成的话动手写我的传记,我回了封短信说我近年来尽量de-personalize[去个人化]读者对我的印象,希望他不要写。"另一方面,她也知道这"当然不会生效",不如由她自己来写,以抢占先机

（1975年10月16日致宋淇夫妇信，《张爱玲往来书信集1·纸短情长》第275页）。

最后，还有一点要提及，是蒋介石于1975年4月5日去世。蒋是当时台湾的威权象征，他在世时，"文禁"甚严，张爱玲如要写自己的事情，尤其是涉及与身负"汉奸"之名的胡兰成的关系，涉及对抗战的立场与态度，必有一些"碍语"，出版与推行会遇上麻烦，客观上对她的写作也有些约束，使她不能"一吐为快"，而一旦斯人不在，在她看来，情况便会变得宽松起来。对她因与胡兰成结婚被说成是"附逆"，乃至有"汉奸"之嫌，她是一直有一腔怨气的，也一直没有放弃自己的"理"，她的"理"就是：我爱谁，和谁结婚，又为何分手，都与国家、民族，与政治无关，例如，在胡兰成之后，还有别的恋爱故事——她只问是否有爱，而不管对方是左是右。写自己的故事，写这样一部《小团圆》，就是要"出气"，要为自己声辩。

以上这些综合起来，就构成了《小团圆》写作的真实动机。

二

张爱玲从1975年5月动笔写，过了一个夏天，《小团圆》就完成了初稿，她的写作状态不错，速度不可谓不快。然而，细看这部作品，如此快速的写作，其实也是存在一些问题的。写得快的原因之一，是她就地采用了《雷峰塔》和《易经》的部分内容。《小团圆》全文18万字，与《雷峰塔》《易经》内容重合有将近一半：

一、第一、二节，写盛九莉在香港念书时的经历，从第 15 页至 65 页，计 51 页，两万多字，全书 268 页，约占全书六分之一多，这部分的内容是从《易经》第六节后移来，只是情节上做了一些改动。

二、第三节，第 66 页至 132 页，计 67 页，四万多字，占全书四分之一。写盛九莉回到上海与姑姑同住，倒叙其母第一次从国外回来，与其父离婚，然后，父亲又娶了继母，家庭与自己的生活发生一系列变故，终结于盛九莉离开上海赴香港念书。这些都是《雷峰塔》《易经》的主要内容。

三、第四节，这一节文字较短，其中表大爷（原型为李国杰）成为社会新闻人物及其家事，亦系《雷峰塔》中所写的内容。

四、第六节，第 166 页至 190 页，计 24 页，约两万字。从第 170 页转入对童年时期在天津生活的回忆。这部分内容是《雷峰塔》中原有的。

五、第九节，第 228 页至 231 页，约 1000 字，系直接从散文《华丽缘》中转录过来。

六、有些段落则从未完稿的小说《少帅》转来。

首先，上列作品皆为张爱玲自己的创作，《少帅》《雷峰塔》《易经》又从未发表过，如何使用，皆属作者权利，并不存在任何问题。

其次，作者在采用已有的这几部作品时，也都颇费周章，在如何取舍、添改、穿插上，用了不少心思，并非一概简单照搬。一个很明显、很重要的变动，是她将《雷峰塔》和《易经》中的虚构情节拿掉了，如《雷峰塔》中写女主人公的弟弟陵被继母蓄意害死

（继母令其用同一口杯，致其染上肺结核），在《小团圆》中已不见，女主人公与弟弟盛九林于1949年后还照常相见。又如，《易经》中写其母被拘押，女主人公琵琶亦被警署传唤调查，《小团圆》中第38页写的是，女主人公从其母口中获悉她的东西被搜过，也并无女主人公奔走警署，接受问询与寻求营救之事。《易经》中写女主人公如何卖米凑钱买船票，以向日军揭发莫医生一伙贪赃、走私乃至身负"四号病人"命案要挟莫医生，从而弄到船票等，这些虚构的故事情节，亦已匿迹。之所以要这样改过来，估计还是考虑到这本书看点是自传性，要直接面对华人读者，《雷峰塔》《易经》用英文写作，面对异域读者，当时张爱玲或觉得应增加故事性，适当虚构，也不致引起质疑，而《小团圆》则不然了。

另外，究竟哪些内容可入，哪些内容又该舍，哪些该详，哪些又该略，其实是很需要从全局来权衡的。宋淇读了该书稿之后，觉得第一、二节像"点名簿"，问题就出在这里。这部书稿中有太多的人物与线索轻轻飘过，随即不见踪影，一些东西本该拿掉的，却没有拿掉，或者是她后来添补上去的，一如附赘悬疣，实属多余。反而是女主人公生平的重大事件——被其父殴打与囚禁，以及逃跑，只有寥寥几句带过。对于作者而言，这样写必须基于一个预设，就是读者都读过《烬余录》《私语》等（《雷峰塔》《易经》则从未发表过），对其生平与家庭都有一定了解。事情当然不是这样，许多读者并无这种准备，读这部书，就难免如堕五里雾中。

在成书过程中，给作者带来最大困扰的，还是如何来写第一个爱情故事的男主角。张爱玲并不讳言这个男主角的原型就是时在台湾的胡兰成,她说:"胡兰成现在在台湾,让他更得了意,实在不犯着,所以矛盾得厉害,一面补写,别的事上还是心神不属。"(1975年11月6日张爱玲致宋淇信,《张爱玲往来书信集1·纸短情长》第279页)一方面是她的主题诉求——要表现出女主人公不顾一切的热情,以及热情燃烧与幻灭之后还有点什么,以及作为自传作品,必须忠于真实;而另一方面,又不能使这个被称之为"无赖人"的男人因之太得意。处于这个纠结中,究竟如何取舍,对她也是一个巨大的挑战。

三

《小团圆》完稿之时,张爱玲确曾一时踌躇满志,她已在想象此稿即将于中国台湾和北美报刊连载,引起"万众瞩目"的光景——写信告知夏志清,等着看她寄去的报刊,可再也没想到,书稿寄到宋淇处,竟被挡住了。

做出这个决定,恐怕连宋淇自己之前也未想到,他和他太太是真心在帮张爱玲,他们太了解她的现实困境,知道她在写《小团圆》,喜不自胜,第一时间告诉"皇冠"老板平鑫涛,平当即出重金订下,甚至于宋淇还满脑子生意经,要利用胡兰成的因素来炒作这部小说——"胡兰成本在中国文化学院教书,给人在《中央日报》一骂,撤了职。我想这人可以利用一下,忽生奇想,说《小团圆》是讲他的事,故意让平 leak[泄露]出去,这样他当然得意,书本身一定'轰'起来了,这种gimmicks[花招]美国是家常便饭,对你有利有弊,望细加考虑,因为如在《皇冠》发表,他早晚会大写其文章,还不如先发制人,利用他一下的好"(1975年12月19日宋淇致张爱玲信,《张爱玲往来书信集1·纸短情长》第282页)。

可见他当初并不回避胡兰成的因素,就没想到《小团圆》写成这样子。

1976年3月23日,收到书稿后,先是邝文美读了,她"心里感觉很复杂",立即写信给张爱玲,希望"先hold[留住]一下再说","这本小说将在万众瞩目的情形下隆重登场(我意思登上文坛)——我们看得非常重要,所以处处为你着想,这片诚意你一定明白,不会嫌我们多事"(1976年3月25日邝文美致张爱玲信,转引自宋以朗《小团圆·前言》,《小团圆》第5页)。

宋淇因为事忙,分三天读完,且做了详细笔记,与夫人做了一番讨论之后,随即给她写了一封较长的信,首先挑明:"这是一本thinly veiled[露骨],甚至patent[专属]的自传性小说",其中女主人公的身份、家世、经历等与作者重合度太高,"不要说我们,只要对你的作品或生平略有所闻的人都会看出来"(1976年3月28日宋淇致张爱玲信,转引自宋以朗《小团圆·前言》,《小团圆》第8页。此书将该信日期错注为1978年4月28日)。这样问题来了,《小团圆》中无所顾忌地披露女主人公盛九莉与她明知是汉奸的邵之雍的恋情和婚姻,以及与日本军人往来关系,不仅坐实了以往民间的传闻,而且增添了更多新料,使得张爱玲无从躲身。由于当时张爱玲的读者主要在台湾,以及被台湾当局影响所及的海外华人居住地,这些地方对抗日战争中"附逆"言行予以谴责的价值标准并未动摇,特别在当时台湾文化界的复杂环境中,风险极大——她本人将因此成为一时舆情的中心,并作为一个重要靶子,遭到批评界猛烈攻击。这种情况下,胡兰成的存在,更是具有特别的危险性:

《小团圆》一出,等于肥猪送上门,还不借此良机大出风头,写其自成一格的怪文?不停的〈地〉说:九莉就是爱玲,某些地方是真情实事,某些地方改头换面,其他地方与我的记忆稍有出入,等等,洋洋得意之情想都想得出来。一个将近淹死的人,在水里抓得着什么就是什么,结果连累你也拖下水去,真是何苦来?

(《小团圆》第 9 页)

在他看来,面对这种情势,"皇冠"的老板平鑫涛也不敢、不会给她出版这本书,"这本书也许会捞一笔,但他不会肯自毁长城的"(《小团圆》第 10 页)。宋淇不得不语重心长地向她晓以利害:

你之所以有今天,一半靠读者的欣赏和喜欢你的作品,学院派和作家们的捧不过是锦上添花,而官方最近 realize [意识到] 你是第一个"反共"作家更是一个有利的因素。如果前面的推测应验起来,官方默不作声,读者群众只听一面之词,学院派的辩护到时起不了作用。身败名裂也许不至于,台湾的写作生涯是完了,而以前

第四章 《小团圆》面面观

多年来所建立的 goodwill［声誉］一定会付之东流。以上所说不是我危言耸听,而是我对 P. R. 这一行颇有经验,见得多了,绝非无中生有。

(《小团圆》第 9—10 页)

他劝说张爱玲在逞性地"一吐为快"之后,要冷静下来——"我们应该冷静客观地考虑一下你的将来和前途",为避免出现严重后果,"大前提是 in its present form［现在的样子］,此书恐怕不能发表或出版"(《小团圆》第 10 页)。同时,他也提出了修改意见或方案,主要是将邵之雍的身份与胡兰成切割,将他写成 double agent［双面间谍］。另外,要改写九莉,务使别人不能视她就是张爱玲。估计她一时还不完全接受,他几乎以断然的口吻对她说:"这方法你如果认为行不通,脑子一时拐不过来,只好暂时搁一搁,好好想一想再说,对外只说在修改中,好在没有第三个人见过原稿。想通之后,有了具体的改法再来过。"(《小团圆》第 11 页)

这个弯委实拐得太急、太大,估计张爱玲见信后都有些蒙。

在复信中,她极力做了一些说明和辩解,特别讲到自己的"误判":

我写《小团圆》并不是为了发泄出气,我一直认为最好的材料是你最深知的材料,但是为了国家主义的制裁,一直无法写。……我跟陈若曦在台北的谈话是因为我对国民政府的看法一直受我童年与青少年的影响,并不是亲共。近年来觉得 monolithic nationalism〔一元化民主主义〕松动了些,例如电影中竟有主角英美间谍不爱国（Michael Caine 饰）,所以把心一横,写了出来,是我估计错了。

（1976 年 4 月 4 日张爱玲致宋淇夫妇信,转引自宋以朗
《小团圆·前言》,《小团圆》第 5 页）

既然承认自己对形势做了"误判",事情又关系到"将来和前途",她只能选择做"识时务者",同意把书稿先放下,考虑如何修改。

这件事在文学史上,也许算不得什么,但在张爱玲个人历史上,却是一件具有重要意义的大事。

几十年后,时过境迁,有人或以为宋淇夫妇当时"拦截"《小团圆》是"过虑"和"多事",即使"肥猪送上门",胡兰成利用一下《小团圆》,又会怎样呢？诚如上面所述,当时宋淇这一"拦截"之举,显然不是仅仅因为胡兰成会利用《小团圆》,果是如此,1981 年胡兰成死,这本书就应能顺利拿出来,而它之所以不能问世,是因为牵涉一些更大、更具原则性的问题,与张爱玲的声名与前途关系极大。

宋淇所言不是危言耸听,《小团圆》成稿之后两年,《色,戒》甫发表,就立即被人指为"歌颂汉奸"而予以严厉批判,张爱玲尚要以欲写反面人物必须深入反面人物内心来自辩。而《小团圆》里,写胡兰成的化身邵之雍,除了他在男女关系上的朝秦暮楚,哪里有其他的揭露与批评？当年她被人指为"附逆",她还辩称自己与日本方面从无任何瓜葛,而现在《小团圆》中,却公然展示女主人公与日本军人的密切过从,以及对日本投降和"二战"胜利的敌意,这让为她站台的人又如何为她辩护?

何况,宋淇当时只是从台湾一隅来考虑,还有想不到的——中国大陆走向改革、开放,两岸进行交流,其将引起的风波岂不更大?七八十年代,《小团圆》中所影射的亲人故旧都在,如果他们看到此书,会作何反应——那位被化名"荀桦"的老作家,必定振笔辩诬,更何谈写《遥寄张爱玲》,引起大陆读者对她的关注?被化名"燕山"的那位名导演会默不作声吗?她的弟弟会不会要求做一次 DNA 的鉴定,与她打一场官司?至于她姑姑,看到《小团圆》中写三姑与纳粹党人夏赫特的暧昧关系,会不会气死?在一个诸多历史见证人尚在并发声的社会环境下,大陆出版社还敢趋之若鹜出她的书吗?

你现在可以看到,为张爱玲计,宋淇夫妇"拦截"《小团圆》之举何其明智,若不是他们这一果断决定,《小团圆》面世,张爱玲"人设"崩塌,后 20 年版税大减,生计堪虞,在美国还不知沦于何种境地。

确实,宋淇这个人是张爱玲的一位"贵人"。张爱玲在海外"东山再起",固然要首推夏志清在《中国现代小说史》中盛赞之功,然而,给夏志清寄去张爱玲成名之作《传奇》和《流言》的,却是宋淇。不是宋淇的引荐,夏志清未必会读到张爱玲的作品,当然,后面这一段"奇迹",也无从谈起。而成功"拦截"《小团圆》,使之未在当时面世,对张爱玲后期声名和生涯,却更具力挽狂澜的关键作用。张爱玲与宋淇夫妇结下终生不解之缘,晚年嘱身后将遗产都留给他们,在随遗嘱寄给他们夫妇的信中,她特别表明:"《小团圆》小说要销毁。"至少是再次回应了他们多年前阻止《小团圆》发表和出版的明智决定,在回首自己一生历程并对后事做出交代之时,她不能不仍有惊心之感和充满感激之情。

四

宋淇夫妇虽然"拦截"住了《小团圆》,不让它以当时文本的原样发表和出版,却不并是"一棍子打死",而是希望张爱玲能做出重大修改再推出,紧接着,他们是真正出主意、想办法,竭力挽救这本书。

在他们看来,邵之雍的身份和情节是第一大问题。宋淇说,刚翻开看时,还觉得第一、二章太乱,像"点名簿",而且插写太平洋战争,初期作品中已见过,如果在报纸上连载,可能吸引不住读者追下去读。不好看,要改。及至看到邵之雍出现,这才意识到,相比起来,第一、二章的问题实在算不上什么了。针对这部小说存在的致命问题,他所提出的修改方案是:一、改写九莉,务使别人不能 identify[视]她为爱玲为止。二、改写邵之雍,把他的身份改成双面间谍(1976年3月28日宋淇致张爱玲信,《张爱玲往来书信集1·纸短情长》第302—303页)。《小团圆》中,盛九莉具有的身份、特征与社会关系不变,把邵之雍写成"双面间谍",这个方案实际不可行——这样做的结果,就是为胡兰成"洗地",胡一下就从"汉奸"罪名中脱身,这才真是"肥猪送上门"。仅这件事,就会激起读者大众的反感,胡兰成本就铁案如山,张爱玲将邵之雍改写为双面间谍会被认为是公然撒谎,果真陷入这样的舆论风暴,她更无地自容。至于说邵之雍的双面间谍之"一面",不能是重庆国民党方面的地下工作者,归属未明,则更是荒唐。即便如此,张爱玲虽有保留,对这个改动也还是予以响应的,曾提出将邵之雍改为日据时代"台湾人"或"德国人"之类替代设想,然而,都贯彻不下去。

接下来一个方案,是改变盛九莉的身份(含身世、职业等),这个方案的最大特点,是等于推倒重写。张爱玲确实认真考虑过这个方案,时隔两三个月,她就写信给宋淇夫妇说,她想将九莉的职业改为专销暴发户工笔仕女图的人,又想让九莉改演京剧唱花脸,她"陪阔表姐票过戏,憧憬着下海。但是没从小练功,又怕跑小码头,尤其是战时北方。等着个老伶工出山搭班,等来等去,一面苦练……后来替一个想演电影的坤伶编了出私房戏——她够不上拍纪录片,古装话剧又演不过影星——燕山导演"(1976 年 7 月 21 日张爱玲致宋淇夫妇信,《张爱玲往来书信集 1·纸短情长》第 327—328 页)。因为对京剧这一行不熟,她准备找些材料看,并观看所在地票友的演出。不过,几天之后,又称这个想法放弃了,她已"悟出九莉的职业尽可以平凡没关系"。而宋淇却非常赞赏把九莉的职业改为唱大花脸的想法,认为是"绝招",又给她在这上头出了许多主意,她看他对此如此热心,于是再转来"走这条路子",似乎一段时间还沉浸在这个构思中:

……票友世家家里京戏的气氛太浓厚，九莉的父亲也没这么 dedicated & enterprising［投入与进取］。我需要 stay close to facts［切合事实］，感情上联系得上。她后母一家戏迷，小阿姨讲起杭州大世界坤伶一个个都是美人，她暗笑她们土，但是她后母会唱两段青衣，她下意识竞争，所以也学。吕表哥追求未遂的阔表姐（盛宣怀的孙女也不知是重孙女），两姊妹之一后来嫁了个琴师。九莉十五六岁陪这表姐票过一台戏，此后想留学，去港（头两章不受影响）。回沪后，因为对她母亲的西方叛逆，才醉心传统的东西，再跟这表姐票戏，认真起来。下海要跑小码头，是必需的经验，但是她怕脏又怕应付人，大概没大去，不然后来去内地看之雍就不算回事了。

（1976 年 8 月 15 日致宋淇夫妇信，
《张爱玲往来书信集 1·纸短情长》第 332 页）

在与宋淇的讨论中，张爱玲有一个"结"始终未能打开，即她对于《小团圆》前两章很看重——而宋淇夫妇则似乎希望保留《小团圆》书名，"另起炉灶"，这样可以避免因修改产生的人物个性前后不统一的问题。经过一段思考，张爱玲还是坚持：

《小团圆》我想改九莉的外貌职业与有些家史，个性不改。头两章是必要的，因为是 key to her character［奠定她角色个性的关键］——高度的压力，极度的孤独（几乎炸死的消息没人可告诉）

与 self-centeredness［自我中心］。

（1977年4月7日张爱玲致宋淇夫妇信，《张爱玲往来书信集1·纸短情长》第352页）

这一讨论到此停下了一两年，到1978年年底，她写信告诉宋淇夫妇说：

改写《小团圆》我终于想通了，照 Mae 说的，只用头两章，但是这两章内母女间已经很僵，需要解释，所以酌用其余，太像《私语》的改掉，插入头两章的轮廓内。女主角考港大医科，程度差得太远，恶补一年，花了好些钱。

（1978年12月27日张爱玲致宋淇夫妇信，《张爱玲往来书信集1·纸短情长》第403页）

后面，随之就有了一个更细一点的构思——这恐怕也是我们所能看到的《小团圆》小说（请注意，这里说的是小说）的最后一个修改方案（即所谓"1979年方案"），虽然长一点，还是在这里完整地抄录一下，以备读者参考：

《小团圆》（翻查几处，已经看出许多地方写得非常坏）女主角改学医，也是不善处世，不能替人做事，而死记的本事大，一个可能的出路——当时没什么 commercial arts［商业艺术］可选。考港大与考英国大学都是同一个英国人监考兼代补习,一样贵。——上海最著名的医科是否震旦大学(用法文)与同济大学(德文)?——战后她回香港继续读下去,有个男同学也是战争耽误了学业,与她同是比别的学生大,因孤立而发生感情,但是医科时间长,终于夜长梦多。她母亲战后回国先到香港,最后一次小团圆。她父亲本来戒了吗啡,离婚后又打上了,缩小范围过极孤独的生活,为了省钱改吸海洛因,overdose [用药过量] 死了——白面纯否的程度不一,容易O.D.——除了他女儿的老女佣,他只雇一个粗做女佣,大个子,抵得过一个男仆。她有个丈夫有时候来要钱去赌,打她。九莉的母亲一直认为她父亲有钱——其实不剩多少,不过他对这一点保密——但是死后一无所有,连老女佣存在他那里的钱都没有了——因此受刺激中风死了——当时老女佣到他异母兄(曾经侵吞他的遗产)与楚娣(his alienated daughter by his deceased first wife [他故去的第一个妻子所生的女儿,跟他已疏远])处报信,双方到场互相猜疑,所以事后才因另一女佣鼻青眼肿,疑心到她丈夫身上,已经无法追查。毛病是如果失窃不太确定,就可能是钱用光了自杀,予人以混乱的感觉。我父亲在(19)49年蒋经国打虎期间,把藏在沙发里的金条拿去兑现,怕搜出来充公。这还是(民国)三十八年左右,他曾经做金子,那是买空卖空。是否只有金镑银元,没有金条?现款一定有不少——难得出去,毒贩上门要付现——此外只是存折(凭图章领)、地契典质单据与股票(即使是别人拿去没用的,不懂的人也席卷而去)?就是这一个问题没想妥。……

又，楚娣的母规临终怕首饰又被大房侵占，交给她外婆代为保管，所以她有钱出洋，虽然她父亲反对。后来她继母蕊秋与她父亲离婚，她父亲因为她一直夹在他们中间，归罪于她，借了个借口打了她，从此断绝来往。她与一个表侄恋爱，他父亲是个老留学生，银行经理——像大陆银行的中号银行；大陆是美商，可另有民营的，不是华侨的？华侨资本不会用"非广东人"做经理——被控盗用公款，（一二十万？在 30 年代中叶是很大的数目）她投机代筹款归还亏空，官司得以私了。做投机时挪用蕊秋的存款，蚀掉了。她还有点首饰可以折变，一时卖不出价，（民国）四十年才卖了，还了蕊秋。

（实生活中是三条弄堂，较近情理，但是因为兄妹关系改了父女，她没有分家分到房产）两个问题都与钱有关，我最外行。

（1979 年 7 月 21 日致宋淇夫妇信，
《张爱玲往来书信集 1·纸短情长》第 415—416 页）

这之后，她和宋淇夫妇之间再没有就这个问题做更进一步讨论，修改工作也停顿下来，一停就是十年，直到 1990 年，方重新提起。

以上这些修改方案的讨论表明：

一、虽然《小团圆》酝酿时间长，而成书过程仓促，缺乏深思熟虑，或是有的考虑与时势错位，存在较大、较多问题，对于宋淇夫妇的批评、建议，张爱玲基本认同，并积极配合，考虑各种修改方案。

二、其所考虑的修改方案，如改变邵之雍身份，以至改变盛九莉身份,已经违背她写这部自传性作品的初衷,甚至违背她从正、反面皆感受甚深的写作原则——"最好的材料是你最深知的材料",转而要寻求间接材料,了解京剧行当,这从另一方面也可看出,她为这部新作争取发表和出版的意愿多么强烈。

三、改变邵之雍的身份既不可行,改变盛九莉的身份又等于重写,第一、二章的问题,即使想通了,也是枝节,无关大局。这个讨论从1976年至1979年,两三年里,张爱玲还是非常上心的,最终也未找到可行方案。对这部书稿的修改,到此确有"山重水复疑无路"之感。而此后十来年里,这件事更是搁置了,而在张爱玲心上,一直并未放下,直至她生命的晚期,"柳暗花明又一村",新的修改方案才终于找到。

究竟是什么,下文再谈。

第二节 主题与结构

《小团圆》题名释义——《小团圆》各节大意——《小团圆》的主题:家族史、"热情故事"和非国家主义——《小团圆》的结构:头两章与两条主线——血脉失调与屡见败笔

一

现在,我们回过头来考察一下寄到宋淇这里的《小团圆》稿本。

张爱玲对作品的题名一向是很考究的,她的许多作品的篇名、书名,既与作品的主题、内容相关联,又或有一定寓意,乃至显示一种调侃或嘲讽的意味。前面已经对她的一些作品如《雷峰塔》《易经》等做过介绍,那么,《小团圆》应该做何解释呢?中国历来就有"大团圆"的说法,用以形容亲人团聚的和谐、美满的结局,从语义上说,有"大团圆",也会有对应的"小团圆"——这种说法因为别致,另有一种意味。宋淇对"小团圆"这个题目就十分欣赏,认为它有"张爱玲笔触"。

张爱玲去探望躲藏在温州乡间的胡兰成之后,写过一篇《异乡记》——她自己最喜欢的散文作品之一——"小团圆"的提法,似首见于此:

独轮车在黄土道上走着,紧挨着右首几丈高的淡紫色的岩石,石头缝里生出丛树与长草。连台本戏里常常有这样的一幕布景的,这岩石非常像旧式舞台上的"硬片"——不知道为什么有那样一种不真实的感觉。有一处山石上刻着三个大字,不记得是个什么地名了,反正是更使人觉到这地方的戏剧性,仿佛应当有些打扮得像花蝴蝶似的唱戏的,在这里狭路相逢,一场恶斗,或者是"小团圆",骨肉巧遇,一同上山落草。

(《异乡记》第 100 页)

现在出版的《异乡记》是一部残稿,其中写了在闵庄看社戏,却不见《华丽缘》中的描写,倒是在《小团圆》中,特地插入一节

写在乡下看戏,内容与《华丽缘》相似,像它的缩写,有这样几句,又为《华丽缘》所无:

> 郁太太来了半天了,抱着老长的一个孩子站在后排。九莉无法再坐下去,只好站起来往外挤,十分惋惜没看到私订终身,考中一并迎娶,二美三美团圆。
>
> (《小团圆》第 230 页)

在乡下,盛九莉与邵之雍临别时,曾谈过等他到何时的问题,邵之雍一味含糊应之。

> 她临走那天,他没等她说出来,便微笑道:"不要问我了好不好?"
> 她也就微笑着没再问他。
> 她竟会不知道他已经答复了她。直到回去了两三星期后才回过味来。
> 等有一天他能出头露面了,等他回来三美团圆?
>
> (《小团圆》第 239 页)

> 至少临别的时候有过。当然了。按照三美团圆的公式,这是必需的,作为信物,不然再海誓山盟也没用。
>
> (《小团圆》第 242 页)

第四章 《小团圆》面面观

"三美团圆"也是一种"团圆",当为"小团圆"。后来,她还写过一篇题为《五四遗事》的短篇小说,副标题为"罗文涛三美团圆",男主人公婚姻的结局是"三美团圆",应该说,"小团圆"的意念,在张爱玲的思想上刻痕是很深的,她自身被卷入这样一个传统婚姻模式,对居于C位的男主人公充满失望和怨恨,并示以强烈的嘲讽。

最早接触这部作品的宋淇已比较准确感受到"小团圆"的嘲讽意味,但他另做一解:

及至看到胡兰成的那一段,前面两章所pose[引起、产生]的问题反而变成微不足道了。我知道你的书名也是ironical[具有讽刺意味的]的,才子佳人小说中的男主角都中了状元,然后三妻四妾个个貌美和顺,心甘情愿同他一起生活,所以是"大团圆"。现在这部小说里的男主角是一个汉奸,最后躲了起来,个个同他好的女人都或被休,或因于情势,或看穿了他为人,都同他分了手,结果只有一阵风光,连"小团圆"都谈不上。

(1976年3月28日宋淇致张爱玲信,《张爱玲往来书信集1·纸短情长》第301页,又见《小团圆》第8页)

不过,倘若连"小团圆"的结局也谈不上,这里作品名就不会用"小团圆"。到90年代初写《对照记》时,她才点破说:"我是竹节运,幼年四年一期,全凭我母亲的去来分界。四期后又有五年的

237

一期,期末港战归来与我姑姑团聚作结。几度小团圆,我想正在写的这篇长文与书名就都叫《小团圆》。"(1991年8月13日张爱玲致宋淇夫妇信,《张爱玲往来书信集2·书不尽言》第472页)据此,我们实不妨对这个题名的理解更实在一些,即指作者生命史上关系密切的几个人在此的一次会聚,因为不是全部——比如没有赖雅,没有其他亲属,也还是"小团圆"。她写完时说:"《小团圆》刚填了页数,一算约有十八万字(!),真是《大团圆》了。"(1976年3月14日张爱玲致宋淇夫妇信,《小团圆》第4页)这就是就其涵括范围的本意发挥的。

二

《小团圆》叙写的是一个叫盛九莉的女子的半生故事,为帮助读者了解作品的内容,这里分节简述一下作品的情节大意(作品未标出第×章字样,而直接以中文数字排序,故此处以"节"称之)。

第一节,以大考那天早晨开篇,随即转入女主人公母亲来港的叙写,直至为其母送行。英国教师安竹斯赠送九莉800元奖学金,她交给母亲,被打牌输掉,成为她与母亲感情恶化的催化剂。

第二节,仍回到大考那天早餐时——真开战了,因战争而停考,九莉为之感到庆幸,随之而来的是香港之战各种经历。直至战事结束,学校停课,与比比一起返沪。

第三节,这一节较长。九莉从香港回到上海,与姑姑同住。转入倒叙——追忆其母第一次回国，久别后相见时的情景。随后，父母离婚，其母再次出国。父亲娶继母翠华，其后家中的种种情形：继母克扣家用，其弟的挨打、罚跪等。家族中也发生一些事，如竺家表大爷因亏空公款入狱，与大房的大爷打家产官司。其母再返回上海，沪战开始，她到母亲处住了一晚，回家后与继母冲突，遭父亲殴打，被监禁。侥幸逃出后，即与其母同住，又常因琐事受母亲责骂，深感痛苦。终于，考上伦敦大学，因欧战爆发，改去香港大学念书。

第四节，香港沦陷后，九莉回到上海，靠卖文为生。汪精卫政府高官邵之雍读了她的作品后来访，两人相恋。

第五节，此节不长，写女主人公与邵之雍感情升温，已谈婚论嫁，邵之雍要去华中办报，为她带来许多钱，用以还其母。

第六节，接上，写邵之雍为她与两任妻子离婚，再转入在天津时的童年生活回忆。

第七节，接续第五节，叙盛九莉与邵之雍关系的进展，邵在汉阳办报期间又结新欢（护士小康），九莉与他的关系由此产生裂痕。

第八节，写日本投降后，邵之雍逃亡，盛九莉与之难分难舍，尽管有第三者小康存在，还是与邵签下婚书。邵逃往温州乡下，九莉下乡寻邵。

第九节，文字很短，写在乡下看社戏，属九莉下乡寻邵途中见闻之一，寓有九莉处境的自况。

第十节，这一节情节上接第八节，写盛九莉下乡途中见闻。邵之雍又与另一女人（辛巧玉）相好。盛九莉终于"灵魂过了铁"，决心与邵分手。

第十一节，本节包含情节的一个高潮——其母从国外回来，九莉还钱给她，面对女儿的决绝之举，母亲伤心已极。此时，九莉已与电影从业者燕山建立情人关系。

第十二节，最后一节，主人公的人生故事暂告收尾。九莉写信正式与邵之雍断绝关系。重点叙写她与燕山的爱情，虽然这段恋爱让她"找补了初恋"，却并无正果——燕山娶了另一女子。现实仍是如应考般充满紧张等待的"噩梦"，再次照应篇首那个动荡的香港求学时代。

三

这里，要略谈一下《小团圆》的主题。

谈论这个问题，多少会有些尴尬。一方面，我们知道，张爱玲本人早年就认为传统的主题论已经过时，不宜狭隘地理解作品的主题，她说过："但我以为，文学的主题论或者是可以改进一下。写小说应当是个故事，让故事自身去说明，比拟定了主题去编故事要好些。许多留到现在的伟大作品，原来的主题往往不再被读者注意，因为事过境迁之后，原来的主题早已不使我们感觉兴趣，倒是随时从故事本身发现了新的启示，使那作品成为永生的。"（《自己的文章》，《流言》第188—189页）又说："现代文学作品和过去不同的地方，似乎也就在这一点上，不再那么强调主题，却是让故事自身给它所能给的，而让读者取得他所能取得的。"(《自己的文章》，《流言》第189页)《小团圆》不是纯虚构的小说，而作为文学性写作，又标为小说体裁，似也应该贯彻这一创作理念。

而另一方面，张爱玲自己也确实试图解答它的主题，因夏志清曾建议她写她祖父母与母亲的事，她回信说，"你定做的小说就是《小团圆》"，这就是说《小团圆》曾定位于写她的家族，是一部"家族史"。她的祖母是李鸿章的千金，而祖父也是一位历史名人，他们的结合带有一定的传奇性，用现今的话说，是有"看点"的。《小团圆》中，固然也写到了女主人公祖父母的事，只是依据一部叫《清夜录》的小说的叙写，以及她姑姑和老佣妇的一些零星回忆，并无深入的刻画。这实不能怪她——她出生太晚，就连她姑姑在她祖父母谢世之前也尚年幼，能记得的实属有限，何况，她姑姑还不愿过多回忆家族旧事，视此为"向后看"。而她的母亲，不仅出身名门，也敢于冲破旧家庭的藩篱，是开时代风气之先的一位新女性，写一写她，也是很不错的题材，会有值得开掘的内涵，她却并不看重这一面。《小团圆》中，母亲虽占较重要的地位，主要还是和她在一起生活时留下的一些印象，属于负面的东西较多，反不如《雷峰塔》《易经》中的描写较为完整与客观。家族中其他一些较重要的人，如当过两江总督的张人骏、在北洋军阀政府任过总长的天津"新房子"主人张志潭等，只是一晃而过。原籍河北丰润的张氏家族这一支，虽然还极力保留大排行（如其父张志沂排行十六）的称谓方式，家族成员却逐渐星散，音问暌隔，命运各异，非她所能悉知。祖母一系李氏家族，也只有表大爷李国杰，因当过招商局高官，后被暗杀，具有一定新闻性，又与家里打的一个析产官司，以及姑姑与表哥的私情有关，叙写略详，其他人等，殊无足观。总而言之，尽管其家世曾经煊赫一时，却因时代条件不一样，要追摹《红楼梦》，去写一部由盛而衰的"家族史"，是难以实现的。

当宋淇夫妇劝阻她发表《小团圆》时，她特别表明了自己的意图，也是《小团圆》的主题："这是个热情故事，我想表达出爱情的万转千回，完全幻灭了之后也还有点什么东西在。"（1976年4月22日致宋淇夫妇信，《张爱玲往来书信集1·纸短情长》第317页）这句话后来被广泛引用，似乎就是《小团圆》主题的经典概括。这部作品诚然有"热情故事"，即"盛、邵之恋"（现实中的张爱玲与胡兰成之恋），乃至又曝出一段"盛、燕之恋"，也确有一些曲折、转回和幻灭，却不是全部，有一半的内容都与此不相干。对于第一段感情，即"盛、邵之恋"，女主人公付出了巨大的情感代价，却因邵之雍的到处留情，在她与其他女子之间，拒绝做出选择，企图成其"三美团圆"的美梦，她不得不与他分手。就此而言，这是男女婚恋中屡见不鲜的"遇人不淑"的模式，并无什么特别新鲜的意义。而"盛、燕之恋"，发生在"盛、邵之恋"尚未全了之时，女主人公借此平复前一段感情留下的创痛，故对燕山择偶另娶，固然痛苦，却不懊悔；虽有微词，亦不足论。那么，在这两段感情遭遇完全幻灭之后，究竟还能有点什么东西在呢？

张爱玲说："我写《小团圆》并不是为了发泄出气，我一直认为最好的材料是你最深知的材料，但是为了国家主义的制裁，一直无法写。"（1976年4月4日致宋淇夫妇信,《张爱玲往来书信集1·纸短情长》第313页）所谓怕受国家主义的制裁,当然是有违国家主义,与国家主义相对立的。

在这里,张爱玲提出了一个重要命题,这就是"国家主义"。《小团圆》中,她借女主人公之口说:"国家主义是20世纪的一个普遍的宗教。她不信教。"(《小团圆》第56页）国家主义是近代兴起的关于国家主权、国家利益、国家安全和国民利益问题的一种政治学说。张爱玲未必了解国家主义作为政治哲学的整个体系,在她提到国家主义时,主要还是指一种国家主权与国家利益至上的观念。抗日战争时期,由抵抗日本侵略激发与高涨起来的国家主义观念,成为凝聚中华民族的共识以及判断忠奸、是非、曲直的标准,抗战期间与战后,对胡兰成的汉奸身份以及对之所取的态度,形成了包含道德审判与制裁的一种社会舆论,这是很正常的。

站在张爱玲的立场上,她对国家一直另持一种看法。她自己就说:"我跟陈若曦在台北的谈话是因为我对国民政府的看法一直受我童年与青少年的影响。"（1976年4月4日张爱玲致宋淇夫妇信,《张爱玲往来书信集1·纸短情长》第313页）确实,她的这种思想是受到她童年与青年时期所处的家族环境很大的影响。从清朝到民国,一批昔日居于社会上层的贵族及其"贵二代""贵三代",被时代抛弃,并迅速沦落而为假气游魂。他们中许多人由钟鼎玉食渐至衣食无着,充满无可救赎的没落感,以及"丧家"的虚无感,对于身处的"家国"缺乏认同——"对清廷仍是旧情拳拳"(《雷峰塔》

第 192 页），"不承认民国"，并以非国家主义作为自己的信念，拒绝"爱国"。在《雷峰塔》中，女主人公琵琶还这样表达过她的抗议："尽管置之不理，压力还是在的。'救国'的呼声直上云霄。爱国之于她就如同请先生的第一天拜孔夫子一样。天生的谨慎，人人都觉得神圣的，她偏疑心，给硬推上前去磕头，她就生气。为什么一定得爱国？不知道的东西怎么爱？"（《雷峰塔》第 193 页）而在生活中，其逻辑一定是这样的——她理所当然地觉得抗战不抗战与她无关，至于她爱谁，与谁结婚，又为何分手，更与国家、与抗战无关。《小团圆》的女主人公亲历香港之战，会为停考而喜悦，战争带来多少人死伤，可以不以为意，只要不杀死她喜欢的那个英国教师就行。"二战"时死了那么多人，她宁愿它打下去，因为她觉得当下的岁月也尚安稳，不希望再有巨变——她要和所爱的人在一起，在永生的"金色梦的河上划船"，这就是一切。

然而，生活在一个极其严酷的战争时期，她的逻辑也常常不免打乱，像在香港之战现场，盛九莉的内心就如此交战：

她希望这场战事快点结束，再拖下去，"瓦罐不离井上破"，迟早图书馆中弹，再不然就是上班下班路上中弹片。
希望投降？希望日本兵打进来？
这又不是我们的战争。犯得着为英殖民地送命？
当然这是遁词。是跟日本打的都是我们的战争。

(《小团圆》第 56 页）

确实，当时"跟日本打的都是我们的战争"。"国家""民族"这些观念，虽都是近代的产物，未来也可能消亡，而就我们生存的时代而言，"国家""民族"的观念及其体现的价值仍然是为人们所信奉、认同的，也正因为如此，围绕抗日战争建立起来的忠奸观念不会动摇，主流舆论对汉奸的态度依然严峻——在有中国人的地方，毕竟此案不能翻。也正是由于这个缘故，宋淇才顾虑到《小团圆》的出版会激起强烈反弹，力劝她做出重大修改，即将邵之雍写成双面间谍，以虚构替换原型的标签，并将盛九莉的身份、特征加以变更，使人认不出是张爱玲，避开主流舆论的批评。诚然，盛、邵之恋的结局是因邵的负心与滥情所致，邵之雍确为人所不齿，而盛九莉不明大义的"热情"，显然也不值得同情，更不值得赞赏。

张爱玲也知道她的这类非国家主义话语，在今人所处的时代语境中，不但拿不到台面上，而且逻辑上也不能自洽。所以，她又借盛九莉之口说："她没想通，好在她最大的本事是能够永远存为悬案。也需要到老才会触机顿悟。她相信只有那样的信念才靠得住，因为是自己体验到的，不是人云亦云。先搁在那里，乱就乱点，整理出来的体系未必可靠。"(《小团圆》第 56 页) 在这个问题上，其实，她也一直深感困扰，她与宋淇为《小团圆》修改设计的各种方案之不能实行，《小团圆》在长达近二十年时间中改不出来，除了其他原因，这应该是根本原因之一——这个盘桓心间多年的"飞蛾扑火"式的"热情故事"，以及她为自己所要做的辩护和"泄气"，和非国家主义思想已经深深地交融、凝结在那里，不是可以随意改动的。

四

　　作品结构，并无一定之规，常常很难品评高下，这里，我们只能谈谈对《小团圆》结构的一般印象。

　　首先，应该肯定，张爱玲在写作《小团圆》时是重视结构，在运用技巧营构作品上费了一番心思的。例证之一，便是全书的开篇与结尾都以大考前的心情和做噩梦相照应，乃至连文字也基本一致，形成一个形式上往复的闭环，以凸显作品构思的完整性。

　　开篇：

　　大考的早晨，那惨淡的心情大概只有军队作战前的黎明可以比拟，像《斯巴达克斯》里奴隶起义的叛军在晨雾中遥望罗马大军摆阵，所有的战争片中最恐怖的一幕，因为完全是等待。

　　……………

　　但是她常想着，老了至少有一样好处，用不着考试了。不过仍旧一直做梦梦见大考，总是噩梦。

（《小团圆》第 15 页）

　　结尾：

　　……考试的梦倒是常做，总是噩梦。

　　大考的早晨，那惨淡的心情大概只有军队作战前的黎明可以比拟，像《斯巴达克斯》里奴隶起义的叛军在晨雾中遥望罗马大军摆阵，所有的战争片中最恐怖的一幕，因为完全是等待。

(《小团圆》第 283 页)

作者选择大考的早晨作为女主人公叙述生平中一段重要经历的开始，显然是有寓意的——未来的人生相当于一场大考，而且噩梦连连，她的心情处于极度紧张不安中，真非一个"惨淡"之词可以了得。这必然使读者的心情顿时同她一起沉入一个"低气压"中，静待她对这一场人生对阵厮杀的记述。另一方面，我们当知，张爱玲十分欣赏、推崇《海上花列传》，多年翻译、研究，浸淫于其中，该书就是以梦开篇——"这书即从花也怜侬一梦而起。也不知花也怜侬如何到了梦中，只觉得自己身子飘飘荡荡，把握不定，好似云催雾赶的滚了去"(《海上花列传》第1页，上海古籍出版社1994年)。结尾则是二宝做了一场噩梦："吓得二宝极声一嚷，惊醒回来，冷汗通身，心跳不止。"(《海上花列传》第382页) 如此开头和结尾，多少有点脱胎于《红楼梦》的痕迹。而《小团圆》的写法，虽非亦步亦趋模仿这两部古典名著，也有一点以现代语言化用这种意境的意味。

宋淇夫妇从他们的阅读体验出发，认为开头写香港生活的这部分"太乱"，"有点像点名簿"，内容又是作者前期作品写过的，可能吸引不住读者"追"下去读，一再建议改掉，而张爱玲在这个问题上的态度，看上去颇为固执，她认为这样写是有道理的，回复说，这一部分全是为了"停考就行了，不用连老师都杀掉"这句话，声称"这两章无法移后，只好让它去了"（1976年4月26日张爱玲致宋淇夫妇信，《张爱玲往来书信集1·纸短情长》第318页）。如前所述，弄明白此书的主题思想，当知这句话非同小可，几乎相当于"全书之眼"。

把香港大学生活经历（主要是香港之战）作为开篇部分，是张爱玲写作《小团圆》布局全篇的一个关键，还因为正是在这里，她引出全书的一条主线，即女主人公盛九莉与其母卞蕊秋的关系。《小团圆》存在两条主线，一条是盛九莉与她母亲的关系，一条是她与邵之雍的关系。张爱玲借女主人公之口说过，事实上，使她最受伤害的就是两个人，一个是她的母亲，一个是邵之雍（《小团圆》第241页）。九莉到香港念书后不久，其母去看望这个令她一直牵挂的女儿——无论她知道不知道女儿对她怀有怨恨，母女感情的天然纽带还是有韧性的，而就在此时，发生了那件将英国教师送的助学金输掉的事。据此，九莉宣称她与母亲的关系"完了"，"一条很长的路走到了尽头"，今后就是筹钱还其母，以做了断。这件事只是一个重要节点，此后，她与母亲仍维持有表面上的关系，蕊秋在国外漂泊数年返沪，她们又在一起住了一段。这一次，她果然实施了"还钱"之举，且说了一些令其母深感扎心的话，为她们之间的关系画上句号。蕊秋听说了她与邵之雍的事，却未见过邵，而九莉用来还她的钱却是邵给的，九莉将这个钱比作为妓女花销的"条斧"——这两条线索在此交集，构成支撑全书情节结构的主要骨架，其他人与事，虽或过于烦冗，或游离其外，而作品尚大体脉络明晰，架构安稳。

确定以在香港读大学的经历为全书开头，还有一层作用，即是将女主人公的此后经历推至近景，而将家族、家庭生活历史以倒叙方式作为远景和背景，从而使得结构较为紧凑，焦距尽量集中。由于女主人公家族、家庭生活变迁大，涉及人与事多，前曾有过《雷峰塔》《易经》两部长篇叙写——现在，要将如此庞杂的内容压缩引入，难免是"满屋散钱"，显然对作者是个颇为棘手的任务。第三节写九莉回到上海和姑姑住在一起，随即从一次闲谈转入对她去香港之前生活经历的追叙，文字甚长，几乎相当于全书的四分之一，此种比例足以使全书的营构失衡。至第六节，本是承接上一节叙写女主人公与邵之雍的热恋时光，写到邵之雍登报声明离婚，随即又转入九莉在天津度过的童年生活的长篇回忆，衔接上很不自然，这种地方尤其能看出她让本书承载过多任务所感到的困窘。

问题不止于此，在她的叙述中，我们还能看到大量的人与事上下不挂的拼接，乃至堆垛的情形。例如，蕊秋回国后一次喝茶时，讲在英国到湖泊区度假遇上一起华人杀妻案，这件事详细道来，本来已属冗笔，却又接续九莉很久以后看到一本苏格兰场文斯雷探长的回忆录，转述对此案的详细介绍（《小团圆》第74—76页），拖沓、冗长，几乎令人难以卒读。紧接下来，是转录了一首其母在一张照片背面的题诗，以及其父的一首已记不全的七绝，此两者因为都是照片后面的题诗，有点关联也罢，下面忽然是：

楚娣有一天说某某人做官了，蕊秋失笑道："现在怎么还说做官，现在都是公仆了。"九莉听了也差点笑出声来。她已经不相信报纸了。

这时候简炜大概还没结婚。

（《小团圆》第 76—77 页）

这里最是像一个笔记簿——段落之间没有明白的区分，上下文之间缺乏语义上的关联，看上去好像是思维跳跃，其实不然，就是一些记忆的断片，杂乱地堆放在一起（类似的"杂俎"或"笔记体"在全书甚多），更不说文字的修饰了。有人或称之为"意识流"，其实，这部作品所用的是叙述者与女主人公合一的视角，只有叙述者主导的叙事，虽对往事的追叙作时序的跨越、倒置（如第三节开篇不久，即转入记叙母亲第一次归国后在上海的生活，到第六节，又跳到追忆童年时期在天津的生活），明显是作者在叙事结构上的一种刻意安排，并非人物自己心理或意识层面时空切换的"神游"，谈不上是"意识流"。

《小团圆》结构上存在的这些问题，不少研究者都深有所感，资深张爱玲研究专家刘绍铭教授就直言不讳地指出："如果《小团圆》不是'旗帜鲜明'地打着张爱玲的招牌，以小说看，这本屡见败笔的书，实难终卷……张爱玲巅峰时期的作品，如《封锁》，如《金锁记》，如《倾城之恋》，文字肌理绵密，意象丰盈。宋淇看出《小团圆》杂乱无章,因指出'荒木那一段可以删去,根本没有作用',我们现在看到的《小团圆》,作者没有删此段。《传奇》时代的张爱玲,布局铺排的草蛇灰线,多能首尾呼应,少见十三不搭的局面。《小团圆》出现了'根本没有作用的段落',可见结构之松散。其实书中应该删去的何止一段。《小团圆》的叙述语言,比起成名作中的珠玉,显得血脉失调。"(《小团未圆》,香港《明报》2009年3月19日,转引自冯睎乾《在加多利山寻找张爱玲》第119—120页)当然,也有人要以张爱玲偏好的穿插、藏闪与做"夹缝文章"来解释,这也是"仁者见仁,智者见智"了,只是就一般读者的阅读体验而言,实不见佳。

第三节 人物

盛九莉:一个"unsympathetic(不令人同情的)人物"——卞蕊秋:《小团圆》怎样"去理想化"和"审母"——邵之雍:"里面对胡兰成的憎笑也没像后来那样"——燕山:没有他,也就谈不上写的是"爱情的万转千回"——其他人物:父亲乃德,弟弟九林,继母翠华,姑姑楚娣,闺蜜比比,编辑荀桦,等等

前面已就《小团圆》的主题、结构做了一番简析,这里,我们再对人物形象大体做一个扫描。

一、盛九莉

《小团圆》的女主人公盛九莉作为一部文学作品中的主要人物形象在中国文学中很特殊，我们几乎找不到一个与之相似的。她是不是就完全等同于张爱玲自己，这里不去讨论，虽然她明确说过："我在《小团圆》里讲到自己也很不客气，这种地方总是自己来揭发的好。当然也并不是否定自己。"（1975年7月18日张爱玲致宋淇夫妇信，《小团圆》第2页）仅就作品的描写看，盛九莉给许多读者的印象并不好，当年宋淇谈及他的阅读感受时，就直言不讳地说，她是一个"unsympathetic的人物"。"unsympathetic"有两方面含义：一是缺乏同情心的，二是不招人喜欢的。前一种含义主要指对象本身所具的一种素质；后一种侧重于他人对对象的观感。两者既有区别，也有联系，既有前一种素质，自然也会有第二义的印象。

盛九莉自尊、敏感、多疑、记仇，而且出奇地以自我为中心，相当自私。在香港读大学时，太平洋战争爆发，日军进攻香港，消息传来，她"坐在那里一动也不动，冰冷得像块石头，喜悦的浪潮一阵阵高涨上来，冲洗着岩石"（《小团圆》第46页）。原因竟只是她因此不必考试了。她对这一场生灵涂炭的残酷战事最大的诉求，仅仅是不要把她喜欢的英国老师安竹斯也杀死了。后来，她更把这种"自我中心"发挥到令人吃惊的极端地步，第二次世界大战反法西斯阵营取得胜利，举世为之欢庆，她的态度竟然是这样的：

一片空白中，有之雍在看报，下午的阳光照进来，她在画张速写，画他在看波资坦会议的报道。

"二次大战要完了。"他抬起头来安静地说。

"嗳哟，"她笑着低声呻吟了一下，"希望它永远打下去。"

之雍沉下脸来道："死这么许多人，要它永远打下去？"

九莉依旧轻声笑道："我不过因为要跟你在一起。"

（《小团圆》第 209 页）

《小团圆》中，盛九莉也将这种缺乏同情心和极端自我中心渗入到她的人际关系中，特别是与她母亲的关系中。她在幼小的时候，母亲出国了，后来父母离异，她随父亲和继母生活，直到因故被打和监禁，逃出之后，才来到母亲的身边——这个经历经由张爱玲的散文《私语》的传播，被众多人稔知。九莉在早年成长期间，缺乏充分的母爱，而在与母亲一起生活之后，又受到母亲坏脾气的折磨——母亲会因为一些琐事训斥、责骂她，有些话（如"你活着就是害人"之类），委实会使她的心灵受伤，她原来是爱母亲的，却因为这种情形，一点点毁了对母亲的爱。《小团圆》开篇后不久，蕊秋到九莉在香港的寄宿地来看她，她们的相见并不愉快——她刻意保持与她母亲的距离，用异样的眼光打量母亲及其周围的一切。不久，发生了英国教师安竹斯给她的 800 元被其母在牌桌上输掉的事，她的反应是出人意料的强烈和决绝："一回过味来，就像有件什么事结束了。不是她自己作的决定,不过知道完了,一条很长的路走到了尽头。"(《小团圆》第28页)正如前面分析《易经》中关于这件事的描述时讲到的,其母当时所可支配的资产,绝不止这个数目的钱,因而,输掉的800元也不可视为就是九莉命悬一线时唯一的救命钱,若是,则其母的罪过可谓甚大,事情却非如此。九莉对这件事反应的心理有点夸张,逻辑上也很牵强——不能不使人怀疑,这也是一个如同《雷峰塔》中继母害死女主人公弟弟的虚构情节,设计这种情节的目的,可能在于为"报仇"找到充分的根据。

我们这里主要讨论《小团圆》,因而尽量不提《雷峰塔》和《易经》,事实是这两部作品与《小团圆》的人物存在同一性,我们不能忘记,那两部书中所写其母的比较完整的形象,包括她的经历、处境和她对子女的爱,特别是对待这个女儿的期望以及所做的巨大付出。虽然,后来作者认为《雷峰塔》"里面的母亲和姑母是儿童的观点看来,太理想化,欠真实"(1964年5月6日张爱玲致宋淇夫妇信,转引自宋以朗《〈易经〉引言》,《易经》第4页),到《小团圆》中则实行"去理想化",却仍然不得不提到其母对她"好起来这样好"(《小团圆》第126页),"永远想替九莉取得特殊待遇"(《小团圆》第131页),也自知"人家造就你,再嘀咕你也都是为你好,为好反成仇"(《小团圆》第127页),却坚持她与母亲的关系只剩下"还钱"这么一件未尽的事。《易经》中本来还是拟想的"还钱",在《小团圆》中成了活生生的一幕——她从邵之雍那里得到一笔钱,可以真的还其母的钱了:

九莉乘机取出那二两金子来递了过去，低声笑道："那时候二婶为我花了那么些钱，我一直心里过意不去，这是我还二婶的。"

"我不要，"蕊秋坚决地说。

九莉想道："我从前也不是没说过要还钱，也没说过不要。当然，我那时候是空口说白话，当然不理。"

蕊秋流下泪来。"就算我不过是个待你好过的人，你也不必对我这样。'虎毒不食儿'嗳！"

九莉十分诧异，她母亲引这南京谚语的时候，竟是余妈碧桃的口吻。

在沉默中，蕊秋只低着头坐着拭泪。

（《小团圆》第 251—252 页）

这一段文字，读了适足以让天下无数为人父母者伤心——其母已经向她做了含有歉意的解释，哭着向她哀求，她冷漠而决绝地不为之所动，落脚点就在："不拿也就是这样，别的没有了。"（《小团圆》第 252 页）当然，作为母亲，蕊秋伤心归伤心，却不像她那样幼稚和绝情，她在自己漂泊天涯的岁月中，无时不在为女儿牵肠挂肚，直到临终还来信说："现在就只想再见你一面。"（《小团圆》第 254 页）至于九莉自己，她在自己的余生中，也总有思前想后，受到良心责备的时候，《小团圆》结尾处说："她从来不想要孩子，也许一部分原因也是觉得她如果有小孩，一定会对她坏，替她母亲报仇。"（《小团圆》第 283 页）她承认自己对母亲坏，并觉得会有恶报，由此能看出她内心还是有一种负罪感。看来，一个极端自我中心的人要绝情到底也不容易。

张爱玲写了许多女人的爱情悲剧，在她的笔下，盛九莉的爱情也带有浓浓的悲剧意味，只不过她的悲剧让人同情的成分较少。盛九莉一开始就知道邵之雍是汪伪政府的高官，出于非国家主义立场，她并不介意，甚至对邵还怀有崇拜之心，很快坠入爱河。而邵之雍并非只是个千夫所指的汉奸而已，在和女人的关系上，更是如作品中形容的："糟哚哚，一锅粥。"在邵之雍还有两房妻室的状况下，盛九莉即与他同居。曾有友人写信提醒她当心——"这社会上有吃人的魔鬼"，她置若罔闻。对稍前邵之雍与文姬还有过两性关系，她也置之度外，并为之开脱，"认为那是他刚出狱的时候一种反常的心理，一条性命是拣来的"（《小团圆》第193页）。直至发现了他与小康的恋情已如胶似漆，这才让她感到不安和难以忍受，在她与邵之雍继续欢爱的时刻，眼前还出现过这样的幻景：

他坐了一会儿站起来，微笑着拉着她一只手往床前走去，两人的手臂拉成一条直线。在暗淡的灯光里，她忽然看见有五六个女人连头裹在回教或是古希腊服装里，只是个昏黑的剪影，一个跟着一个，走在他们前面。她知道是他从前的女人，但是恐怖中也有点什么地方使她比较安心，仿佛加入了人群的行列。

（《小团圆》第222—223页）

这种地方，总让人觉得仿佛邵之雍对她施了魔法，她已经丧失了女性的尊严，甘心成了教主的性奴。然而，毕竟她生活在一个后中世纪时代，越来越难堪的状况使她意识到自己完全"没有地位"的可悲。她去温州乡下探望逃亡中的邵之雍，本就是要他在她与小康之间做个选择的，看到他又与辛巧玉结为伴侣，社戏未看完，就受不了那个"二美三美团圆"的结局，匆匆离去，她拿自己与那些普通的看客相比：

这些人都是数学上的一个点，只有地位，没有长度阔度。只有穿着臃肿的蓝布面大棉袍的九莉，她只有长度阔度厚度，没有地位。在这密点构成的虚线画面上，只有她这翠蓝的一大块，全是体积，狼狈地在一排排座位中间挤出去。

（《小团圆》第 230—231 页）

临行前，她与邵之雍有过一次摊牌式的谈话，她问道："你决定怎么样，要是不能放弃小康小姐，我可以走开。"（《小团圆》第 238 页）直至此际，她还是委曲求全，把辛巧玉放在一边——"巧玉是他的保护色，又是他现在唯一的一点安慰，所以根本不提她"（同上）。真是非到"一条路走到尽头"，她绝不愿意放弃他。无奈邵之雍本性难移，拒绝做出任何选择，她这才决定与之分手。

或者正如作者所言："这是个热情故事。"显出女主人公如何"爱情至上"，为爱不惜牺牲一切，但也不能不说，九莉在与邵之雍这场恋情中是热昏了头。而就"热情故事"而言，也由于作品过多爆料，不仅是多处情欲与性交的描写使其带有浓厚的荷尔蒙气味，而且，还涉及她与邵之雍金钱上的利益纠缠，更使之有一股异味——她自己"赚的钱是不够用"，邵之雍明确提出"经济上我保护你"，因其"职位"之利，给她带来许多钱，供她花销，并完成"还钱"给母亲的心愿（《小团圆》第196页）。这也让人想起作者引用过的一句英文名言："权势是一种春药。"（1982年7月5日张爱玲致庄信正信，《张爱玲庄信正通信集》第116页）那时邵之雍依靠地位、权势能攫取到的金钱，未尝不是"热情"的助燃物。

盛九莉在与邵之雍尚未完全断绝关系的情况下，又与电影人燕山展开一场恋爱，形成三角关系——我们不必以今天一般人的观点去评论，她以这次恋爱为前次恋爱"镇痛"，也或是可以理解的需求。而后一次的恋爱，虽无太多情欲描写，却也是过多看重对方的相貌，她对燕山毫不掩饰地说，"我不过是因为你的脸"，她自己也常怀"色衰"的恐惧，百般涂脂抹粉，思以巴结对方，其意想似乎也不足令人欣赏。

按作品的描写，盛九莉确乎是一个"unsympathetic人物"，这也不只是宋淇读后的印象。作品中写和她有接触者，如闺蜜比比听她讲香港打仗了"我非常快乐"，曾直率地批评她这种以自我为中心对待战事的态度："那很坏。"（《小团圆》第48页）她姑姑有一次在评论了邵之雍"太滥了"之后，说她："你坏。"（《小团圆》第240

页）甚至她的后任情人燕山也开门见山地问她："你到底是好人坏人哪？"（《小团圆》第 261 页）后来又说："你这人简直全是缺点，除了也许还省俭。"她自己则"心里大言不惭地说：'我像镂空纱，全是缺点组成的。'"（《小团圆》第 274—275 页）。

说到"省俭"，恐怕燕山也是误判了她，她在与邵之雍一起时，用钱并不省俭，邵之雍提供了她花销的钱，她姑姑都说她是一个"高价的女人"（《小团圆》第 202 页）。邵之雍逃亡后，她卖了剧本给他汇去一笔钱，是还他的钱，而之前她坚持"一毛不拔"，连邵之雍也说她："你这自私自利也可以适可而止了吧？"（《小团圆》第 221 页）

盛九莉有一个特点，就是她知道自己的"坏"，而且有时还坦承自己的"坏"，比比说她："我知道你认为自己知道坏就不算坏。""自己知道坏就不算坏"——这是她的逻辑。张爱玲说她"在书中讲到自己也很不客气"，大概就是这个意思。只是她并不具有如卢梭《忏悔录》中所展现的那种精神境界和忏悔意识，而只是沉溺于她的"自我中心"，即她所谓的"也不是否定自己"。虽然，她声称："九莉 unsympathetic，那是因为我相信人性的阴暗面，除非不往深处发掘。"（1976 年 4 月 4 日张爱玲致宋淇夫妇信，《张爱玲往来书信集 1·纸短情长》第 313 页）呈现女主人公人性的阴暗面并无不可，只是无论在对待母亲，对待邵之雍，以及大至对待国家、民族的态度上，她其实都并不准备"否定自己"，这才是问题的症结。宋淇认为，张爱玲在写作时是想"把九莉写成一个 unconventional 的女人"（unconventional，意为不因循守旧，不按常规行事），"写成一个胆大，非传统的女人"，但她"并没有成功"——不成功的根本原因不是别的，就是她的所言所行秉持的价值观念，并不具有什么道德上的正面意义。

二、卞蕊秋

《小团圆》中母亲的名字叫卞蕊秋，在《雷峰塔》《易经》中叫杨露，前面我们已就杨露做过分析、介绍，张爱玲对《雷峰塔》最不满意之处，就是对母亲和姑姑用儿童的观点看，太理想化了，所以，《小团圆》的一个任务就是对她们改用非儿童的观点"去理想化"。尤其是对母亲，因是两个给她伤害的人之一（另一个是邵之雍即胡兰成），要写得更不堪，更没有人情味——才能为九莉的 unsympathetic（冷漠）找到根据。于是，《雷峰塔》中写杨露如何反抗封建包办婚姻，如何为争取女性的独立、自主，冲破重重阻力，勇敢迈向新天地的笔墨被大幅度删削了，杨露离开孩子后的牵心挂怀，见到孩子们的百般关爱、呵护等描写被弱化了，《小团圆》中人们看到更多的是她私生活的荡佚无羁——不断变换的男友、暧昧的幽会，以及性关系上的利益交易。这一切有些来自传闻，有些则来自女主人公的观察与揣度。例如，其母来香港大学看她，她眼光所到，路对面一辆车，便猜是不是男友送她来的；在海滩看到水里突然冒出一个年轻外国男子，即判断这是其母的又一个情人。她姑姑作为其母的密友，向她揭出更多的秘事，如其母曾为情人打胎等：

楚娣又笑道："还有马寿。还有诚大侄侄。二婶这些事多了！"

"我不记得诚大侄侄。"

"怎么会不记得呢？"楚娣有点焦躁起来，仿佛她的可信性受影响了。"诚大侄侄。他有肺病。"

"我只记得胖大侄侄，辫大侄侄。"因为一个胖，一个年纪青青的遗留着大辫子，拖在背上。"——还有那布丹大佐。"

（《小团圆》第 169 页）

九莉自称是"多心菜"，原就惯于用猜疑的眼光看他人，也常以这种眼光看她母亲。这些揭秘，引起她更多联想，如她想到，与其母在一起住的时候，"吃下午茶的客人走后，她从屋顶上下来，不知道怎么卧室里有水蒸气的气息，床套也像是草草罩上的，没拉平，一切都有点零乱"（《小团圆》170 页），显示刚刚有过一场性事；还有给她治病的范斯坦医生与其母的暧昧画面："诊所附设在住宅里，华丽的半老洋房，两人的剪影映在铁画银勾的五彩玻璃窗上，他低着头用听筒听她单薄的胸部，她羞涩戒备的微醺的脸。"（《小团圆》第 169 页）我们没有必要分辨这些事情是否真实，连卞蕊秋自己也承认："我那些事，都是他们逼我的——"（《小团圆》第 252 页）还有些交往，走了也就完了（《小团圆》第 118 页）。她真正比较可靠的男友是一个叫劳以德的英国商人——她把后半生依托于他，即她自己所说的"找个去处"。然而，此人后来不幸死于战火，她又无可依靠，便像"一个流浪的犹太人"，四处飘零，先后给印度尼赫鲁两姐妹做过秘书,教过书,自己做工制皮具,下厂当工人,勉强维持生计。最后,孤独一人,病死异国,其命运委实可悲。九莉从头检讨其一生,并无什么特别的恶行可举,还钱给母亲时,九莉在心里称她是"一个身世凄凉的风流罪人",可又知道自己不应作此道德裁判,这是"可耻的一念"。作为对她"去理想化"的努力,《小团圆》中随处可见九莉对她的各种观感与评论,如蕊秋嘱她处理好与比比的关系,她立即做出反应:"反正她自己的事永远是美丽高尚的,别人无论什么事马上想到最坏的方面去。"(《小团圆》第29页)又如,蕊秋和她谈到婚嫁之事,她想到的是:"再也没想到她母亲做媒做得顺手,也考虑到给她介绍一个,当她在旁边眼红也说不定。"(《小团圆》第120页)也是亏她想得出来。母亲考虑到要打仗,叫她等等再赴英,但也说:"真打起来也不要紧,学生他们会疏散到乡下去,配给口粮,英国人就是这种地方最好了。""九莉却有点疑心她母亲是忘了她已经不是个学童了。蕊秋显然是有个愿望,乘此好把她交给英国政府照管。"(《小团圆》第129页)这大概就是作者所说的非儿童的观点了,但是,我们知道,这些多心与猜想都不能代替对人物的真实描写和深入刻画。受传记体裁所限,无论她对其母抱有何种恶感,还是不能任意虚构,倒是其记述中,仍抹除不了蕊秋对子女的真爱表现——她是如何为子女的上学、就医操劳,尤其是为九莉出国念书做出极大牺牲。她的脾气也不是总那样粗暴,如母亲节九莉买花送给她,花蒂断了,她原以为又会受到责骂:

九莉"嗳呀"了一声,耳朵里轰然一声巨响,魂飞魄散,知道又要听两车话:"你有些笨的地方都不知道是哪里来的,连你二叔都还不是这样。""照你这样还想出去在社会上做人?"她想起那老西崽脸上谄媚的笑容:心里羞愧到极点。

"不要紧,插在水里还可以开好些天。"蕊秋的声音意外地柔和。她亲自去拿一只大玻璃杯装了水插花,搁在她床头桌上。花居然开了一两个星期才谢。

(《小团圆》第 117 页)

甚至,还有这样感人的细节描写:

腿上给汤婆子烫了个泡都不知道,次日醒来,发现近脚踝起了个鸡蛋大的泡。冬天不穿袜子又冷,只好把袜子上剪个洞。老不消退,泡终于灌脓,变成黄绿色。

"我看看,"蕊秋说。

南西那天也在那里,看了啧啧有声。南西夫妇早已回上海来了。

"这泡应当戳破它。"蕊秋一向急救的药品都齐全,拿把小剪刀消了毒,刺破了泡。九莉腿上一阵凉,脓水流得非常急,全流掉了。她又轻轻地剪掉那块破裂的皮肤。

(《小团圆》第 255 页)

我们在前面评析《易经》中的母亲杨露时说过,她确实在与女儿沟通和教育方式上存在一些缺陷，她自己也意识到女儿对她的反感，并有所检讨。《小团圆》中，在女儿还钱时，母亲极感痛心，也向女儿做出一定解释，说是"我因为在一起的时候少，所以见了面总是说你。也是没想到那次一块住了那么久——根本不行的"，甚至以"虎毒不食儿"来剖明心迹，却仍不能被女儿接受和谅解。做母亲的终究不会与一个幼稚、偏执的孩子一般见识，而且她很快就抛开了这一出，《小团圆》写到女主人公下一段爱情故事，她仍然尽心加持，看过女儿与燕山合作的电影，表示满意——她是一以贯之地对女儿真好。

用小说影射真实人物，达到"丑诋"和"报复"的目的，在以往的小说中并不罕见，但以小说描述"丑诋"和"报复"自己母亲，则以《小团圆》为仅见。不过，尽管原其初心，并不欲对母亲的形象"理想化"，而其母的真实情形，还是能从作者笔下透露出来，这也是一种真实的力量吧。

三、邵之雍

邵之雍是否即胡兰成，这里也不去说，我们仅就《小团圆》中描写的形象来看。当然，作者自己说："胡兰成现在在台湾，让他更得了意，实在不犯着，所以矛盾得厉害。"（1975年11月6日张爱玲致宋淇夫妇信，《小团圆》第3页）这本书"不是打笔墨官司的白皮书，里面对胡兰成的憎笑也没像后来那样"（1976年1月25日张爱玲致宋淇夫妇信，《小团圆》第4页）。由此，我们可以知道，邵之雍的描写是与传说中的胡兰成,特别是被张爱玲后来"憎笑"的胡兰成是不一样的。也就是说,作者要回到盛九莉当年的立足点和眼光,不然,无以讲清她为何爱他,后来又为何不爱他了。这部自传体小说用的是女主人公的视角——邵之雍的形象都是她所看到的,她相信是客观和真实的:邵之雍做过汪精卫政府的高官,鼓吹和参与汪伪的"和平运动",与日本人关系密切(如能写"八行书"给日本宪兵队大队长,将荀桦放出来等),日本投降后,他仍然寄希望于日本卷土重来,属于当时国民政府认定的"汉奸"无疑。《小团圆》并未太多展现这一面,而是让人们看到盛九莉眼中他的侧影——她是崇拜他的,他有才学(作品中提到他的关于"轴心国"的演讲第一流),聪明,自信,甚至还很有大丈夫气(作品中提到在他怒打了门警后,她更爱他了)——所有这些,都要比她后来所"憎笑"(一个张爱玲所使用的特殊词语)的好。

他俩关系的前半段,描写最多的还是他们相爱的光景,盛九莉相信他真心爱她,起码是在这一段时光里,他是真情投入的——他主动向她提出"永远在一起",可以和现任妻子离婚。而实际上,邵之雍内心还是在犹豫、畏难,他自承到了他现在这年纪(39岁),"都有一种惰性了的",下不了"重新来过的决心"(《小团圆》第150页)。

她用指尖沿着他的眼睛鼻子嘴勾划着,仍旧是遥坐的时候的半侧面,目光下视,凝注的微笑,却有一丝凄然。

"我总是高兴得像狂喜一样,你倒像有点悲哀,"她说。

他笑道:"我是像个孩子哭了半天要苹果,苹果拿到手里还在抽噎。"

她知道他是说他一直想遇见像她这样的人。

(《小团圆》第151页)

然而,尽管离婚等事有一定难度,他也还是志在必得——"所有能发生的关系都要发生"。此时,他的轻薄"浪子"的一面还未充分暴露,却也不是没有蛛丝马迹。他不止一次对她说过:"我看你很难。"是说"她很难找到喜欢她的人"。又说:"我想着你如果真是愚蠢的话,那也就是不行了。"(《小团圆》第148页)在一定程度上,他甚至觉得,他对盛九莉的爱情都是对她的一种"恩赐"。以他对付女人的经验,他看准了九莉的软肋,是可以稳稳将她收入彀中的。明明他对九莉使用了一个情场老手的各种手段,他却说:"我们这是对半,无所谓追求。"见她笑着没说什么,又道:"大概我走了六步,你走了四步。"(《小团圆》第150页)——他已经为日后反目预留说辞。果然,没有多久,他又移情别恋了。这一次是与汉阳医院护士小康,为时不久,他已经与小康如胶似漆,难舍难分。一般地说,婚姻中的男人,对自己的出轨行为总要百般遮掩,邵之雍则不然,他唯恐九莉不知道,总要在她面前夸小康的各种好,因为"是他得意的事"。而后,在逃亡途中,他又与辛巧玉搭上,过上"夫妻生活",还居然写信给九莉说:

昨天巧玉睡了午觉之后来看我,脸上有衰老,我更爱她了。有一次夜里同睡,她醒来发现胸前的纽扣都解开了,说:"能有五年在一起,就死也甘心了。"我的毛病是永远沾沾自喜,有点什么就要告诉你,但是我觉得她其实也非常好,你也要妒忌妒忌她才好。不过你真要是妒忌起来,我又吃不消了。

(《小团圆》第242—243页)

在和这些女子的关系上,他并不是妓院的嫖客、妓女的恩主,而是丈夫和情夫,但他内心里,似乎还是往日嫖妓的公子或官人,他对这些已经上手的女子似乎负有一点责任,但又不准备负责到底,有的则更是"杯水主义"(如与文姬等)。九莉下乡去探望他,发现他身边又有了辛巧玉,作品中特地插入看社戏的一节(第九节),这一节文字很短,看上去有点孤零零的,实则是作者要点明盛、邵关系之"眼",即是公子刚搞定一个女子,又在赶考途中,与另一个女子私订终身,要考中之后"二美三美团圆"。身在逃亡之中,他也还做着这个美梦。虽然民国时期尚未在事实上禁绝前清纳妾旧习,然已接受"五四"新文化影响的盛九莉与他的婚恋,还是属于建立在新的家庭伦理观念基础上的。九莉从旧习俗浓厚的家族走出,可以包容男人的一些如露水姻缘的越轨行为,却也仍要求对方有一些契约精神,即在感情的付出上对等、专一。而邵之雍,在其灵魂深处,还是一个封建士大夫的余孽,视妻妾成群为当然。他毫不隐讳地对九莉宣称:"我是喜欢女人。"而且不忘补上一句:"老的女人不喜欢。"(《小团圆》第 194 页）他公然在九莉能听到的地方与她的闺蜜讨论："一个人能同时爱两个人吗？"（《小团圆》第 204 页）——这当然是一个伪命题，他只是要为自己的行为打一个合理性的幌子而已，正如九莉所认识到的："其实不会同时爱，不过是爱一个，保留从前爱过的。"就连这个他也做不到——"还需要一种纪律，之雍是办不到的"（《小团圆》第 205 页）。在九莉面前，他匪夷所思地能做出这样一种姿态：

> 比比去后，九莉微笑道："你刚才说一个人能不能同时爱两个人，我好像忽然天黑了下来。"
> 之雍护痛似的笑着呻吟了一声"唔……"，把脸伏在她肩上。
> "那么好的人，一定要给她受教育，"他终于说，"要好好的〈地〉培植她……"
> …………
> "但是她那么美！"他又痛苦的〈地〉叫出声来。又道："连她洗的衣服都特别干净。"
>
> （《小团圆》第 204 页）

九莉说邵之雍"能说服自己相信随便什么"（《小团圆》第 241 页），这真是就怕流氓有文化，一个文化人能做到这一点，就是什么流氓、无赖的事都能做——他总是能找到一个什么"逻辑"，让自己心安理得。在乡下，九莉要他做出选择，"他显然很感到意外，略顿了顿便微笑道：'好的牙齿为什么要拔掉？要选择就是不好……'"（《小团圆》第238页），在九莉听来，这就是"疯人的逻辑"，而他却怡然自得：

次日他带了本《左传》来跟她一块看，因又笑道："齐桓公做公子的时候，出了点事逃走，叫他的未婚妻等他二十五年。她说：'等你二十五年，我也老了，不如就说永远等你吧。'"

他仿佛预期她会说什么。

（《小团圆》第238—239页）

邵之雍这种种"无赖人"的表现，终于让九莉"灵魂过了铁"，决定与他分手，作品对他的"憎笑"虽不太厉害，刻画也算入木一二分了。

四、燕山

《小团圆》一开篇就引述了这一段话："九莉快三十岁的时候在笔记簿上写道：'雨声潺潺，像住在溪边。宁愿天天下雨，以为你是因为下雨不来。'"（《小团圆》第15页）这不是九莉写给邵之雍的，而是写给她的另一个情人燕山的。作者之所以将它放在这个位置，表明女主人公与这个叫燕山的男人的恋情，在她的生命史上是何等重要，何等刻骨铭心。

燕山是不是等同于知名电影人桑弧，也不是这里讨论的重点，我们只关注作品对他的形象描写。这个人比九莉大几岁，不像邵之雍比九莉年岁大许多，在电影圈里做事（作品中写他曾是演员，后又当导演），是所谓"机构人"，颜值颇高，在九莉的眼中是个"漂亮的男人"，一个帅哥，"他的眼睛有无限的深邃"（《小团圆》第273页）。作品中写他平时"最谨慎小心"，也"有他阴郁的一面"（同上），大都是点到为止。他和九莉发展成情人关系，究竟是谁主动，或如邵之雍所判定他与九莉各走了几步那样，燕山与她，又是各走了几步，不得而知。

两性之爱，总是互有吸引对方之处，以盛九莉并不美艳的相貌，以及当时已传开的与汉奸邵之雍关系的骂名，为人谨慎小心的他，仍能与之成为情侣，至少是总有两情相悦、不能自持之时。作品第十二节一开始，竟然是燕山向九莉提出的这样一个问题：

燕山笑道："嗳，你到底是好人坏人？"

九莉笑了起来道："倒像小时候看电影，看见一个人出场，就赶紧问'这是好人坏人？'。"

当然她知道他是问她与之雍的关系。他虽然听见说，跟她熟了以后，看看又不像。

（《小团圆》第261页）

虽然是在"笑"，气氛却极其尴尬，如此严重的问题，绝不像一对热恋中的恋人之间会问的，在称赞了一句九莉的脸"很有味道"

之后，他还紧追不舍地问这个问题："嗳，你到底是好人坏人哪？"我们当可想见，这个问题背后，他怀有多大的疑虑，以及他身负何等思想压力。九莉回答说，"我当然认为我是好人"，他这才"眼睛里陡然有希望的光"(《小团圆》第261页)。即使这样，他心中始终也没有放弃对九莉的"审查"，更后一些，他还对她说："你这人简直全是缺点，除了也许还省俭。"(《小团圆》第274页)

盛九莉与燕山相交、相处的时间，比她与邵之雍要长，邵与九莉聚少离多，燕山却一直在上海，可以经常与盛九莉在一起，虽然处于"地下状态"，却也一起去看电影、下馆子、看江景，性爱也比较多，所以当九莉告诉他怀孕时，他不能推脱。

她又停经两个月，这次以为有孕——偏赶在这时候！——没办法，只得告诉燕山。
燕山强笑低声道："那也没有什么，就宣布……"

(《小团圆》第278页)

作品这里用了"强笑"二字，实在颇有分量，照应了后面——经过医生检查，其实是一场虚惊。九莉告诉了他，"他听了脸上毫无表情。当然了，幸免的喜悦也不能露出来"(《小团圆》第278页)。九莉对他的观察没错，其实，他并没有下决心和她走下去。张爱玲曾对上海人有过一段精彩的评论："谁都说上海人坏，可是坏得有分寸。上海人会奉承，会趋炎附势，会混水里摸鱼，然而，因为他们有处世艺术,他们演得不过火。"(《到底是上海人》,《流言》第5页)这是作为老上海人的张爱玲自己对当年的上海人的一种观察,聊备一说。作品写到,燕山正是当年一个"上海很少见的本地人",这实非闲笔——燕山的身上也体现了她所谓的上海人那种"奇异的智慧"(《到底是上海人》,《流言》第5页)。他与盛九莉的关系,对外界隐瞒得很严实,他的两个要好的朋友一直"代为隐瞒","而且他向来是这样的,他过去的事也很少人知道"(《小团圆》第275页)。尽管他们的关系已到"谈婚论嫁"的地步,不仅九莉的姑姑知道,她母亲也知道,并且基本认可。她还到他的家里去过,见过他家里人。他们已经共同筹划未来——是单独住,还是和姑姑一块儿住。末了,他还是以"先斩后奏"的方式,把盛九莉"甩"了:

> 这天他又来了,有点心神不定的〈地〉绕着圈子踱来踱去。
> 九莉笑道:"预备什么时候结婚?"
> 燕山笑了起来道:"已经结了婚了。"
> 立刻像是有条河隔在他们中间汤汤流着。
> 他脸色也有点变了。他也听见了那河水声。
>
> (《小团圆》第280—281页)

小报"八卦"了这件事——他是和一个女艺人结婚了,为了避免九莉受刺激,他又托人去跟报社说,不要再报道。总之,他是一个很"精致"的人,能把一切都"精致"地包裹起来,以便他的幸福得以安全隐身。燕山另娶，不可否认有其外在环境压力的因素（他的家庭反对，以及在新的时势下，盛九莉的身份给他带来的不安全感等），而他采取的方式还是多少有些不义。

尽管九莉把这段恋情当作她感情上的"疗伤"，以此"找补了初恋"，说"那时候幸亏有他"，"不懊悔"，而对于燕山的背弃，她也不是没有一点不满的——她看见燕山和新妇的照片，会"心里像火烧一样"；一位亲戚遇见燕山，说他好像胖了些，她会"像心上戳了一刀"；听见比比的追求者说"我能不能今年再见你一面"，也让她想起燕山说过同样的话，因而，"十分震动""百感交集"，觉得上帝的这个幽默太"受不了"（《小团圆》第281—282页）。就这一段感情生活的投入与结局看，她仍是一个不幸的受伤者，这些描述无疑是对燕山的一种批评。数十年后，她在海外以此种口吻议论旧日情人的境遇，其中亦不无嘲讽之意：

现在大陆上他们也没戏可演了。她在海外在电视上看见大陆上出来的杂技团，能在自行车上倒竖蜻蜓，两只脚并着顶球，花样百出，不像海狮只会用嘴顶球，不禁伤感，想道："到底我们中国人聪明，比海狮强。"

（《小团圆》第283页）

五、其他人物

《小团圆》中出场的人物很多，有的与主要情节线索关联较大，我们选取了几个做如上评析。主人公的父母亲在家族或家庭史中地位同等重要，《雷峰塔》中女主人公的父亲叫沈榆溪，而到《小团圆》中则叫盛乃德。《小团圆》中，其父不在故事的主线上，只在第三及第六节对往昔家庭生活追忆中出现，基本上只有背景上的影像，不如《雷峰塔》中用笔较多。其生平事迹，两书基本一致，唯于《小团圆》第十一节，写到其弟九林谈其父后来败落、潦倒境况，"一寒如此"，印证往昔女主人公所一直感到的，他对经济状况恶化的"恐怖"，为《雷峰塔》所无，盖因在前书中作者为极言继母狠恶，已早将其弟"处死"，不可能再由他"转播"之故。除此，这个人物的描写再无其他增写，而作者对他于批评中不失一份温情，亦未变，相比于对其母下蕊秋，未见太多怨恨之笔，这里也不再赘述。还有其他一些人物，都是寥寥几笔，飘忽而过，略见侧影和背影而已，这里再略加点评。

其亲族中除父母外，与盛九莉关系最密切的，莫过于她姑姑了。姑姑一直照顾她，曾在九莉被其父监禁时去解救她，而遭打伤。她从香港回上海，也一直和姑姑一起住，虽然经济上"独立核算"，姑侄多年毕竟情深。姑姑与其母之间有矛盾，九莉自认为"她与三姑是同舟的难友"（《小团圆》第125页）。姑姑年轻时负笈欧陆，是受过西方教育的人，见证了她与邵之雍、与燕山的关系，偶有评说，却绝少干预，也能见出她的教养与生活态度。作品还揭开了姑姑情感生活不为人知的一面，如她曾与其母同爱一个叫简炜的男人，又与一个辈分小的族中年轻男子绪哥哥发生一场"乱伦"之恋（她发起的与大伯析家产的官司,实是为筹款营救绪哥哥之父,亦即九莉的竺家表大爷)。此外,姑姑还有一个具有纳粹党人身份的德国情人夏赫特,他出钱为她装牙,她对之也颇讲情义,在夏赫特落难时,向他伸出援手:

德国投降前的春天,一场春雪后,夏赫特买了一瓶威斯忌回家,在结了冰的台阶上滑倒了,打碎了酒瓶,坐在台阶上哭了起来。

楚娣帮他变卖衣物,又借钱给他回国。有一件"午夜蓝"大衣,没穿过两次,那呢子质地是现在买不到的。九莉替之雍买了下来,不知道预备他什么时候穿。

(《小团圆》第210页)

叙述者用颇为平淡的语气述说这些事,体现九莉的态度——这与写她母亲时判然有别。我们看到,写到她母亲与情人的关系时,九莉大都显出一种厌恶与鄙视,在她眼中,其母就是一个"风流罪人"。那么,又为何曝光姑姑的这么多隐秘的情史呢?一来,从她所持的道德立场与价值观念看,这些事体都不具否定性意义,且她也力求对她姑姑要"去理想化"。还有一点,她觉得姑姑并不怕人知道,甚至希望别人知道:

有一次提起夏赫特,楚娣有点纳罕的〈地〉笑道:"我同二婶这些事,外头倒是一点都不知道。"言下于侥幸中又有点遗憾,被视为典型的老小姐。又道:"自己有这些事的人疑心人,没有这些事的人不疑心人,不知道是不是这样。"

(《小团圆》第 193 页)

当事人为不被他人所知而会"遗憾"——作品似乎就在这种的心理上,找到了曝光其人隐私的合理性。

九莉的弟弟九林则是另一类型的人,有另一种人生。他与女主人公同父同母,儿时是很好的玩伴。他的长相也很可爱,长睫毛,大眼睛,不仅大人们喜欢,九莉也很喜爱他。家庭发生变故,自然也波及他们的成长环境,由于父亲不愿出学费,他要比九莉受学校教育为晚,且所受教育也不完整。在继母走进家门之后,他的待遇似乎分成对立的两半——一半是他经常受到打骂、罚跪,一半则又是与继母相处不错,有时像只小猫偎在她面前。对于前者,九莉曾经泪流满面发誓要报仇;而对后者,她则颇为鄙夷,嘲笑那是"三个人构成一幅家庭行乐图"(《小团圆》第 98 页)。九莉与九林结怨,始于她被其父监禁时,她发现九林给一位亲戚写信,竟然称她的事是"家门之玷",极为气愤,觉得他是"为虎作伥诬蔑她"(《小团圆》第 113 页),这个仇以后一直未解。九莉投奔母亲之后,他也曾要求到母亲身边来,却因母亲经济上难以负担而未果。后经其母托人向其父争取,总算上了几年学,也谋了事做。有时也会来看九莉,姐弟之情终究"凉薄"。母亲离国时留给他们姐弟一些珠宝,叫她挑拣，九莉说她拣了一副翡翠耳环，却不拿出来给他看：

他笑着应了声"哦"，显然以为她会拿给他看。其实就在刚才那小文件柜同一只抽屉里，但是她坐着不动。他不禁诧异起来，眼睛睁得又圆又大。再坐了一会儿就走了，微笑拾起桌上那包珠宝揣在裤袋里。

（《小团圆》第 259—260 页）

这个人看上去相当孱弱无能，其原型也是碌碌一生，终身未娶，凄凉以终。

九莉的继母翠华（耿十一小姐）一直是九莉发誓要报仇的对象，其形象自然很差，在《小团圆》中，虽没有《雷峰塔》中那样毒如蛇蝎般害死其弟，却仍是一个恶毒后母的化身：工于心计，尖酸，刻薄，控制丈夫，苛待前妻所生的孩子。然而，九林的观感却并不如此，他对九莉说，其实是"娘好"，这或能使人撇开九莉太深的成见，对她作另一种估量。

在与女主人公关系密切的人物中，有一个人是必须提及的，那就是比比。在谈《易经》时，我们曾经讲过，这个人物的名字是由《雷峰塔》《易经》到《小团圆》中唯一未改的。这个侨居上海的锡兰姑娘，天性活泼、开朗，颇讨人喜欢。她在日军攻打香港、人心惶惶之际，能独自晚上出去看电影，看上去真有点"没心没肺"，而她实颇有是非感和正义感,听九莉说因为打仗不考试了所以很快乐,她立即指出"那很坏",她自己则报名赴前线担任救护。香港战后,她和九莉一起回到上海,两人仍然交往密切,九莉告诉她爱上了邵之雍,她曾试图劝阻,气愤地说:"第一个突破你的防御的人,你一点女性本能的手腕也没有!"(《小团圆》第160页)到后来,她知道了九莉与邵之雍的真实关系:

> 忽又愤然道:"都说你跟邵先生同居过。"
> 九莉与之雍的事实在人言藉藉〈籍籍〉,连比比不看中文书报的都终于听见了。
> 九莉只得微笑道:"不过是他临走的时候。"
> 为什么借用小康小姐的事——至少用了一半,没说强奸的话——她自己也觉得这里面的心理不堪深究,但是她认为这是比比能接受的限度。
> "那多不值得,"比比说。
>
> (《小团圆》第269页)

在恋爱、婚姻和两性关系上,她比九莉要更守得住原则(亦即九莉所说的"能接受的限度"),连在邵之雍之后,九莉旋即与燕山发生亲密关系,她也不客气地批评道:"接连跟人发生关系的女人,很快就憔悴了。"(《小团圆》第277页)这个人物也是生活中实有,非故意编造,作者如此真实叙来,在女主人公身旁,或也是一种"参差的对照",益显女主人公陷于这些"热情故事"之深吧。

着墨较多的人物,还有一个是荀桦。《小团圆》写盛九莉在上海初投稿时接触到一些刊物编辑,如汤孤鹜、文姬、荀桦。前二位转瞬即翻过,唯有荀桦,作者未轻易放过。他替九莉发过作品,被日本宪兵队抓起来后,九莉向邵之雍提起(而非她请求),邵之雍主动修"八行书"给宪兵队,把他释放出来,以是之故,九莉也算间接对他有救命之恩。此人政治背景为左派,持抗日立场,曾写信劝九莉去重庆,并警示她要与敌伪人物(邵之雍)划清界限,告诫她"只有白纸上写着黑字是真的"。他放出后,来向九莉道谢,却又来了数次,让人以为他对九莉"错会了意",是来"求爱"。抗战胜利之后,在电车上偶遇九莉,对她竟有猥亵行为,九莉当即躲开了他,并认为他是以为"汉奸妻,人人可戏",可谓忘恩负义的小人。上海解放后,他在文化局做了官,燕山请客,由于发生过这件事,荀桦自知理亏,也就回避她。作品还写了他在男女关系上"乱哄哄,一锅粥",借燕山之口描述道:

"他到底是不是党员?"她后来问燕山。

燕山笑道:"不知道。都说不知道嚜!"又道:"那天看预演,他原来的太太去找他——那时候这一个还没离掉,现在的这一个还不过是同居。——大闹电影院,满地打滚,说'当着你的朋友们评评这个理！'，后来荀桦对人说：'钱也给的，人也去的，还要怎样？'"

（《小团圆》第280页）

此人也对应了一位知名作家，然斯人已逝，又况是无第三者可见证之事，无法断其真伪。而作者于数十年后，不忘在自传体小说中叙写其人其事，亦可见对他的恶气之深。不过，除却少量细节，余皆捃拾侧闻，不足与论形象刻画之功。

《小团圆》中除了这些主要角色和次要角色，登场的还有许多"群演"，他们大多与主要情节线索无关，起着交代历史事实和烘托环境氛围作用。我们可以把他们大约分为这样几个群落：

一是家族成员，包括天津的盛氏家族（盛九莉的父系家族），上海的竺氏家族（其祖母的家族）后人，卞氏家族（其母亲的家族），继母耿氏的家族。这里面记载较多而留给人一定印象的，如竺家表大爷——此人在民国任过要职，却因巨额亏空入狱，出狱后沉迷扶乩，又传说要"出山"投伪，其政治面目暧昧不明，后被特务暗杀。其妻（表大妈）在一个不幸的婚姻关系中抑郁一生，至死也未被告知其夫的死讯。其子（作品中称为"绪哥哥"）身世原本复杂，与九莉的三姑有恋情，又与维表嫂有染，实也是这个衰败家族的一个"衰人"。盛家在上海的大爷（即盛九莉的伯父），在作品中被描写为一个典型的伪君子，他表面一副道学面孔，却行为猥劣，私下将婢女养为外室,为其生子。九莉的舅舅卞云志,曾因在九莉的笔下形象十分不堪而非常生气,在这部作品中,其言语、行为的特点尚较鲜明——虽然是"有钱的时候在外生孩子,没钱的时候在家里生孩子",家里孩子一堆,拮据、杂乱、庸俗,也还显露出一种"有趣"和"热闹",令九莉有所流连。作品中写他于沪战时发些"要亡国还是亡给英国人"之类的言论,听来甚荒唐,却也是对日本侵略"同仇敌忾"。另一个还值得一提的是,盛家"名士派"的五爷,九莉称作"五爸爸"的,其人也甚烂,常对女性行"揩油"之举,家境破落,跑到"满洲国"去做官,未几就回来了,又在外弄了一房姨太太,把家里弄成一个烂摊子,尽显这种衰败家族的腐朽本色。

伴随着这个群落的,还有一个附着于其上的小群落,我们姑且将它称为"寄食者"群落。其中的人物,有九莉之父乃德迎入家门的妓女爱老三(她还带进来她的父亲和侄子),她也一样过着吞云吐雾、醉生梦死的生活,最后,被盛家族人逐出家门。还有来到盛家的翠华母亲好婆——这个老太婆曾随其夫出使德国,阅历甚丰,也算上一时代留下的一个见证人,《雷峰塔》中有过更详细的叙写,形象也较生动,但在《小团圆》中则多删减。常来九莉家游走的吕表哥,则是一个饥附饱飏的猥琐男人,他还曾让九莉误以为他有意于自己,殊不知他不过是在寻找"猎财"的机会,一旦发迹,即显其丑态,着墨不多,给人也还能留下一些印象。

《小团圆》中出现的另一个较大的人物群落是盛家的用人,我们在前面谈《雷峰塔》时曾遇到过他们,在《小团圆》中,他们的名字都有改变,如何干成为韩妈,秦干成为余妈,王爷成为邓爷,志远成为毓恒,葵花成为碧桃等,其形象特征与故事都未变,前面有过简析,此亦不再赘述。

此外,还有一个大的群落,是九莉在香港上大学时的同学和住宿处的一群嬷嬷,如婀坠、茹璧、剑妮、赛梨、严明升、亨利嬷嬷、特瑞丝嬷嬷、李医生等,这些人主要出现于第一、二节,由于人名过多,无深入刻画,往往倏忽即过,故而宋淇称之为"点名簿"。

总起来看,作为小说,《小团圆》的人物描写的成就,已远不及作者的前期创作,虽在几个主要人物身上多用了一些笔墨,却再没有夏志清所赞赏的那种"对于人的性格的深刻的揭发",写出一个个"活得可怕"的"道地的活人"。当然,又由于它志在"自传",故拘于事实,难以发挥,众多登场人物,大率从属于女主人公的经历与见闻,与一时段俱起,亦与一时段俱讫,缺乏对更多人物较为持久深入的观察与刻写,形象大率皆甚浮露,又因篇幅压缩的关系,叙写的完整与生动甚至明显逊于较早写作的《雷峰塔》与《易经》。

第四节　情色、语言及其他

《小团圆》的情色描写:"简无可简"与"自跳脱衣舞"——《小

第四章 《小团圆》面面观

团圆》的语言："张爱玲笔触"与笔记体、提纲式句子——不能容忍的错别字——现在我们看到的这个稿本就是"最初的版本"——此稿本在她手边，为何托付他人"销毁"？

一

《小团圆》的情色描写是相当惹眼的一个地方。这不仅是张爱玲早期创作所没有的，而且尺度颇大，直接涉及性事与当事人的体验与感受，故甚为一些人诟病，称之为"自跳脱衣舞"。

对文学作品中的情色描写，向来争议很大，一种意见主张，"食色，性也"，性爱既是人生与人性之所含，文学要真实反映人生与人性，自无可避讳；另一种意见则以文学要面向社会，不可不顾及对特殊社会人群的影响，在情色描写上须有约制，且过分放开，也势必殃及文学自身，使其毁于淫滥。现在，社会基本通行的规则仍是既有包容，又有约制。对富含审美价值的情色描写有予以好评的，也有警示"儿童不宜"，或直接封禁的。即如世界文学名著《查特莱夫人的情人》，在若干国家也都被列为禁书。

张爱玲自述到23岁尚未谈过恋爱，写《传奇》各篇时，于性爱尚只是间接知道一些，加以秉淑女的持守，涉及男女之爱，即使如白流苏与范柳原经"倾城之恋"而同居，也无床笫之间的欢爱描写；《红玫瑰与白玫瑰》中写佟振保与王娇蕊终于通奸，只点到为止。至《十八春》《小艾》等更未见，《赤地之恋》中写戈珊好色，稍有呈露，而至《少帅》则放开尺度，写少帅与周四小姐的"床戏",笔墨甚多,然该书生前未曾问世。再至《小团圆》,其写女主人公性爱心理与感受,以及频繁性事,有的托以意象,情似痴迷,有的则放言无忌,近于裸露,几乎达到令人咋舌的地步。

例如:

他眼睛里闪着兴奋的光,像鱼摆尾一样在她里面荡漾了一下,望着她一笑。

他忽然退出,爬到脚头去。

"嗳,你在做什么?"她恐惧的〈地〉笑着问。他的头发拂在她大腿上,毛茸茸的不知道什么野兽的头。

兽在幽暗的岩洞里的一线黄泉就饮,汩汩〈汩汩〉地用舌头卷起来。她是洞口倒挂着的蝙蝠,深山中藏匿的遗民,被侵犯了,被发现了,无助,无告的,有只动物在小口小口的〈地〉啜着她的核心。暴露的恐怖揉合在难忍的愿望里:要他回来,马上回来——回到她的怀抱里,回到她眼底——

(《小团圆》第 207—208 页)

张爱玲在谈到《小团圆》中这些性描写时说:"此外写性用 metaphors[隐喻],那是通行的避免太 explicit[直白]的办法。在这篇小说里因为自传的顾忌,只好全用它。"(1976 年 4 月 26 日致宋淇夫妇信,《张爱玲往来书信集 1·纸短情长》第 318 页)如果说这里的描写已经涉淫,而尚有意象略为遮掩,其隐喻也还不失几许巧慧,至下面这一段，则将"自传的顾忌"抛到一边，一场性事写得一如性虐，令人厌恶。

越发荒唐可笑了，一只黄泥坛子有节奏的〈地〉撞击。
"嗳，不行的，办不到的，"她想笑着说，但是知道说也是白说。
泥坛子机械性的〈地〉一下一下撞上来，没完。绑在刑具上把她往两边拉，两边有人很耐心的〈地〉死命拖拉着，想硬把一个人活活扯成两半。

(《小团圆》第 223 页)

诚然，有些地方，作者也不完全是为写性而写性，或欲以性爱的感受映照两人感情的发展和变化，像上面所引这一段，即已到又有第三者出现，二人感情濒于破裂之前，性事就成为"规定动作"，徒然带来痛苦了。

作为女作家，又是自传性的作品，如此无遮无挡交代自己性事的隐私，毕竟罕见：

食色一样，九莉对于性也总是若无其事，每次都仿佛很意外，不好意思预先有什么准备，因此除了脱下的一条三角裤，从来手边什么也没有。次日自己洗裤子，闻见一股米汤的气味，想起她小时候病中吃的米汤。

(《小团圆》第 198 页)

甚至于到后面还闹出猜测子宫颈被邵之雍过猛的动作折断的笑话："验出来没孕，但是子宫颈折断过。""想必总是与之雍有关，因为后来也没再疼过。"（《小团圆》第278页）从医学上看，并无这种情况。

在作品中如此放开性描写，不仅是其早期创作中所没有过的，在其所推崇的《海上花》等"风月小说"中也没有过，更不用说在一部女作家的自传性作品中，就这一点而言，张爱玲此时为求表现女主人公的人生真相，真是不顾一切，突破底线——"《小团圆》里黄色的部分之shocking[令人震惊的]在自传性，其实简无可简"（1976年4月4日张爱玲致宋淇夫妇信，《张爱玲往来书信集1·纸短情长》第313页）。这大概也是她之所谓"在书中讲到自己也很不客气"，会使宋淇夫妇读后为之"窘笑"的地方之一，下笔时她一定也有过一番考虑，甚至写完后又动摇、犹豫再三，而后下定决心，放手一掷。据说，她将书稿寄出后，又赶紧追补两页，即是上引的那一段性事描写——女主人公的性交体验，由较简而至更详（见林幸谦：《张爱玲书信与〈小团圆〉身体书写》，《中国现代文学丛刊》2019年第4期）。

只是这里还留下一个花絮：在比《小团圆》更早写作、更晚出版的《少帅》一书中，我们能看到与这些情色描写相仿的不少段落，如上引的"撞击"一段，就在《少帅》中有大致相同的文字（《少帅》第40页2—14行），连《小团圆》中那个对阳具的隐喻——"狮子老虎掸苍蝇的尾巴，包着绒布的警棍"，在《少帅》中也出现过

(《少帅》第 34 页 7—13 行)。前面说过,《少帅》中情色、床戏描写文字甚多,现在不知道,作者是不是曾经有过一些笔记,在写《少帅》时借用过笔记上的文字,到写《小团圆》时又再度翻阅、抄录这些文字,还是直接自译、移用《少帅》上的,看来,她还真是一直不舍这些记忆。

二

一个作家,一部作品的文字(语言)如何,往往是与其表现手法、形式和风格联系在一起的,然也可以稍稍剥离开来作一观察。张爱玲前期作品的文字曾被许多人激赏,美誉度很高,如傅雷在其评论中说:"何况是那么色彩鲜明,收得住,泼得出的文章!新旧文字的糅合,新旧意境的交错,在本篇里正是恰到好处。仿佛这利落痛快的文字是天造地设的一般,老早摆在那里,预备来叙述这幕悲剧的。"(迅雨[傅雷]:《论张爱玲的小说》,转引自《张爱玲研究资料》第 120 页,海峡文艺出版社 1994 年)夏志清更是用"把中文运用得如是圆熟自如",来称道她的文字功夫。《小团圆》是她的后期作品,按理说文字应该更加炉火纯青,登上更高一个境界,但遗憾的是,由于各种原因,我们在这部作品中看到诸多不尽如人意的地方,留下相当粗疏、荒率的印象。

首先,应该肯定,如宋淇所言,《小团圆》中还是有一些"张爱玲笔触"的句子,如写盛九莉沉浸在爱情中的心情,以"在金色梦的河上划船"为喻,表现一种沉浸于爱情的梦幻之美:

她觉得过了童年就没有这样平安过。时间变得悠长,无穷无尽,是个金色的沙漠,浩浩荡荡一无所有,只有嘹亮的音乐,过去未来重门洞开,永生大概只能是这样。这一段时间与生命里无论什么别的事都不一样,因此与任何别的事都不相干。她不过陪他多走一段路。在金色梦的河上划船,随时可以上岸。

(《小团圆》第 150 页)

又如,写盛九莉下乡看望邵之雍,邵对她说起辛巧玉一路上照顾他,"把一只烤火的篮子放在脚底下,把衣服烧了个洞"(《小团圆》第 235 页)。这本就是对她的一个相当冷酷的刺激,她却强笑道:"这样烧出来的洞有时候很好看,像月晕一样。"(《小团圆》第 235 页)接着,她早年写作中运用娴熟的"月亮"的意象,在此又破云而出:"她在火盆上把深青宁绸裤脚烧了个洞,隐隐的彩虹似的一圈圈月华,中央焦黄,一戳就破,露出丝绵来,正是白色的月亮。"(同上)一股众人熟悉的苍凉意味,于此再度寒雾般弥散开来。

另外,像"木雕的鸟"的意象在《小团圆》中屡屡出现:

他们在沙发上拥抱着,门框上站着一只木雕的鸟。对掩着的黄褐色双扉与墙平齐,上面又没有门楣之类,怎么有空地可以站一只尺来高的鸟?但是她背对着门也知道它是立体的,不是平面的画在墙上的。雕刻得非常原始,也没加油漆,是远祖祀奉的偶像?它在看着她。她随时可以站起来走开。

(《小团圆》第 154 页)

　　这个木雕的鸟是存在于一种幻觉中的——她怀疑它是"远祖祀奉的偶像",是性与生殖的象征,具有一种原始的、神秘的生命意义。它一直在守望她,尤其是直视她的与性、与生殖相关的行为。这个意象更早已出现在《少帅》中:"她们化作朴拙的、未上漆的木雕鸟,在椽子与门框上歇着。她没有抬头,但是也大约知道是圆目勾喙的雌雉,一尺来高,有的大些,有的小些。她自己也在上面,透过双圈的木眼睛俯视。"(《少帅》第 34 页)虽明显从《少帅》中移来,却也表明在她的精神世界中实已蕴蓄很久,难以释怀。类似在《少帅》中已用过的意象与句子,也还有其他一些,如那"连头裹在回教或是古希腊服装里"的五六个女人的剪影(《小团圆》第 222—223 页),在《少帅》中便是:"他拉着她的手往沙发走去。仿佛是长程,两人的胳臂拉成一直线,让她落后了几步。她发现自己走在一列裹着头的女性队伍里。他妻子以及别的人?但是她们对于她没有身份。她加入那行列里好像她们就是人类。"(《少帅》第 41 页)还有,"她像棵树,往之雍窗前长着,在楼窗的灯光里也影影绰绰开着小花,但是只能在窗外窥视"(《小团圆》第 190 页),也是从《少帅》中取用的——"她是棵树,一直向着一个亮灯的窗户长高,终于够得到窥视窗内"(《少帅》第 8 页)。

　　正如前面说过的,这里不存在任何著作权的问题,却不禁会让人想到另一点,即是《小团圆》从《雷峰塔》《易经》直接移装进来,因同属其自传作品,顺理成章,而《少帅》与《小团圆》是两个完全不同题材的作品,如此移用,是因为它们之间原就属于一个主题和构思,来自同一笔记簿(张爱玲是有为写作准备的笔记簿的),还是写作《小团圆》时,时间仓促,文思塞涩,而不得不取道从旧作中搬用?

另一方面,我们看到,尽管有"外调"来这些现成的好句支撑,《小团圆》中却仍然充斥着大量不具有描写功能的笔记体乃至提纲式的文句,与之形成明显的反差:

不过是想远走高飞,这时候只求脱身。

这样着急,也还是不肯看报。

"到时候自会告诉我的,"她想。

其实她母亲又还不像她父亲是个"圈椅政治分析家"。

…………

(《小团圆》第 128—129 页)

又如:

燕山来了。

在黄昏的时候依偎着坐着,她告诉他她跟她母亲的事,因为不给他介绍,需要解释。

没提浪漫的话。

第四章 《小团圆》面面观

"给人听着真觉得我这人太没良心。"她末了说。

"当然我认为你是对的。"他说。

她不是不相信他,只觉得心里一阵灰暗。

九林来了。

他也跟碧桃一样,先已经来过,是他表姐兼上司太太把他从杭州叫了来的。这次母子见面九莉不在场。

当然他已经从表姐那里听见说蕊秋走了,但是依旧笑问道:"二婶走了?"脸上忽然现出一种奇异的讽刺的笑容。

他是说她变了个人。

(《小团圆》第257—258页)

这样的文字,就像刘绍铭先生所说,如果不打着张爱玲的招牌,能相信是那个《传奇》的作者写的吗?

在看过《小团圆》和张爱玲的一些其他文字后不久,宋淇曾有一封信非常直率地批评她说:"你离中国太久,没有机会同人谈话,看的中文书报也较少,停写之后忽然大写,文章有点生硬,尤其是《红楼》,Mae 也说句子好像 chopped up [彼此独立],连之不起来,最近多写之后,已渐恢复原来的风格,应该出一本散文专集。看你忽然胆小起来,只想向容易的路上走,真觉得没有出息。"(1978年7月19日宋淇致张爱玲信,《张爱玲私语录》第220页)宋淇说的确是实情,加上《小团圆》由于缺乏必要的编辑环节,又未经本人最终校阅、定稿,不但出现那样一些生硬的文句,而且还有许多极为费解的话，如：写九莉打胎时丈夫汝狄不放心，拿着斧头一边守候，她觉得凭他的身坯与经历不奇怪，忽然冒出一句："我一直便宜"（《小团圆》第 156 页），就使人不知所云。又如：

留了一年多也没戴过，她终于决定拿去卖掉它。其实那时候并不等钱用，但是那副耳环总使她想起她母亲她弟弟，觉得难受。
楚娣陪她到一个旧式首饰店去，帮着讲价钱卖掉了。
"卖得价钱不错，"楚娣说。
九莉想道："因为他们知道我不想卖。"
他们永远知道的。

（《小团圆》第 260 页）

这里的"他们"是指谁呢？是她母亲和她弟弟吗？为什么他们知道她不想卖？还是旧首饰店的买家？那么，他们又何以永远知道呢？这就很费解。

再如：

跟燕山，她想："我一定要找个小房间，像上班一样，天天去，地址谁也不告诉，除了燕山，如果他靠得住不会来的话。晚上回去，即使他们全都来了也没关系了。"

（《小团圆》第 274 页）

这是说与燕山结婚之后,她也要每天保持自己在一个秘密地点独处,与人(包括与燕山)暂时隔离,这也符合她的性格,但是,晚上回去,"他们全都来了","他们"又是谁呢?

如此等等,看上去文字极简,却往往使人如堕五里雾中,造成了阅读的障碍。

至于错别字更是层出不穷,如:第27页,将"马虎"写作"妈虎"。第76页,将"雀斑"错为"雀班"。第82页,将"汩汩"写成"泊泊"。第90页,"铮亮"错为"琤亮"。第98页,"磅礴"错为"滂溥"。第111页,"拌嘴"写作"绊嘴"。第177页,"扑"错为"仆"。第195页,"不断"错为"不短"。第273页,"彻底"写成"澈底"。而将"豆腐"惯写成"豆付",或虽为作者之误,出版时也应改过来或加说明,结果让人屡屡见到"豆付",如此等等,不一而足。

其实,张爱玲在写作上一向很认真,对于错讹几乎是零容忍,她的好友邝文美曾如此写道:"在行文运字上,她是极其用心的,写完后仍不惜一改再改,务必达到自己完全满意的地步。有时我看见她的原稿上涂改的地方比不涂改的地方还要多,一大行一大行蓝墨水,构成很有趣的图案。"(《我所认识的张爱玲》,《张爱玲私语录》第9页)

张爱玲委实非常"爱惜羽毛",对自己发表的文字要求很严格,对出版方(或发表方)经常提出的一个基本请求,就是让她能自己看校样,这方面的例子极多,张爱玲去世后,长期出版她作品的皇冠出版社掌门人平鑫涛在追思她的文章中说：

张爱玲写作的态度非常严谨，为了出版《对照记》，她光是整理相片就花了一年多。在我们自认校稿完全没错字之下，将稿子寄给她看，她又自校了一个多月，没想到，书出版之后，她发现了一个错字，并为此不高兴，后来经查，才知道那是她自己的笔误。

（台北《联合报·副刊》1995年9月10日）

前面已交代过《小团圆》写作时的特殊背景和状况，即使当年宋淇同意它出版，也必然会有一个由作者自己校阅的环节，起码要解决文字上的一些低级舛误，倘若张爱玲自己看到现在出来的这样的版本，恐怕就不只是像后来看到《连环套》一样，从齿缝里迸出一声拖长的"Eeeeee！"来吧。

三

在完成对已出版的《小团圆》一番考察之后，我们要回头来看一下这个稿本的来历，即它究竟是写于何时的一个稿本。关于这个问题，台湾女作家、与张子静合作写作《我的姐姐张爱玲》的季季曾向出版方负责人发问过，她是这样说的：

从已出土的书信看来，张爱玲在注明销毁的次年还致信"皇冠"编辑，表示《小团圆》也许一年内没法写完，决定先出《对照记》。1994年6月《对照记》出版后,她在10月5日写给庄信正(她在美国最信任的友人)最后一封信中仍说:"我正在写的《小团圆》内容同《对照记》,不过较深入。"那一年她的健康日下,必须服用高蛋白饮料安素(Ensure)支撑体力。次年9月,她与胡兰成一样,以七十五之龄因心脏衰竭辞世(她在1984年即发现心脏有问题)。由此观之,1992年要销毁的版本,并非她生命末期仍在奋斗不已的版本。但皇冠出版的《小团圆》,封底版权页注明"著作完成日期——1995年"。为此我特别打电话请教皇冠发行人平云:你们出的是最初的版本,还是最后的版本?他说:是最初的版本。我说:那为何版权页的著作完成日期是1995年?他说他没发现这个错误,可能是编辑误植,下次再版会改正。

(季季:《张爱玲为什么要销毁〈小团圆〉?》,《香港文学》2009年6月号)

随后,北京十月文艺出版社出的版本确实已不载"著作完成日期——1995年",但也不提这个稿本是何时的。

平云的答复很确凿,现在我们看到的这个稿本,就是"最初的版本",即写于1975—1976年间的稿本。

据台湾女作家、张爱玲研究者苏伟贞女士说:

1995年张爱玲平静逝去,遗嘱执行人林式同,将张爱玲遗物分装十余个中型纸箱运交香港给继承者宋淇。1996年2月,长年出版张爱玲著作的皇冠出版集团平鑫涛与平云专程前往香港，拜访宋淇，商议张爱玲遗物处理事宜。宋淇考量张爱玲在台湾有许多读者，决定"选择台湾为张爱玲遗物最后的居所"，"除了张爱玲部分私人书信和衣物予以保留"，其余遗物于2月底运到台湾，交给皇冠。

……………

当时宋淇夫妇依张爱玲遗嘱及他们了解的张爱玲做出几项较大决定：

一、将张爱玲已完成的《小团圆》文稿销毁。根据平云表示，张爱玲曾以小说体写完《小团圆》，因不满意而未曾发表。后来以散文重写，可是只完成部分。平云称张爱玲生前特别写信给宋淇，叮嘱在其死后"销毁"未完成的《小团圆》。因此《小团圆》没有以小说或散文形式发表的可能了。

二、未完成的文稿不得发表。

三、已完成的《知青下放》（"Reeducational Residential Hsia-fang"），仅供保存。

（《长镜头下的张爱玲》第251—253页）

张爱玲当年写完《小团圆》后，分别将正本和副本寄给宋淇夫妇，附言："那份正本如果太皱，就请把副本给《世界日报》，正本给'皇冠'。这次复印的墨迹够浓。世界日报的一份不知道Stephen会不会直接寄到美国，所以空邮费没数，附上的70美元支票，千万不要 cash［兑现］，有多下就请先搁在这里。"（1976 年 3 月 18 日张爱玲致宋淇夫妇信，《张爱玲往来书信集 1·纸短情长》第 292 页）正、副本他们均已妥收（3 月 17 日张爱玲将《小团圆》书稿正本寄出，宋淇夫妇 3 月 23 日收到正本，25 日又收到副本），宋淇阻拦其发表之后，从情理上讲，既然要大改，书稿无必要留在他们那里，应会将书稿退回给她。

据张爱玲在美国的友人庄信正说：

2007 年宋以朗透露她生前曾嘱宋淇把书稿销毁；他没有照办。她去世后林式同于同年 10 月 18 日在电话上告诉我，他见到《小团圆》有两种手稿。我手边有宋以朗惠寄的一种，是 2009 年繁体和简体两种版本的根据；笔迹整洁清晰，显为最后定稿。

（《张爱玲庄信正通信集》第 317 页）

为什么林式同见到的是"两种手稿"？另一种是怎样的？按说如果是修改的未竟稿，应该更有价值。但无论是宋以朗还是出版方都表示，并无新的修改稿。

据一位接近遗产继承人宋以朗的人士说：

宋以朗本来没打算出版《爱憎表》，主要理由有二：一、他相信《爱憎表》根本未写完，有多少内容也不清楚；二、手稿太杂乱无章，恐怕难以整理。未写完，这是无法改变的事实；但《红楼梦》未完,其文学价值依然甚高。手稿也的确很乱,但我勉力而为,总算令仅存的部分得见天日,即使成果不是无懈可击,亦自有可观。另外,外界一直猜测,宋家的遗稿中还藏着一篇《小团圆》散文,连宋以朗自己也不确定有没有,这次整理《爱憎表》,正好顺带澄清这个疑团。照目前状况来看,遗稿中并没有一篇完整的《小团圆》散文,即使有一些初稿,也是非常零碎的。

(冯睎乾:《〈爱憎表〉的写作、重构与意义》,

《在加多利山寻找张爱玲》第 100—101 页)

这一表态十分重要,张爱玲确曾有修改《小团圆》小说的计划,却并无一个《小团圆》小说修改本留下。她要写的《小团圆》散文亦未见,说明即使林式同说他见到的是"两种手稿",也不过是同一稿本,一为正本,一为副本而已。

现在我们所看到的由皇冠出版社推出的《小团圆》,应该是1975年至1976年间所写的原稿。她在1992年随遗嘱文书一起寄去的信上嘱托要销毁的也正是这部原稿。冯睎乾说:"张爱玲在写《爱憎表》时,手边没有《小团圆》小说的稿(70年代已寄给宋淇了),她只凭记忆写自己的往事。"(冯睎乾:《在加多利山寻找张爱玲》第102页)此说恐不确,仅从冯睎乾将《爱憎表》与之对照就发现有约90个大致相同的段落来看,张爱玲依据《小团圆》原稿写作《爱憎表》就很显而易见,如无原稿本可依,70岁高龄的人记忆力再好,要做到这样——即能背得出《小团圆》原文,也是很难的。事实也是，林式同见到的她的遗物中就有上述《小团圆》的"两种手稿"。

　　当然，也还可以存另一种猜想。按理说，张爱玲当年寄出正本和副本之后，自己还会有一个副本——她曾有过邮寄文稿丢失的痛苦教训，故在她那里或会留有一个副本（但她要存有副本，一个即可，何必要两个？），她一直要考虑修改，也必定需以之为底本。如果存在这个情况，她也可能不要宋淇夫妇寄回那两个本子，即在宋淇那里原就有这两个本子，她记着这件事，故要宋淇销毁放在他那里的本子，而存在她身边的，她相信自己会在不需要的时候将它们处理掉。若是在宋淇那里一直存有《小团圆》两个本子，而张爱玲身边又有两个本子（她自己备用，又何须存两个相同的本子？），如此说成立的话，则存世就有四个本子。此则从未见有过报道。

　　我以为，当以前一说——即寄宋淇处的那两个本子已退回她那里，较为合理。

　　那么，为什么她在有遗嘱正式文件的信上叮嘱"《小团圆》小说要销毁"？那时离她去世还有三年多，她还有行为能力，又为何不自己处理掉？比较合理的解释是，她这时还打算完成一部《小团圆》散文以代替这部《小团圆》小说，而写作过程中，必须借助这部小说原稿。她无法知道自己何时会离世，如她自己所说，无法知道死神会何时来"撕票"，所以，只能委托遗产继承人来处理。

　　我们知道，她的遗物中还有另一些文稿，如《雷峰塔》《易经》《少帅》以及关于"文革"的两篇文章，她都未特别叮嘱销毁，尤其是关于林彪（即关于"文革"结束）的一篇英文论文，她还特别表示要用剩下的钱请高手翻译出来——"没出版的出版",当然是希望公之于世,那么,究竟是为什么她念兹在兹地要销毁《小团圆》小说呢?按一些人的想法,当初宋淇阻拦她出版是因为胡兰成还活着,会借此得到好处,到此时胡已死多年,为什么反而必须要"销毁"呢?

这个原因,必须从《对照记》去找。

第五章 《小团圆》近缘作品之三——《对照记》《爱憎表》及拟写的《小团圆》散文

什么是《对照记》的路径——"寻根"的强烈意愿——转变画风：对亲人"soft-focus"——"柳暗花明又一村"：写作《爱憎表》促成了写《小团圆》散文的计划——"天意从来高难问"：《小团圆》小说出版——再跌宕出一个"反高潮"

一

1990年间，张爱玲在结束汽车旅馆生涯之后，稍稍安定时，完成了一部《对照记》，这部书是从自己保存下来的旧照片中拣选出54张，配以长短不一的文字说明，文字总计14000字左右。其最长的部分是"寻根"的内容——汇聚有关其祖父母的追忆与纪念，大约将近一半。虽然这里一些内容在《小团圆》和《雷峰塔》里出现过，但那两部书并未问世，故而，也可以说是首度与读者见面，属于新的东西，不像《小团圆》一到宋淇手里，他就觉得有些事情是《私语》《烬余录》中写过的，有"炒冷饭"之感。这也符合过去夏志清对她提出的写其家族史的希望，只不过文字较短，作为照片的文字说明，还是处于一种附属地位。

值得注意的是，这时，她计划写更长一些的散文——将《小团圆》的文体从小说改成散文，而《小团圆》散文的路径，却是与《对照记》基本一致的，这就是她后来多次对人讲到的，修改后的《小团圆》，将是比《对照记》深入一些的文字（见1993年12月10日致"皇冠"编辑陈礫华信，1994年9月11日致苏伟贞信，同年10月5日致庄信正信等）。至今，我们看不到修改后的《小团圆》即《小团圆》散文——可能有过，也有可能没有，据遗产继承人说未见到，却可以从《对照记》的文字，大致想见它的面貌。张爱玲在致庄信正信上明确讲过："我正在写的《小团圆》内容同《对照记》，不过较深入。"在这个意义上，《对照记》就很有值得品评的价值。更直接地说，我们要看一看《对照记》究竟有什么与《小团圆》小说不一样，要使她舍《小团圆》小说——"《小团圆》小说要销毁"，而取比《对照记》的路径深入一些的方式，解决困扰她多年没有解决的《小团圆》的修改问题，以写作《小团圆》散文来代替《小团圆》小说。从中自然也能看出，经过十多年，社会环境以及她个人的心理状况发生很大变化之后，经过长时间的思考与沉淀，她已决定放弃和改变什么。

二

首先，我们可以看到，《对照记》将重点放在了"寻根"上。尽管她在年轻时写作《私语》《童言无忌》等，也曾涉及她的家庭和家族历史，而那时还谈不上"寻根"。"寻根"的愿望大抵随年岁增长

第五章 《小团圆》近缘作品之三——《对照记》《爱憎表》及拟写的《小团圆》散文

而愈益变强。《对照记》中一些"寻根"的内容,我们会觉得在哪里还见过,抑或是"回环""往复"?不对,那是在《小团圆》小说中有过,然而,正是这里存在一个次序的倒错:《小团圆》小说写在《对照记》之前,而我们首先读到的,却是《对照记》。按照作者的意见,《小团圆》小说是一部废稿,是要销毁的,当我们阴差阳错读到了《小团圆》小说之后,再看她的《对照记》,会觉得她在不断重复,"炒冷饭"。实则不然,我们正是在《对照记》中,首次接触到她"寻根"的强烈意愿。

她是从《孽海花》这部小说中获知祖父母颇具戏剧性的姻缘的:

我看了非常兴奋,去问我父亲,他只一味辟谣,说根本不可能在签押房撞见奶奶。那首诗也是捏造的。

我也听见过他跟访客讨论这部小说,平时也常跟亲友讲起"我们老太爷",不过我旁听总是一句都听不懂。大概我对背景资料知道得太少。而他习惯地衔着雪茄烟环绕着房间来回踱着,偶尔爆出一两句短促的话,我实在听不清楚,客人躺在烟铺上自抽鸦片,又都只微笑听着,很少发问。

对子女他从来不说什么。我姑姑我母亲更是绝口不提上一代。他们在思想上都受"五四"的影响,就连我父亲的保守性也是有选择性的,以维护他个人最切身的权益为限。

我母亲还有时候讲她自己家从前的事,但是她憎恨我们家。当初说媒的时候都是为了门第葬送了她一生。

"问这些干什么？"我姑姑说。"现在不兴这些了。我们是叫没办法，都受够了，"她声音一低，近于喃喃自语，随又换回平常的声口，"到了你们这一代，该往前看了。"

"我不过是因为看了那本小说觉得好奇。"我不好意思地分辩。

（《对照记》，《重访边城》第195—196页）

少年张爱玲对于家世的这种兴趣，一开始还只是出于好奇，随着创作生涯的展开，一部分是因为一些作品的灵感来自其家庭和家族生活，这种兴趣引导她不断追寻和挖掘，从而又获得了不少材料，正如她在《对照记》中所说："因为是我自己'寻根'，零零碎碎一鳞半爪挖掘出来的，所以格外珍惜。"（《重访边城》第196页）她虽然后来长期在美国生活，却一直保持着与中国文化传统的紧密关联——无论是写作《红楼梦魇》，还是翻译《海上花》，都颇具"寻根"的意义，而到写作《对照记》，她更是对自己的"寻根"做了一种仪式般的肯定。她解释说，自己的童年和成长期是"满目荒凉"，"只有我祖父母的姻缘色彩鲜明，给了我很大的满足，所以在这里占掉不合比例的篇幅"（《对照记》，《重访边城》第242页）。她非常认可自己的血缘关系——"我没赶上看见他们，所以跟他们的关系仅只是属于彼此，一种沉默的无条件的支持，看似无用，无效，却是我最需要的。他们只静静地躺在我的血液里，等我死的时候再死一次。我爱他们"（《对照记》，《重访边城》第206页）。比较一下《小团圆》，相同的意思是这样说的："她爱他们。他们不干涉她，只静

第五章 《小团圆》近缘作品之三——《对照记》《爱憎表》及拟写的《小团圆》散文

静的〈地〉躺在她血液里,在她死的时候再死一次。"(《小团圆》第106—107页)后写的《对照记》更强调了她自己心灵回归的需要,这在一定程度上展现了《对照记》以及未来按《对照记》路径写作的《小团圆》散文的主题指向。

而后,我们很容易看到的是,《对照记》中没有其婚姻对象的照片,也没有有关他们的介绍与回忆,更没有婚恋的过程与细节,既没有胡兰成,也没有赖雅,当然,更没有桑弧。不提婚姻与恋爱,直接就甩掉了那个"无赖人"胡兰成,避开了许多麻烦,不必涉及"汉奸"不"汉奸"的问题,也不必曝光那些让人会为之"窘笑"的情色经验,等等。在这个特定的家族成员"小团圆"的聚合里,本来就可以把他"踢群"。至于赖雅,他是一个"洋人",尽管她在美国一直用着他的姓氏,她也并不想让他进入这个纯粹东方传统的家谱(《小团圆》中他的名字是"汝狄",就明确表明了这个意思),纽约"打胎"一节,自然可以免谈。在生命的晚年,她或更珍视其家族的血统,为了完成这样的回归,她有充分的理由芟除这些枝节。

三

更为突出的是,《对照记》基本上改变了《小团圆》中对她的母亲的态度。读过《小团圆》的人,都不能忘记女主人公是如何以一种近于复仇的态度对待她的母亲的。她声称,她的一生中,"只有她母亲与之雍给她受过罪"(《小团圆》第241页)。她执意要还母亲为她上学花去的钱,以了却她们之间的一段恩怨关系。尽管她声明自己并不是"圣牛",却在她的眼光所到之处,无不影射她就是一个"风流罪人"。《小团圆》中,比起她曾发誓要报继母之仇——用笔墨涂抹其形象来,对其母可谓有过之而无不及。而在《对照记》中,五十多幅照片,其母单独的照片就占了七幅,其介绍文字为:

【图十一】民初妇女大都是半大脚,裹过又放了的。我母亲比我姑姑大不了几岁,家中同样守旧,我姑姑就已经是天足了,她却是从小缠足。(见图。背后站着的想必是婢女。)踏着这双三寸金莲横跨两个时代,她在瑞士阿尔卑斯山滑雪至少比我姑姑滑得好。(我姑姑说。)

她是个学校迷。我看茅盾的小说《虹》中三个成年的女性入学读书就想起她,不过在她纯是梦想与羡慕别人。后来在欧洲进美术学校,太自由散漫不算。1948年她在马来亚侨校教过半年书,都很过瘾。

她画油画,跟徐悲鸿蒋碧微常书鸿都熟识。

珍珠港事变后她从新加坡逃难到印度,曾经做尼赫鲁的两个姐姐的秘书。1951年在英国又一度下厂做女工制皮包。连我姑姑在大陆收到信都有点不知道说什么好,只向我悄悄笑道:"这要是在国内,还说是爱国,破除阶级意识——"

她信上说想学会裁制皮革,自己做手袋销售。早在1936年她绕道埃及与东南亚回国,就在马来亚买了一洋铁箱碧绿的蛇皮,预备做皮包皮鞋。上海成了孤岛后她去新加坡,丢下没带走。我姑姑

第五章 《小团圆》近缘作品之三——《对照记》《爱憎表》及拟写的《小团圆》散文

和我经常拿到屋顶洋〈阳〉台上去曝晒防霉烂，视为苦事，虽然那一张张狭长的蕉叶似的柔软的薄蛇皮实在可爱。她战后回国才又带走了。

我小时候她就自己学会做洋裁，也常见她车衣。但是她做皮包卖的计划似乎并未成功，来信没再提起。当时不像现在欧美各大都市都有青年男女沿街贩卖自制的首饰等等，也有打进高价商店与大百货公司的。后工业社会才能够欣赏独特的新巧的手工业。她不幸早了二三十年。

她总是说湖南人最勇敢。

（《对照记》,《重访边城》第 182 页）

敢作敢为，踏着"三寸金莲"横跨两个时代，勇敢迈向新生活，热爱新学——"学校迷"，爱好新文艺，学油画，学洋裁，甘做女工，自力更生——这就是她的母亲，一位值得为之骄傲的母亲。

那些遥远的充溢温馨的母爱的记忆，那种满怀童真的对母亲的依赖与崇拜之情，又宛转回到了她的笔下：

【图二】面团团的，我自己都不认识了。但是不是我又是谁呢？把亲戚间的小女孩都想遍了，全都不像。倒是这张藤几很眼熟，还有这件衣服——不过我记得的那件衣服是淡蓝色薄绸，印着一蓬蓬白雾。T字形白绸领，穿着有点傻头傻脑的，我并不怎么喜欢，只感到亲切。随又记起那天我非常高兴，看见我母亲替这张照片着色。一张小书桌迎亮搁在装着玻璃窗的狭窄的小洋〈阳〉台上，北国的阴天下午，仍旧相当幽暗。我站在旁边看着，杂乱的桌面上有黑铁水彩画颜料盒，细瘦的黑铁管毛笔，一杯水。她把我的嘴唇画成薄薄的红唇，衣服也改填最鲜艳的蓝绿色。那是她的蓝绿色时期。我第一本书出版，自己设计的封面就是整个一色的孔雀蓝，没有图案，只印上黑字，不留半点空白，浓稠得使人窒息。以后才听见我姑姑说我母亲从前也喜欢这颜色，衣服全是或深或浅的蓝绿色。我记得墙上一直挂着的她的一幅油画习作静物，也是以湖绿色为主。遗传就是这样神秘飘忽——我就是这些不相干的地方像她，她的长处一点都没有，气死人。

(《对照记》,《重访边城》第 168 页)

尽管她对母亲的态度非常决绝，母亲远走他国，也要带上她的照片，时时刻刻惦记她这个悖逆的女儿：

【图四十五】这张太模糊，我没多印，就这一张。我母亲战后回国看见我这些照片，倒拣中这一张带了去，大概这一张比较像她心目中的女儿。五〇末叶她在英国逝世，我又拿到遗物中的这张照片。

(《对照记》,《重访边城》第 227 页)

对于这样一个巨大的逆转，她觉得有必要对宋淇夫妇予以解释——因为只有他们读过《小团圆》：

第五章 《小团圆》近缘作品之三——《对照记》《爱憎表》及拟写的《小团圆》散文

《对照记》一文作为自传性文字太浮浅。我是竹节运,幼年四年一期,全凭我母亲的去来分界。四期后又有五年的一期,期末港战归来与我姑姑团聚作结。几度小团圆,我想正在写的这篇长文与书名就都叫《小团圆》。全书原名《对照记》我一直觉得 uneasy［令人不安］,仿佛不够生意眼。这里写我母亲比较 soft-focus［委婉］。我想她 rather this than be forgotten［与其被遗忘,宁可如此］。她自己也一直想写她的生平。这篇东西仍旧用《爱憎表》的格局,轻松的散文体裁,剪裁较易。

（1991 年 8 月 13 日张爱玲致宋淇夫妇信,《张爱玲往来书信集 2·书不尽言》第 472 页）

"soft-focus"在字义上是一种能使被拍摄的对象显得细腻、柔和的方式,这不只是要使整个"寻根"有一种比较统一的色调亲和的画面效果,也是出于对她母亲亲情的追怀。她这里说她母亲"rather this than be forgotten",不愿被人遗忘,既是对《对照记》中记述其母生平方式与态度的解释,也是自己对曾在《小团圆》中"暴露"式描写她母亲的一种宽解。十多年前,在考虑《小团圆》修改方案时,她就说过类似的话:"我一直觉得我母亲如果一灵不昧,会宁愿写她,即使不加以美化,而不愿被遗忘。"（1979 年 2 月 11 日张爱玲致宋淇夫妇信,《张爱玲往来书信集 1·纸短情长》第 406 页）只是,当时她还没有考虑做"soft-focus"的处理。事实上,多年以来,困扰她,使她不能顺利修改、推出《小团圆》的,非止胡兰成一端,就像有人说的，胡兰成早就死翘翘了，宋淇的担心已属多余，为什么还不原样推出《小团圆》呢？这里，其实还有一个重要的内情，就是她究竟能不能那样心安理得地对待她的母亲？我们当还记得，《小团圆》的结尾处写过她的一个梦境，梦境里她有许多小孩，但是她说，她从来不想要孩子，因为她如果有孩子，"一定会对她坏，替她母亲报仇"。冤冤相报——她是知道自己对她母亲做得太过分的，在一部自传性作品中，以如此多的笔墨污化自己母亲的形象，使其贻羞于众人，蒙辱于后世，这绝不能令她长久心安。幸而《小团圆》未出（并可将原稿销毁，使其归零），借此《对照记》以及未来的《小团圆》散文，使天下读者看到她母亲真实、可敬的形象——勇敢地反抗封建包办婚姻，走出旧家庭，迈向新世界，打破阶级界限，自食其力，同时，又通情达理（如离婚之事，嘱子女勿怪其夫），深具对子女的母爱，等等。

除了她母亲，还有其他亲人，如她姑姑，《对照记》中介绍她的文字很少，收有她的两幅照片以及与他人的合照，给人留下娴雅、明敏的印象。《小团圆》小说中写她姑姑与族侄（无血缘关系）有乱"辈"之恋，又与一个纳粹党人夏赫特关系暧昧，暴露、渲染这些隐私，足以使其形象大为受损。她与姑姑关系一向很亲，当时这样写，实在未免太绝情，而今，不但《对照记》里再没有这些内容，按《对照记》路径计划写的《小团圆》散文，当然也不会有这种笔墨。

她的弟弟，与她有手足之情，童年时还是她最好的玩伴。《对照记》中收有一幅由她母亲精心着色的他幼时的照片，好生可爱。后来，她因琐事与他有隙，渐渐疏于往来，致《小团圆》中称其为母亲与意

第五章 《小团圆》近缘作品之三——《对照记》《爱憎表》及拟写的《小团圆》散文

大利音乐教师私通所生,其母"戏言",何足为据?此则真正是"家门之玷"。她与弟弟之隙,即使到老仍不释怀,不愿与他修好,想来在未来的"寻根"之作《小团圆》散文中,看在列祖列宗的分儿上,也不会再在这上面做文章了。事实上,血浓于水,20世纪90年代与大陆的联系增多之后,她也是考虑对弟弟有所济助的,如曾向其姑父交代,将大陆收到的稿费分一小部分给她弟弟(1992年3月12日张爱玲致宋淇夫妇信,《张爱玲往来书信集2·书不尽言》第488页)。

总体来看,《对照记》与《小团圆》小说的基本路径有了很大改变——这就是在隐去女主人公与母亲的关系,及与第一任丈夫的关系两条主线的同时,也抹掉了所写亲人的隐私与丑闻,转为较平实、客观的介绍。

张爱玲在她的文字中曾多处出现过"良心"的字眼与评价——在盛九莉对母亲充满怨恨,想到跳楼之时,就责备自己"没良心":"人家造就你,再嘀咕也都是为你好,为好反成仇。"(《小团圆》第127页)盛九莉向燕山解释她与母亲的关系时,也说"给人听着真觉得我这人太没良心"(《小团圆》第257页)。因为"良心",她受人指责,如表姐告诉她替九林介绍职业,就听出"也是说她没良心"(《小团圆》第245页)。人有受"良心"责备之说,例如,她自己就说过:"有时故意找借口使自己良心好过一点。"(《张爱玲私语录》第94页)她不是曹七巧,却也有与她一样夜深时分回忆往事落下泪的时候,未行世的《小团圆》中,不少笔墨"污化"了亲人,播扬了"家丑",而这一点,总会使她的"良心"受困,到老来或尤甚之,这应该是她决定毁弃《小团圆》小说,改变画风,写《小团圆》散文的原因之一。

四

这里还要谈一谈《爱憎表》。这是一篇14000多字的长篇散文,也是一部残稿,由宋以朗提供,冯睎乾整理出来,分为三部分,一为"最怕死",二为"最恨有天才的女孩太早结婚",三为"最喜欢爱德华八世"。据整理者说,第三部分原并无此题目,且疑是写在前二部分之前,内容、文字都有一些重复,所以,真正可观者在一、二部分,10000字左右。这三部分之后,另又列出一些写作时零散的提示、提要等,此不具论。写作的缘起,是她早年在上海圣玛利亚女中填写的一个调查栏被他人发掘出来,她不得不就这上面的只言片语加以说明:

我近年来写作太少,物以稀为贵,就有热心人发掘出我中学时代一些见不得人的少作,陆续发表,我看了往往啼笑皆非。最近的一篇是学校的年刊上的,附有毕业班诸生的爱憎表。我填的表是最怕死,最恨有天才的女孩太早结婚,最喜欢爱德华八世,最爱吃叉烧炒饭。隔了半世纪看来,十分突兀,末一项更完全陌生。都需要解释,于是在出土的破陶器里又检〈捡〉出这么一大堆陈谷子烂芝麻来。

(《爱憎表》,转引自冯睎乾《在加多利山寻找张爱玲》第4页)

第五章 《小团圆》近缘作品之三——《对照记》《爱憎表》及拟写的《小团圆》散文

由此也勾起了她对于往事的诸多回忆，于是，将这些回忆写进了《爱憎表》。此文的写作，稍晚于《对照记》，应该比《对照记》更接近未写出的或未被发现的《小团圆》散文，原准备以此作为《对照记》的"后记"或附录，又嫌"有点尾大不掉"，就没用。写作中，她自然采用了《小团圆》小说和《雷峰塔》中的一些材料（这些作品原稿都在手边），也正是在此际，形成了写作《小团圆》散文的计划："我想正在写的这篇长文与书名就都叫《小团圆》。"因为她觉得现在我们看到的《对照记》，以"对照记"作为书名"uneasy"，"仿佛不够生意眼"，酌量再三，最后还是取用了《对照记》的书名，《爱憎表》也未列为附录，那么，怎么处理《爱憎表》呢？就是写作《小团圆》散文——"这篇东西仍旧用《爱憎表》的格局，轻松的散文体裁，剪裁较易"（1991年8月13日致宋淇夫妇信，转引自冯睎乾《在加多利山寻找张爱玲》第89页）。因为写《对照记》，她找到了解决一些麻烦的途径——这些麻烦，多年来困扰她不能推出《小团圆》；而写《爱憎表》，则让她找到了新写《小团圆》的文体——轻松自如，容易剪裁的散文。事实上，无论是《小团圆》，还是《雷峰塔》《易经》，都有大量适宜于散文文体的内容，以散文的笔法写来会非常顺手，假以时日，完成一部一二十万字的散文体《小团圆》，对于她来说是不成问题的。

五

世事太多难以预料者，尽管她已经想好《小团圆》如何改写——由

《小团圆》小说改成《小团圆》散文,并在完成之后,将《小团圆》小说,连同那些自己与他人的隐私、"碍语",一齐"人间蒸发",然而,"天意从来高难问",她终于由衰弱迅速转入衰竭,连打电话呼救也不可能——一切都停摆了,散文体《小团圆》未成稿,只有《小团圆》小说原稿,披着几十年的风霜,还寂然地遗留在她的身边。

《小团圆》小说原稿随同其他遗物被装进箱子,再次越洋来到宋淇家中——如果我们的推断不错的话,当年即是这部书稿(一正一副),首先寄到宋淇夫妇那里,后又退回到张爱玲那里的,按照她的遗言——在之后无更新的遗言情况下,这个遗言应该算数——它要被销毁。

前面我们已经征引过苏伟贞女士的一段话,平鑫涛偕子平云(即后来的"皇冠"掌门人)来见宋淇夫妇,他们对张爱玲的遗物存留有过一个协议,而作为遗产继承人的宋淇夫妇更有过"几项较大决定",即:一、将张爱玲已完成的《小团圆》文稿销毁。二、未完成的文稿不得发表。三、已完成的《知青下放》("Reeducational Residential Hsia-fang"),仅供保存(苏伟贞:《长镜头下的张爱玲》第251—253页)。但是,来不及了,宋淇此时身患重病,自顾不暇,未过多久,溘然辞世。未完之事,要由他夫人邝文美来承担。销毁《小团圆》原稿,虽然是点一根火柴的小事,分量却出奇地重,邝文美是一种什么心态呢?按宋以朗的描述:"我母亲宋邝文美(Mae Fong Soong)则迟迟没决定《小团圆》的去向,患得患失,只把手稿

第五章 《小团圆》近缘作品之三——《对照记》《爱憎表》及拟写的《小团圆》散文

搁在一旁。"(《〈小团圆〉前言》,《小团圆》第 1 页)直到 2007 年 11 月,邝文美逝世,销毁《小团圆》的事仍未施行,担子落到宋以朗的肩上,他倍感沉重:

> 于是我总会问我那些听众,究竟应否尊重张爱玲本人的要求而把手稿付之一炬呢?他们亦总是异口同声地反对。当中必然有些人会举出 Max Brod〔马克斯·勃罗德〕和 Kafka〔卡夫卡〕作例子:若 Max Brod 遵照朋友的吩咐,世界便会失去了 Kafka 的作品。很明显,假如我按张爱玲的指示把《小团圆》毁掉,我肯定会跟 Max Brod 形成一个惨烈的对照,因而名留青史。
>
> (《〈小团圆〉前言》,《小团圆》第 1—2 页)

经过一番考虑,终于,他做出了决定:出版《小团圆》小说原稿。他认为:"在她已发表的作品当中,《私语》《烬余录》及《对照记》可谓最具自传价值,也深为读者看重。但在'最深知'上相比,它们都难跟《小团圆》同日而语,所以销毁《小团圆》会是一件大罪过。"(《〈小团圆〉前言》,《小团圆》第 13 页)

2009 年 2 月,《小团圆》由台湾皇冠出版社正式推出,不出意外,随即就引起了强烈反响,有的读者直呼"好看得惊人""坦率得吓人",也有人用"天雷滚滚"来形容张爱玲"大谈性事"(台湾媒体语);也有人给予正面肯定,道是:"这是本一翻开就教人魂飞魄散的书,一面读一面手心冒汗,如同堕入不见底的梦魇。很少有作家肯这样暴露自己的冷和残酷,不稀罕任何体谅,更不屑廉价的同情。"(迈克)但也有资深的"张迷"眼见偶像崩塌,自己被"打脸",提出"拒买,拒读,拒评",并质疑和抗议宋以朗"违规出版"(台湾大学教授张晓虹)。

更多的"张迷"则陷于沉默——不想再说更多的话。

不过,在看过前面所述的《小团圆》的"来龙去脉"之后,你会不会觉得多少有些惆怅呢?这位身世飘零、凄凉以终的女作家,生前曾经极力想挽回的事还是落空了,她想避免出现的令亲人与自己蒙羞的情况还是发生了。她一生都极其注重维护自己的隐私,写作《小团圆》小说时,囿于当时特殊的生活环境,思想和心理状态或有些异常,而随后,她又再次筑起一堵高墙,防止自己隐私外泄,在给关系很好的友人写信时都会一再嘱咐:"如果有声明请不要告诉人的话,需要涂抹得绝对看不见。"(1988年3月13日致庄信正信,《张爱玲庄信正通信集》第5页)以至有人欲翻她扔出的垃圾,以窥探她的日常生活状况,都令她"毛发俱竖"(《张爱玲庄信正通信集》第239页),为她绝对不能容忍。而今,满世界都在谈论她的那些不堪言说的"八卦",以及她的亲人的"丑闻"。我们不禁想起当年傅雷说过的:"一位旅华数十年的外侨和我闲谈时说起:'奇迹在中国不算稀奇,可是都没有好收场。'但愿这两句话永远扯不到张爱玲女士身上!"(《论张爱玲的小说》,转引自《张爱玲评说六十年》第70页)

这不能不说有些残酷,也很悲剧。

第五章 《小团圆》近缘作品之三——《对照记》《爱憎表》及拟写的《小团圆》散文

谁也没有想到——本以为，随着她的骨灰撒入大海，她的故事已经讲完，未曾想《小团圆》自身的命运也成为一则传奇，将她的故事再跌宕出一个"反高潮"——你应该能看到，只有将《小团圆》的命运和她的一生曲折经历连同一起讲，才是她的完整故事。

这真是一个少有的作家传奇。

结语　文学地位与其他

夏志清"排座次"与几十年后的修正——为什么"格格不入"——"我属于一个有含蓄的中国写实小说传统"——"怎么写"和读什么——阅读史的梳理——"写不出东西是我自己的老毛病"——一个作家的"死穴"：创作资源掏空，又缺乏源头活水——关于"才尽"——创作成就与文学史定位

一

20世纪50年代，夏志清写《中国现代小说史》很具开创性，他也开了一个别具手眼为中国现代作家排座次的头。离他写这部小说史仅十来年，张爱玲就在上海，风头很健，要说评论，就有傅雷的，评价也很高，而且张爱玲的书还是后来宋淇寄给他，向他推荐的，他对张爱玲所做的最重要的一件事，就是在《中国现代小说史》中排座次——把她摆到了最前面的位置上，称她是"今日中国最优秀最重要的作家"，等于是No.1（第一名）。

这种排法是从未有过的，当然引起了一片惊愕。

几十年过去，张爱玲去世，他又做了一次修正：

结语 文学地位与其他

"古物出土"愈多,我们对四五十年代的张爱玲愈加敬佩,但同时也不得不承认近30年来她创作力之衰退。为此,到了今天,我们公认她为名列前三四名的现代中国小说家就够了,不必坚持她为"最优秀最重要的作家"。

(《超人才华,绝世凄凉——悼张爱玲》,转引自《华丽与苍凉——张爱玲纪念文集》第129页,皇冠出版社)

做出这个"修正"的想法,应该不是始于这个时候,可以追溯到更早,1973年,他就在为水晶《张爱玲的小说艺术》写的序里,认为张爱玲缺乏创作力持久性,因而,不能评价太高。现在看已公开的张爱玲信件,夏志清有这种看法,还要更早。1967年,张爱玲还在赖德克利夫女子学院时,她写给宋淇夫妇的信中就说:"跟志清在纽约见面几次,谈得格格不入,他对我的热心帮忙大概也到此为止了,过天仔细讲给你们听。"(1967年11月1日张爱玲致宋淇夫妇信,《张爱玲往来书信集1·纸短情长》第157页)而介绍她到俄亥俄州立大学的刘绍铭,"也跟志清一样觉得我写东西退化"(1968年5月1日张爱玲致宋淇夫妇信,《张爱玲往来书信集1·纸短情长》第165页)。

那么,她为什么会与一个如此激赏她的才华又热心帮忙的评论家谈得"格格不入"呢?她又是如何看待他们对她的看法呢?

前面已经介绍过,夏志清的《中国现代小说史》书出在后,其中评论张爱玲的部分,先已发表,对他的盛赞,张爱玲肯定是高兴和感激的——她随即将此文复印寄给重病中的母亲,以告慰母亲对她的期待,然而,她并不完全认同他的意见。她在 1957 年 9 月 5 日给邝文美的信中说:"《文学杂志》上那篇关于我的文章,太夸奖了,看了觉得无话可说,把内容讲了点给 Ferd(按:其夫赖雅)听,同时向他发了一通牢骚。"(《张爱玲私语录》第 156 页)

所发的"牢骚",有可能就是她后来和夏志清谈得"格格不入"的东西,即她与西方现代文学的关系。

二

夏志清对张爱玲的评论,还开了另一个头,即开了用西方批评理论与方法评论她的作品,将她与西方现代作家做比较的头。他在《中国现代小说史》关于张爱玲的论述中,不只一开始就列出一批西方现代女作家的名单,以与之论高下,还处处可见:"她能和简·奥斯汀一样地涉笔成趣,一样地笔中带刺。""张爱玲一方面有乔叟式享受人生乐趣的襟怀,可是在观察人生处境这方面,她的态度又是老练的、带有悲剧感的。""她的视觉的想象,有时候可以达到济慈那样华丽的程度。""她同简·奥斯汀一样,态度诚挚,可是又能冷眼旁观"等评判。虽然也说了"给她影响最大的,还是中国旧小说",却还是宣称:"张爱玲受弗洛伊德的影响,也受西洋小说的影响,这是从她心理描写的细腻和运用暗喻以充实故事内涵的意义两点上看得出来的。"

张爱玲自己并不认可这些看法。

现在无法知道她在与夏志清讨论时是如何"格格不入"的,分歧总归还是要浮出水面。1973 年,水晶的《张爱玲的小说艺术》出版,夏志清为之作"序"。水晶书中有一篇文章,是拿《沉香屑·第一炉香》与美国作家亨利·詹姆斯的长篇《仕女图》做比较的,在"序"中,夏志清就此谈了他的看法,认为"至少就整个成就而言,当然张爱玲还远比不上詹姆斯"。张爱玲较早即已从报上看到夏志清这篇"序",当时写信给他,说"你写的序我看了感奋",这里,"感奋"二字,多少别有意味,夏志清是感受得到的。1974年5月17日,张爱玲写信给夏志清,谈到《谈看书》,就詹姆斯写了一长段,看上去有些突兀,却也是不吐不快。几十年之后,夏志清在为她的这封信做笺注时,还没有忘记他当时的体会:

> 爱玲信上写了詹姆斯一长段,直陈自己对其四篇小说之个别看法。
>
> 她眼光非常之准,看后牢记不忘或"非常喜欢"的那两篇——The Beast in the Jungle(爱玲把 in 字误记成 of,因为手边无书的关系)、Washington Square——也是评者一致叫好的杰作。但此段文字的主旨我想不在评论而在于告诉我和水晶:谢谢你们把我同詹姆斯相提并论,其实"西方名著我看得太少,美国作家以前更不熟悉",即如詹姆斯的作品,看后有印象的只不过四五篇,长篇巨著一本也没有看过。假如你们把《谈看书》仔细看了,一定知道我属于一个有含蓄的中国写实小说传统——代表作为《红楼梦》和《海上花》。把我同任何西方小说大师相比可能都是不必要的,也是不公平的。
>
> (《张爱玲给我的信件》第 179 页)

这里挑明了，张爱玲与他们的分歧就在于：她的小说创作究竟属于一个什么传统？她应该归于哪个文学谱系？用西方现代文学的一些观念和方法来套她的作品，是不是恰当和公平？

　　现在，通过已公开的她给宋淇夫妇的信，我们还能进一步看到，张爱玲对这一类文学批评的反感可能更甚。1971年水晶那次采访她时，她就对水晶说："《倾城之恋》难为你看得这样仔细，不过当年我写的时候，并没有觉察到'神话结构'这一点。"又问她写作时有没有考虑到意象的特别功用，"她没有做正面答复，只说，当时我只感到故事的成分不够，想用imagery［意象］来加强故事的力量"（水晶：《蝉——夜访张爱玲》，转引自《张爱玲评说六十年》第151页，中国华侨出版社2001年）。这还都是免使这位访客尴尬的"皮里阳秋"的回答，而在挚友宋淇的面前，她早就是另一种说法："水晶那篇我不觉得被解剖，因为隔靴搔痒，看了不过诧笑。"（1968年10月9日张爱玲致宋淇信，《张爱玲往来书信集1·纸短情长》第180页）而和她有相同观点的宋淇则称水晶的书是"典型的研究比较文学而走火入魔的作品"（1975年1月9日宋淇致张爱玲的信，《张爱玲往来书信集1·纸短情长》第252页）。她对水晶的文学批评厌弃甚至到了这种地步："那本书我只跳着看了两页，看不进去"，"我不让姚宜瑛出《张看》，纯粹因为不愿摆在那本书旁边，可见我对它的意见"（1976年4月26日张爱玲致宋淇夫妇信，《张爱玲往来书信集1·纸短情长》第318页）。在谈到《小团圆》的写法时，她更明确坚拒水晶那种文学批评的影响："《小团圆》是主观的小说，有些visionary［梦幻的］地方都是纪实,不是编造出来的imagery［意象］。就连不动感情的时候我也有些突如其来的ESP［超感官直觉］似的印象,也告诉过Mae。如果因为水晶这本书,把这些形象化了的——因为我是偏重视觉的人——强烈的印象不用进去,那才是受了他的影响了。"(1976年4月26日张爱玲致宋淇夫妇信,同上)

前面已介绍过,水晶是夏志清之后推介张爱玲作品的又一重要写手,他写的《张爱玲的小说艺术》是当时"张爱玲热"的助燃剂,很难想象一个作家会对这样一位评论家和他的热捧,竟持如此摈斥的态度——而这只能表明她与他在思想认识上分歧之大。

比较文学的方法,西方现代文学各种批评的理论与方法,用在文学批评中,对于深入阐发作品的价值,揭示创作的规律,无疑都是很有意义的,而令张爱玲所反感的,可能正是操演此类文学批评,将一些无中生有的东西(如水晶所谓"神话结构"之类)强加于她,以及把她与不同传统的作家进行比较,也使她感到"削趾适履"。

水晶不是夏志清的学生,但在文学批评上,尤其是对张爱玲的评论上一脉相承,夏志清为水晶的书作序,更表明了这一层关系。20世纪60年代后期,张爱玲既已与夏志清"谈得格格不入",有些问题也还是刻意回避的,如有一次,她叮嘱宋淇不要跟夏志清提她写的《忆胡适之》一文,"因为我给胡适信上说《传奇》不好,他看了会不高兴"(1968年6月26日张爱玲致宋淇信,《张爱玲往来书信集1·纸短情长》第170页)。而有了这种思想分歧,加上其他一些细节因由，她对夏志清的态度就逐渐冷淡下去。就她与夏之间的关系，她曾对宋淇夫妇说："近因是志清为了远景的事不高兴，原已不高兴，为了与他太太路过洛杉矶，我没找他们来。我觉得到了快得罪他的边缘上了。"（1978年3月16日致宋淇夫妇信，《张爱玲往来书信集1·纸短情长》第379页）实际上，是她自己在与夏志清拉开距离。夏曾建议她写祖父母与母亲的事，张爱玲在《小团圆》写完之后，也给他写信说，写这部作品是他出的主意。然而，《小团圆》成稿后，张爱玲并未给夏志清看，甚至在宋淇夫妇"拦截"了这部作品，随后两三年里，她反复考虑如何修改，也没有向这位大评论家请教与讨论，而只是语焉不详地对夏志清说："发现《小团圆》牵涉太广，许多地方有妨碍，需要加工，活用事实。"（1976年4月4日张爱玲致夏志清信，《张爱玲给我的信件》第210页）夏志清也被她这种"谨慎小心"弄得很奇怪："连我她都要关照一声：如同朋友讲起《小团圆》，绝不要强调，只能soft-pedal［轻描淡写］'根据事实这一点'。"（《张爱玲给我的信件》第211页）断断续续近三十年岁月里，她一直也未告诉夏志清，他"定做"的这部小说真实情况究竟如何。夏志清应是与我们几乎在同一时间看到这部书的，据说他因为身体不好，并未及时读它，也不知道他后来读了没有，看法如何，他在《张爱玲给我的信件》一书里提到《小团圆》时，只道："《小团圆》在宋淇夫妇相继过世后，由其公子宋以朗授权，迟至2009年才由皇冠出版。其中曲折，请参阅该书前言。"（《张爱玲给我的信件》第207页）一句话轻轻带过，实在令人尽可联想。

三

夏志清和水晶用西方文学批评方法塑造了一个文学"女神"张爱玲，可称之为一个"想象中的张爱玲"，而事实上，还存在着一个真实的张爱玲，这个张爱玲，用她自己的话，从小就很自信（"我从小就充满自信心：记得我在高中二时，看见一位相当有地位的人［颜惠庆］写给我母亲的信，我就不管三七二十一拿它批评了一番，使母亲生气极了。那时候我才十五六岁。"《张爱玲私语录》第101页），她深信自己是属于另一个传统——"一个有含蓄的中国写实小说传统"，不需要攀附西方文学的传统以自炫。现在，我们就把目光转向这个真实的张爱玲。

本书的上编第一章，曾经对张爱玲早年的阅读情况略微道及，更详细的情况，想放在这里做一个介绍。

对于一个从事文学创作的人来说，如果说"写什么"与其生活经历和积累关系极大，那么，"怎么写"就和他（她）读什么更是直接相关。

青少年时期，张爱玲有很强的求知欲，她非常喜欢阅读，古今中外文学名著，她手不释卷，读了不少。胡兰成的《今生今世》中所写的这一段，或有些溢美之词，却可以参看：

爱玲把现代西洋文学读得最多，两人在房里，她每每讲给我听，好像"十八只抽屉"，志贞尼姑搬出吃食请情郎。她讲给我听萧伯纳、赫克斯莱、桑茂忒芒,及劳伦斯的作品。她每讲完之后,总说"可是他们的好处到底有限制",好像尘渎了我倾听了似的。

(《今生今世》第 157 页)

对于张爱玲的阅读史,不能仅限于胡兰成的这种介绍,童幼期识字量不够的时候不去说了,我们就从她八岁回到上海时说起。那应该是她开始大量阅读的时期,一方面,那时课业负担不会太重;另一方面,她父亲的书房是她可以直接使用的"图书馆"。《红楼梦》是那时才读到的:"像《红楼梦》,大多数人于一生之中总看过好几遍。就我自己说,八岁的时候第一次读到,只看见一点热闹,以后每隔三四年读一次,逐渐得到人物故事的轮廓,风格,笔触,每次的印象各个不同。"(《论写作》,《流言》第 82 页)她如此叙写她在父亲书房里的读书时光:

我看的《胡适文存》是在我父亲窗下的书桌上,与较不像样的书并列。他的《歇浦潮》《人心大变》《海外缤纷录》我一本本拖出去看,《胡适文存》则是坐在书桌前看的。

(《忆胡适之》,《重访边城》第 18 页)

在这里,除了《红楼梦》,她还读到《金瓶梅》《聊斋志异》《阅微草堂笔记》《海上花》《醒世姻缘》《歇浦潮》《老残游记》等古代和近代小说,以及各种社会小说,如《人心大变》《海外缤纷录》

《留东外史》《广陵潮》等,张恨水的言情小说,以及各种小报的长篇小说连载,也是她的读物——毋庸讳言,这里打着她父亲阅读喜好的很深印记。

提到《醒世姻缘》,还有一段故事,这本书是她看了胡适的考证,"破例"自己要了四块钱去买来的:

买回来看我弟弟拿着舍不得放手,我又忽然一慷慨,给他先看第一本,自己从第三本看起,因为读了考证,大致已经有点知道了。好几年后,在港战中当防空员,驻扎在冯平山图书馆,发现有一部《醒世姻缘》,马上得其所哉,一连几天看得抬不起头来。房顶上装着高射炮,成为轰炸目标,一颗颗炸弹轰然落下来,越落越近。我只想着:至少等我看完了吧。

(《忆胡适之》,《重访边城》第 18 页)

阅读新文学的作品,则与她母亲的阅读喜好有关,例如,她讲过,"《小说月报》上正登着老舍的《二马》,杂志每月寄到了,我母亲坐在抽水马桶上看,一面笑,一面读出来,我靠在门框上笑。所以到现在我还是喜欢《二马》,虽然老舍后来的《离婚》《火车》全比《二马》好得多"(《私语》,《流言》第 112 页)。后来,她在与水晶交谈时说,老舍的代表作《骆驼祥子》,她并未读过。钱锺书的短篇小说也未读过,而《围城》读过。茅盾的长篇小说《虹》,她是读过的,《对照记》中谈到她母亲时就说过,"我看茅盾的小说《虹》

中三个成年的女性入学读书就想起她"(《重访边城》第182页)。

鲁迅的作品,她应该读过一些,她评论说:"他很能暴露中国人性格中的阴暗面和劣根性。"(水晶:《蝉——夜访张爱玲》,转引自《张爱玲评说六十年》第153页)这一类作品具体读过哪些,未见谈到,倒是讲过看了鲁迅所译的果戈理《死魂灵》以及一篇短篇小说《包子》(《谈吃与画饼充饥》,《重访边城》第140页),也可见出她阅读鲁迅作品的广度。另外,丁玲的前期作品,她也读过一些,如《梦珂》《莎菲女士的日记》等,并在校刊上做过评介,后来愿意接手做"丁玲研究",大约也是仗着有此基础。沈从文的作品,她看过不少;《谈看书》中对郁达夫的"三底门答尔"有所评论,想来他的作品也会读过一些。而读这些作品,有可能都是在圣玛利亚女中读书的时候,学校里有读新文学的氛围——这从校刊上发表的新文艺腔调颇重的作品可以看出,另外,书有同学相借,或图书馆提供。不过,正如她自己所说,她并不太喜欢新文学——"根本中国新文艺我喜欢的少得几乎没有"(1974年6月30日张爱玲致夏志清信,《张爱玲给我的信件》第184页),倒是对传统世情小说和社会通俗小说屡屡表达她的喜欢之情——曾多次宣称:"我一直喜欢张恨水。"(1968年7月1日张爱玲致夏志清信,《张爱玲给我的信件》第105页)"也喜欢看《歇浦潮》这种小说。"(见《张爱玲私语录》第60页)

外国文学方面,实在读得不多。她告诉水晶,她"只看过萧伯纳,而且不是剧本,是前面的序。还有赫胥黎、威尔斯。至于亨利·詹姆斯、奥斯汀、马克·吐温则从来没有看过"（水晶：《蝉——夜访张爱玲》，转引自《张爱玲评说六十年》第153—154页），喜欢看英文通俗小说，应该是后来的事。在圣玛利亚女中期间，学校最注重英文，她回忆读中学时，"我的英文课外读物限于我姑姑的不到'三尺书架'，一部《世界最佳短篇小说集》，威尔斯的四篇非科幻中篇小说，罗素的通俗哲学书《征服快乐之道》，与几本德国Tauching版的萧伯纳自序的剧本"（《爱憎表》，转引自冯睎乾《在加多利山寻找张爱玲》第30页）。

赴香港大学前后，功课压力大，想来课外阅读会少，尤其是进了港大，要竞争奖学金，学业繁重。为提高英文能力，她好几年都不用中文写作（包括写信），听任兴趣广泛阅读的空间更小，如前所述，直至战时，方才找到一本《醒世姻缘》，如逢故知。

胡兰成在《民国女子》中讲张爱玲读过的书，应该大体如实，前已引述过，他听她讲萧伯纳、赫胥黎（即赫克斯莱）、毛姆（即桑茂忒芒）、劳伦斯，也提到她不喜欢莎士比亚、歌德、雨果。她说，"旧小说我只喜欢中国的，所以统未看过"（1967年3月24日张爱玲致夏志清信，《张爱玲给我的信件》第72页），却读过托尔斯泰的《战争与和平》和《复活》等。胡的解释是西洋的古典作品"隆重"而"吃力"，张爱玲不喜欢西洋的古典作品，而喜欢有现代平民精神的。其实，《战争与和平》何尝不"隆重"而"吃力"？胡兰成"读了感动的地方她全不感动"，"反是在没有故事的地方看出有几节描写得好"。这个大部头作品，是她从香港回来之后，准备向文学创作发起冲击时读的,夏志清说:"在她们早期文章里,爱玲同炎樱都谈到过《战争与和平》,我想这两位好友一定约好,要把这部巨著差不多同时看完的。"(《张爱玲给我的信件》第 243 页)在投入小说创作之先或同时,她大约还"恶补"了一些毛姆、劳伦斯和契诃夫的作品。

1943 年至 1944 年是她的创作井喷期,随着名气大了,稿约不断,她要不停赶稿子,又加以与胡兰成恋爱,读书的事或会放在一边。这种情况延续了更长一段时间——生活风波迭起,经济拮据,迫于生计,她要写包括长篇小说和电影剧本的各种作品来换钱。诚然,她会看一些同时期其他人的作品,如苏青等,到香港后,也接触到徐訏、韩素音等人的作品,以及为完成"美新处"布置的译书任务,而不得不看海明威《老人与海》、华盛顿·欧文《无头骑士》、玛乔丽·劳林斯《小鹿》、《美国现代七大小说家》中的部分作品以及《爱默生选集》(马克·范·道伦编辑)等,甚至被夏志清等人推崇的亨利·詹姆斯的一本小说集也看过——是因为"考虑要译 *Daisy Miller* 才看的"(1974 年 5 月 17 日致夏志清信,《张爱玲给我的信件》第 176 页)。显然,这些不是她的兴趣使然,也不是伴随其创作思考而做的阅读选择。

到美国后,情况大抵依旧,她似乎没有什么强烈的意愿,通过阅读以了解美国的文学创作潮流,选择自己的创作立场。即使是她丈夫赖雅的书,她也不看。尤为夸张的是,她着手改编艾米莉·勃朗特的《呼啸山庄》为电影,竟然也来不及看原著。然而,她还是爱阅读,"阅读对于她来说,已成为第二生命,仿佛活在空气里一样,她说。她引用业已去世的丈夫Rehyer的话说,Ferd常说我专看'垃圾'trash! 说完又笑了起来,像是非常的应该"(水晶:《蝉——夜访张爱玲》,转引自《张爱玲评说六十年》第154页)。她坚持不买书,也不藏书,1958年,他们夫妇要前往亨廷顿·哈特福文艺营时,"趁这机会卖掉Ferd存在堆栈里的几千本书(大部分是American[美国的])"(1958年9月22日张爱玲致邝文美信,《张爱玲私语录》第163页)。往昔赖雅与西方现代文学大家如乔伊斯、戏剧文学大师布莱希特等都有过从,其藏书中当有西方文学可观的宝藏,倘若她有意漫步一下西方现代文学殿堂,这必是一条捷径,无奈她兴趣阙如。她自承自己读西方现代文学名著少,在与夏志清等人交往中,即便有他们的推动,她在这方面似乎也提不起劲头,反而是对"载有点'真人真事'的人类学记录、社会学调查、历史小说、内幕小说"情有独钟,读了许多这方面的书,令夏志清等人十分不解。

她在美国时的另一个阅读重心,还是在《红楼梦》《海上花》上,尤其是前者,她所谓"十年一觉《红楼梦》",就是把大量时间"掼"在了《红楼梦》上。1968年,她到赖德克利夫女子学院做《海上花》的英译,有哈佛燕京图书馆为"近水楼台",遂沉迷于《红楼梦》各种抄本、版本的比对与考证,也不只是利用图书馆的藏书,她还一改向来不买书的习惯,买了戚本《红楼梦》,并到处寻购甲辰本、庚辰本、甲戌本以及百二十回本等。除了《红楼梦》的各种版本,有关的研究著作也是她的必读书,像赵冈《红楼梦新探》、周汝昌《红楼梦新证》《曹雪芹》以及《曹雪芹与〈红楼梦〉》等，也都尽搜来看，尽管意见或多相左，凡可取之处，她还很细心做笔记。

20世纪80年代中期以后，有若干年，她因闹"虫患"而不得安居，不仅不能写作，阅读也尽废，严重到连信件都不拆看。后来，情况略有改善，也是每天忙于看病和完成医生布置的"日课"，所读也基本上是一些中英文报刊、华人作家赠书以及通俗侦探小说一类，她去世后，为她清理房间的一位女士如此报道——

张爱玲室内书、报、杂志一览表：

中文报纸：《联合报》航空版。

英文报纸：《洛杉矶时报》(*Los Angeles Times*)。

中文杂志：《皇冠》和《联合文学》。

英文杂志：《纽约时报书评》(*New York Times Book Review*)；《头条探案》(*Front File Detective*)；《官方侦探》(*Official Detective*)；《忠实警员》(*True Police*)。

英文书籍：张爱玲喜欢买平装本的英文书看。凭着每周出版一次的《纽约时报书评》和《洛杉机时报》上的书评、畅销书目，她可选择她爱看的读物。概括地说，她的阅读兴趣着重于神秘侦探小说，写实犯罪个案和好莱坞影界动态。抽样式地列出八本供读者参考：

（一）Michael Munn. *Hollywood Bad*.（精装本的书名是 *Hollywood Rouges*）（有关好莱坞影界动态的书。）

（二）Ann Rule. *Everything She Ever Wanted：True Story of Obsessive*

Love, Murder and Betrayal.（描述真实发生在乔治亚州派克县［Pike County］的谋杀案，中间穿插着萦绕于怀的爱情和对情感的出卖。）

（三）David Simon. *Homicide: A Year on the Killing Streets.*（叙述玛利兰州巴提摩尔市［Baltimore］警察局调查杀人案的经过。）

（四）Joseph Wambaugh. *Fugitive Nights.*（这位作者是警探出身，写过一打以上的犯罪小说，其中好几部都已拍成电影，皇冠也有他的译本《灿烂宫》［*The Glitter Dome*］、《秘密》［*Delta Star*］，分别为"当代名著精选"82和149。）

（五）Jack Olsen. *Predator: Rape, Madness and Injustice in Seattle.*（有关华盛顿州西雅图市的强奸案。这位作家共写了二十四部书。他的作品在十一个国家出版，被译成九种语言。）

（六）Gay Talese. *Thy Neighbor's Wife.*（讨论美国性风俗和性的道德伦理。）

（七）Joel Norris. *Jeffrey Dahmer.*（一位威斯康星州米尔瓦吉［Milwaukee］市惯性杀人犯的传记。自称杀了十七位青少年，他对性的反常行为和惨无人道的杀人手法，使人看了毛骨悚然。）

（八）Peter Conradi. *The Red Ripper.*（这是一个苏联惯性杀人犯的传记。他生于1936年，名叫 Andrei Romanovich Chikatilo。）

中文书籍：包括张爱玲作品全集和其他作家送给她的作品。

（朱谜：《张爱玲故居琐记》，《华丽与苍凉》第99—101页）

一直到去世,她的阅读兴趣与重点,似乎并无改变。

在爬梳了张爱玲的阅读史之后,我们可以很明显看出:她青少年时期大量阅读的是中国古代和近代的小说作品,同时,也阅读了一些新文学作品,外国文学作品次之。她所谓"这两部书(即《红楼梦》和《金瓶梅》)在我是一切的泉源,尤其是《红楼梦》"(《〈红楼梦魇〉自序》,《张爱玲文集》第4卷第341页),是一个形象和概略的说法,特别强调了《红楼梦》和《金瓶梅》的重要性,而其泉源,实则应该是包括这两部作品在内的众多中国古代和近代写实作品。她前期的小说——《传奇》中的作品(也是她的成名作和代表作),如傅雷所说,"文学遗产的记忆过于清楚",正是写在紧接这个时期之时。而到后来,她身处异域40年,阅读和写作却基本上还是依傍着故国文学传统(特别是中国写实小说传统——考证《红楼梦》和翻译《海上花》),与西方现代文学是疏离的。这就不难理解为什么对把她往西方现代文学上硬拉,她会那样反感了。

四

夏志清给张爱玲降座次,主要还不是因为她不读西方文学名著,不满西方现代文学批评方法,而是她后来创作上衰退,写不出好的作品,用他的话说,"她创作的灵感显然逗留在她早期的上海时代"(《超人才华,绝世凄凉——悼张爱玲》,《华丽与苍凉》第128页),这一点,也不是夏志清一人这样看,有相当多的人都这样看。

结语　文学地位与其他

别人这样说，张爱玲听来或不高兴，而她自己，也不免时时会自省——"我写东西总是长久不写之后就压缩，写得多就松泛些，我想与没机会跟人谈话无关。事实是，与人的关系在我总是非常吃力，再加上现在精力不济，如果不是孤独，再活几十年也不会写出什么来"（1978年8月8日张爱玲致宋淇夫妇信，《张爱玲往来书信集1·纸短情长》第393页）。她也确实"有些想写的美国背景的故事没写"，所孜孜以求进入西方图书市场的路打不通，以至于"多年挂在真空里，难免有迷失之感"（1979年12月8日致宋淇夫妇信，《张爱玲往来书信集1·纸短情长》第423页）。她形容自己是"三年不飞，三年不鸣"（《张爱玲庄信正通信集》第81页），称"写不出东西是我自己的老毛病"（1980年9月29日张爱玲致宋淇夫妇信，《张爱玲往来书信集2·书不尽言》第31页）。不过，她并不放弃，直到晚年，仍要努力，"为了自己想突破写不出东西的瓶颈"（1989年9月3日张爱玲致宋淇夫妇信，《张爱玲往来书信集2·书不尽言》第31页）。

这种情况与她前期创作不能不说反差太大，我们且慢说所谓"江郎才尽"这样的话——其实，早在1946年顷，就已经有人说过她的"才尽"，《小团圆》中写盛九莉也说她"自从'失落的一年'以来，早就写得既少又极坏"（《小团圆》第237页）。这个话题，我们下面再谈。写得少，写不出什么东西，有各种原因，比如生活压力大，不得不写些换钱的文字，挤占了时间和精力；身体情况不好，无法坚持写作；等等。但对于她这样一个写作者，最根本的还是

"源头活水"——她有没有可写得好的生活材料的问题。对她前期写作的状况稍加回顾,对比其写作材料的来源与供给,就能看出她后来为何写作如此塞涩与困顿。

前面介绍过,张爱玲有过练习写作的阶段,如果从她七八岁算起,到高中毕业,这个阶段竟长达十来个年头,如她自己所说,"初学写文章,我自以为历史小说也会写,普洛文学,新感觉派,以至于较通俗的'家庭伦理',社会武侠,言情艳情,海阔天空,要怎样就怎样"(《写什么》,《流言》第123页)。

她不只是有这种长时期的习作训练,还有相当有心的积累和准备,这似乎更是别的一些作家在正式走上文学创作道路之前所未有的。

我们注意到,从很早开始,她就有使用笔记本的习惯,虽然她有极强的记忆力,却相信"好记性不如烂笔头"。她曾经郑重地向她弟弟传授自己的"秘籍"说:"积累优美词汇和生动语言的最佳方法就是随时随地留心人们的谈话;不管是在路上、车上、家里、学校里、办公室里,一听到后就设法记住,写在本子里,以后就成为你写作时最好的原始材料。"(《我的姊姊张爱玲》第66页)

在小说《易经》中,女主人公琵琶与闺蜜比比之间有过一段对话,是关于琵琶如何看重"即时记录"的——人们交谈中电光火石般闪现的精彩语句,她唯恐遗失,必做"即时记录",比比对她的这一习惯颇不以为然,而她则积习已深,深信不疑:

……………

"另一个女孩子,也是姨太太?"

"我要把这句话写下来。"

"你什么都记。"比比快乐地说。

"说不定我还想画她。"

"你真是来者不拒,跟个痰盂一样。"

"我的练习簿呢?"

"我刚才怎么说来着?"

"嗳呀,我忘了。你怎么说的?"

"我哪想得起来?我们是在说什么?"

"说安洁琳跟维伦妮嘉。"

"嗳,我说了什么来着?一定是很精彩的话。"比比说。

"看吧,不记下来马上就忘了。"

墨黑的健忘一直等在那里,等着什么掉下来,一点声响也没有。就差那么一点就抓着的东西立刻滚落了边缘。身边有这么一个虚无的深渊,随时捕捉住一生中可能浪费遗失的点点滴滴,委实恐怖。

(《易经》第 300—301 页)

前已说过,《易经》是一部自传色彩浓厚的小说,女主人公琵琶的身上,有作者自身明显印记。早年,张爱玲在《论写作》一文中即坦承:"诸如此类,有许多值得一记的话,若是职业文人所说,我就不敢公然剽窃了,可是像他们不靠这个吃饭的,说过就算了,我就像捡垃圾一般的捡了回来。"(《论写作》,《流言》第 79 页）这种使用笔记簿，即时记录人物、故事、细节和语句的习惯，她应是保持了很久。她的散文集中，《姑姑语录》《炎樱语录》等，都是这种随时随地记录的结果。当时，也许只是记下片段精彩语句，稍加整理，许多生动的细节乃至人物形象便也满血复活了。像她记下来的炎樱买东西如何讨价还价：

炎樱买东西，付账的时候总要抹掉一些零头，甚至于在虹口，犹太人的商店里，她也这样做。她把皮包的内容兜底掏出来，说："你看，没有了，真的，全在这儿了。还多下二十块钱，我们还要吃茶去呢。专为吃茶来的，原没有想到要买东西，后来看见你们这儿的货色实在好……"

犹太女人微弱地抗议了一下："二十块钱也不够你吃茶的……"

可是店老板为炎樱的孩子气所感动——也许他有过这样的一个棕黄皮肤的初恋，或是早夭的妹妹。他凄惨地微笑，让步了。"就这样罢。不然是不行的，但是为了吃茶的缘故……"他告诉她附近那一家茶室的蛋糕最好。

(《炎樱语录》,《流言》第 121 页）

正是在这个过程中，也可以看到，她如何训练和强化自己的观察力——人物、语言、心态、氛围，靡不具备，而这对一个作家的"炼"成，绝对是非常重要的。

在这位勤奋的习作者记事簿上,当然不会只是一些精彩语句而已,一定也会有不少听来的,甚至是"挖"来的故事。

据其弟张子静回忆,她喜欢找长辈刨根究底地问。这种寻问,便是"挖"——有意识地搜集和积累素材。后来,读她的小说,其中许多人物和故事,他家亲友都能指认出原型,像《金锁记》的故事和人物,就来自其舅爷李经述的家中,《花凋》的女主人公原型是她的三表姐黄家漪,而《创世纪》则是写其姨祖母。她也真是所谓"人小鬼大",她说有时候大人们谈论他们的事,以为她不懂,而实际上,她听过,全记住了。"小孩子要末像小狗小猫那样让大人玩,要末就像小间谍似的,在旁边冷眼观察大人的动静。我小时候可以算很早熟,虽然样子老实,大人的事我全知道。后来我把那些话说出来,拿姑姑和母亲都吓坏了。"(《张爱玲语录》,《张爱玲私语录》第 103 页)又如,《红玫瑰与白玫瑰》中男主角是她母亲的朋友,事情是他自己讲给母亲和姑姑听的,"写出来后他也看见的,大概很气——只能怪他自己讲"(《张爱玲语录》,《张爱玲私语录》第 50—51 页)。

她在香港念书期间,中文写作基本休止,而创作积累却未停步,耳闻目睹,不觉已经储存了若干香港故事。《倾城之恋》的两个主人公的故事,就是来自她母亲身边的两位牌友:"写《倾城之恋》的动机——至少大致是他们的故事——我想是因为他们是熟人之间受港战影响最大的。"(《回顾倾城之恋》,《重访边城》第 129 页)《连环套》则是炎樱请她一起与那个帕西人去看电影,以后又认识了麦唐纳太太母女,听说了他们的故事,"麦唐纳太太母女与那帕西人的故事在我脑子里也潜伏浸润了好几年"(《〈张看〉自序》,《重访边城》第97—98页)。其他,如《沉香屑·第一炉香》《沉香屑·第二炉香》《茉莉香片》等,也都必定各有所本,酝酿已久,所以,她才能初登文坛,即底气十足地宣称,她"为上海人写了一本香港传奇"(《到底是上海人》,《流言》第5页),且很快就实现了。

然而,她顾盼神飞的"香港传奇",到《连环套》问世,即已基本告罄(后写于香港的《浮花浪蕊》是她二度来港的体验,应不算),究其原因,毕竟前一时期在香港生活的时间较短,经历与见闻有限。写了一段之后,她还是转向自己家族生活中的故事和人物,这方面的积累毕竟沉厚一些,除了《金锁记》《花凋》等之外,来自她的家族戚友圈子的还有一些,后来也还在写,如《创世纪》《小艾》《郁金香》等,然要在人物和情节的独特性以及思想容量上超越《金锁记》,似已很难。需要再说一下的是,有人会认为,既然她出身于一个大家族——有人甚至称之为"四大家族"(李、张、黄、孙),就会有写不完的题材资源,或者像曹雪芹一样,能写出一部包罗贾府方方面面的长篇历史小说巨著,其实未必然。在近代中国社会条件下,无论是张佩纶家族,还是李鸿章家族,后来都没有聚族而居,到第二三代,大抵俱已荡析离居,以独立家庭形式存在,因地缘关系,彼此之间偶尔走动而已。张爱玲只在其中耳闻目睹有限的人和事(主要在上海),故其前期作品部分取材于她的家族回忆与见闻,往后,我们就看到渐呈衰减之态。

结语 文学地位与其他

一个作家的"死穴",就是其创作资源掏空,又缺乏源头活水。对于自己的创作状况,张爱玲是心知肚明的,她后来曾对友人坦承:"我在大陆也过着离群索居的生活,材料不多,也过时了,变化太大。目前想写的如果不是自己觉得非写不可的,也冲不出这些年的 writer's block [阻碍]。"(1978年11月26日致夏志清信,《张爱玲给我的信件》第245页)特别是后期在美国,她几乎完全闭门幽居,在与人隔绝的同时,也隔绝了新的创作材料的来路。虽然,她也准备写取材于美国生活的作品,却终竟未能成真。她用几十年时间打磨《浮花浪蕊》《相见欢》《色,戒》几篇小说,固然体现出她创作态度的认真,却也未尝不是一种停滞状态的表现。宋淇曾劝她要写些如《色,戒》一样读者喜欢的故事,力求保住她在读者中的受关注度,张爱玲无奈地回答说:"我想写的小说有两篇情节较传奇化,但是哪有像《色,戒》这样千载难逢的故事?写了也决计要多搁些时,一年半载不会有。"(1978年6月26日张爱玲致宋淇夫妇信,《张爱玲往来书信集1·纸短情长》第390页)她后期想写的,如以曹禺为原型的小说《谢幕》,华人在美创业的故事《美男子》等,都因对人物生活缺乏充分了解和细节太少,不能进行。到美国后,她在写作上频频"折戟",固然使她为自己的愿望落空而伤心,而给她最大的打击,还是看到了自己写作生涯的这个"死穴",她总结道:"最好的材料是你最深知的材料。"(1976年4月4日致宋淇夫妇信,《小团圆》第5页)相比于写作《少帅》以及能吸引人的间谍题材等,写自己与家族的故事,自有驾轻就熟之感。这也正是她写作《小团圆》的一个动因。

五

谈到张爱玲后期创作的停滞与退化，当然也离不开"才尽"的问题。"才尽"，或文学史上的"江郎才尽"，应该是一个原因错综的现象，不能像传说中那样归之于神仙的授予和收回。如前所述，张爱玲后期"写不出东西"，直接跟她与外界隔绝，生活材料少有关，也不能不看到，确有某种才情在萎谢。

在 2000 年香港岭南大学主办的"张爱玲与现代中文文学国际研讨会"上，一位著名学者对夏志清的张爱玲论述提出质疑，而他也极力肯定："张爱玲是一个逼近哲学、具有形上思索能力的很罕见的作家。浸透于她的作品中的是很浓的对于世界和人生的悲观哲学气氛。张爱玲具有作家的第二视力。当人们的第一视力看到'文明'时，她却看到'荒原'；当人们看到情感的可能时，她却看到不可能；而当人们看到不可能时，她却看到可能。"又说："她的代表作《金锁记》与《倾城之恋》则超历史意识与超道德判断，好也好在这种超越性……张爱玲的特点是《红楼梦》的特点，即超越政治，超越国民，超越历史的哲学、宇宙、文学特点。"（刘再复：《张爱玲的文学特点与她的悲剧——在香港岭南大学张爱玲研讨会的发言稿》）

他的论述留下一个问题，使人不能释怀，即张爱玲写作这些作品时，还只是一个 23 岁的女生，此前并无何种哲学训练，她的阅读范围中，几乎没有出现过一本纯粹哲学著作，何以就取得了这种

"超能力"？这位学者指出，张爱玲作品中呈现出的这种"超能力"，后期为意识形态所约束和败坏，也不太有说服力，事实是她后期的一些作品，也并未呈现什么"意识形态性"，却也再无这种"超能力"的展现，又是为什么？

实在说，没有什么证据表明，年轻时的张爱玲具有很强的逼近哲学的形上思索能力。不能不看到，作为她的"三观"中主要特色的悲观气氛，与她的人生经历直接有关。在她正式进入创作之前，她的经历中只有两件大些的事，一是家庭的变故——家道衰落，父母离异，继母进家，以及遭到一次"家暴"，另一是遇上并亲历香港之战。前一件事，固然她心理上也留有很重的创伤和阴影，而后一件事，对她思想和精神的震撼力度更大。

对于这场战争的到来，她完全没有料到。在上海，她也曾遇上两次沪战，却基本上是听听炮声而已，"只要照她父亲说的多囤点米、煤，吃得将就点，不要到户外去就是了"（《小团圆》第48页）。问那些亲历战争的同学战争是怎样的，得到的回答也只是："还不就是逃难，苦，没的吃。"却根本未料到，战争会直接把她置于敌机轰炸下，一下子就把她送到生死关头，直见性命。前面我们介绍她的生平时曾讲到，她与同学前往跑马地报名参加空防，遇到敌机轰炸，差点丧命，让她顿感一种极其孤独无告的绝望和悲哀，即是一例。

正如尼采所言，战争是"生命的学校"，战争能教给人们正常生活中难以领会的关于生命与生存的真谛，有些东西即使你以为已经知道，一旦置身于战争之中，认识的深度也会完全不一样。如她过去就以为早就对生死问题有过思考："我小时候因为我母亲老是说老、死，我总是在黄昏一个人在花园里跳自由式的舞，唱'一天又过去了，离坟墓又近一天了'。在港大有个同宿舍的中国女生很活泼，跟我同年18岁，有一天山上春暖花香，她忽然悟出人世无常，难受得天地变色起来。对我说，我笑着说'是这样的，我早已经过了'。"（1976年1月5日张爱玲致邝文美信，《张爱玲私语录》第198页）然而，她接着补上的一句更重要："其实过早induced［归纳出来］的是第二手，远不及到时候自己发现的强烈深刻。"（同上）亲历香港之战，正是她这种"自己发现的强烈深刻"之时。战争无情地毁灭无数人的生命，也肆意摧毁人类的文明成果，展现出极其残酷的末日景象，在她的心灵上深深地打下了烙印，我们因此也就不难理解她在《〈传奇〉再版的话》中写下的这个有名的句子："个人即使等得及，时代是仓促的，已经在破坏中，还有更大的破坏要来。有一天我们的文明，不论是升华还是浮华，都要成为过去。如果我最常用的字是'荒凉'，那是因为思想背景里有这惘惘的威胁。"（《流言》第156页）可以说，亲历香港之战，"催熟"了她的"三观"形成——战争让她重新审视生命的价值和意义。战争所展现的人类劫难，以及所昭示的文明更大劫难，一方面使她陷于面临"世界末日"的恐惧和悲观；另一方面，也激起她更紧紧抓住现实的强烈意愿——她的视角既可以放至"地老天荒"那么辽远，又能拉近到审视身边的琐细事情，并从这个角度直击人性深处。她的一个深刻体会是："切身的现实，因为距离太近的缘故，必得与另一个较明澈的现实联系起来方才看得清楚。"（《洋人看京戏及其他》,《流言》第 11 页)这也可以说是她的前期创作因之获得某种"超越性"而成功的一个重要原因。而后期,她已远离这种语境和视景,自然很难看到类似的"超越性",倒真不是为"意识形态所约束和败坏"。

另一方面,也不能不看到胡兰成的思想对她的影响,在她与胡兰成关系最密切的 1944—1945 年期间,胡兰成写了许多文章,如《给青年》《文明的传统》《中国文明与世界文艺复兴》等,宣扬他对于世界、东亚与中国文明的理论主张和"诗化政治"的观点,张爱玲不仅读过,而且也与他有过深入交谈,她的若干作品中,都留有胡兰成的思想印记,甚至有些词句都是共用的,如"人不是生于一个时代的,而是生于一切时代之中"(《中国文明与世界文艺复兴》,《乱世文谈》第 205 页,香港天地图书有限公司 2007 年)这样的话,在张爱玲的笔下,换了一个说法,却发挥出相近的意思:"人是生活于一个时代里的,可是这时代却在影子似地沉没下去,人觉得自己是被抛弃了。为要证实自己的存在,抓住一点真实的,最基本的东西,不能不求助于古老的记忆,人类在一切时代之中生活过的记忆,这比瞭望将来要更明晰、亲切。于是他对于周围的现实发生了一种奇异的感觉,疑心这是个荒唐的,古代的世界,阴暗而明亮的。回忆与现实之间时时发现尴尬的不和谐,因而产生了郑重而轻微的骚动,认真而未有名目的斗争。"(《自己的文章》,《流言》第 187 页)不少迹象表明,在那个特殊时期,胡兰成的文明理论可能是她主要的思想资源。(参看王德威《抒情与背叛——胡兰成战争和战后的诗学政治》,《史诗时代的抒情声音》,生活·读书·新知三联书店2019年)。

　　回到创作上来,我们也要看到,作家和哲学家不一样,作家主要依靠形象思维进行创作,也是用形象来"说话"的,张爱玲前期的作品,描摹了一个特定时期的局部"世相",展现了诸多生动的艺术形象,包含了较丰富的生活内容,其中当然也融入了她的感受与思索。作家所具有的特殊才情会在其中发挥奇异的作用,这一点也不可忽视。张爱玲巅峰期的作品,那些繁复且丰富的意象和隐喻,细腻而犀利的心理描写,华丽又苍凉的风格营造,还有那些"兀自燃烧的句子"等,都能使她的作品展示出的生活图画更具魅力,更能使其意义大于她的主观思想。

　　就一个从事艺术创作的人的特殊才力,19世纪法国极负盛名的文艺理论家丹纳曾这样写道:

　　一个生而有才的人的感受力,至少是某一类的感受力,必然又迅速又细致。他凭着清醒而可靠的感觉,自然而然能辨别和抓住种种细微的层次和关系:倘是一组声音,他能辨出气息是哀怨还是雄壮;倘是一个姿态,他能辨出是英俊还是萎靡;倘是两种互相补充或连接的色调,他能辨出是华丽还是朴素;他靠了这个能力深入事物的内心,显得比别人敏锐。而这个鲜明的,为个人所独有的感觉并不是静止的;影响所及,全部的思想机能和神经机能都受到震动。

　　(丹纳:《艺术哲学》,人民文学出版社1963年,第27—28页)

他还特别提到,"大胆的速写和辛辣的漫画就是活生生的例子"(丹纳:《艺术哲学》,同上),张爱玲青少年时期极擅长的即是速写与漫画,连她对自己这方面的能力都感到惊异。她前期作品中那些闪耀着幽光狂慧的妙喻与意象,也无不透示出她的超乎寻常的感受力、联想力,以及对人与事物的特征极其敏锐的捕捉与刻画能力,这正是一种天才,是一种在文学创作中能点石成金的才力。

然而,天才现象存在于个体也或有某种短暂性和阶段性,早年张爱玲就说过,自己那些令人叫绝的速写等画作,是"一面在画,一面我就知道不久我会失去那点能力"(《烬余录》,《流言》第57页)。又说,"我确实知道那些画是好的,完全不像我画的,以后我再也休想画出那样的图来"(同上)。她早就预感某些特殊的能力和才情有自己生命周期,会有消失的一天。

她后期创作力的衰退,被旁观者视为"才尽",也似乎印证了这一点。

六

终其一生,张爱玲一共写了中、短篇小说28篇,长篇小说9部:《十八春》(后改为《半生缘》)、《赤地之恋》、《秧歌》、《粉泪》(英文,与《北地胭脂》应视为一部)、《怨女》(由英文小说《粉泪》改成,再译为中文)、《雷峰塔》(英文)、《易经》(英文)、《小团圆》、《少帅》(未完),散文七八十篇,电影、戏剧剧本15个(含已佚失),学术、翻译类作品多部。就这个意义上说,她确是一位当之无愧的"重量级"作家。

她的创作成就主要在小说，前期一些作品赢得众多好评，如《金锁记》《倾城之恋》《红玫瑰与白玫瑰》《沉香屑·第一炉香》《沉香屑·第二炉香》《茉莉香片》《封锁》《花凋》《桂花蒸·阿小悲秋》等也大抵内涵丰润，形式精致，堪称精品。

此外，她的散文自成一体，被称为"张看"体，《天才梦》《更衣记》《私语》《中国的日夜》《华丽缘》等，都是被人熟知的名篇。

电影剧作方面，她也有不俗的表现，她所创作的《太太万岁》，是中国电影史上轰动一时的名作。

她早年就有过"写作梦""作家梦"，应该说是实现了。当年，她还只是梦想要像林语堂那样，靠自己的努力，过上富裕的生活——"我要比林语堂还出风头，我要穿最别致的衣服，周游世界，在上海自己有房子，过一种干脆俐〈利〉落的生活"(《私语》，《流言》第114页)，却还没有想到另有一种更大的成功，即作品赢得众多好评，把自己推上一个重量级作家的地位。

走近正面来看，张爱玲的创作究竟有一些什么值得肯定的成就和特色呢？

文学上有些东西肯定是有永久性的，比如，刻绘人物，既有独特而鲜明的性格，又形神毕肖，"直见性命"，蕴含丰富的精神内容，达到对一个特定时代和情境的超越性。不可否认，张爱玲的作品有不少活生生的人物形象，走入了中国现代文学的画廊，如曹七巧、白流苏、范柳原、葛薇龙、佟振保等，成为人们"熟悉的陌生人"，这是首先应该肯定的文学成就。

她的创作题材主要是男女情爱与婚姻故事，在书写这些故事时，她对封建传统文化有一定批判性的省察，正像她后来所说的，"我一向有个感觉，对东方特别喜爱的人，他们所喜欢的往往正是我想拆穿的"（1964年11月21日致夏志清信，《张爱玲给我的信件》第13页）。这里所谓她要拆穿的，就是旧时代宗法社会支撑门面的一些货色，她在自己的作品里描写女性的生存困境和不幸命运，对女性问题选取了一个独特视角，表现女性切己的内在经验，揭示存在于女性自身的悲剧性根源，对后来的女性文学具有不可忽视的启迪意义。

在创作上，她既奉行传统写实小说的原则，娴熟运用传统小说的手法，又融入新机，深化对人物的心理观察与表现，以一种现代小说观念营构作品，创造了自《红楼梦》《海上花》以来中国写实小说中"世情小说"一支的新高，在中国小说史上，也具有一定的坐标价值。

从文学史的角度，究竟应该如何定位张爱玲呢？

一个作家在文学史上占有何种地位，并不是民意票决的结果，它往往在更深层次上反映了一个社会主流意识形态内部关系的调整。国内对于张爱玲地位的评价，在20世纪80年代前后，发生了很大变化。以前是根本无人提及，进入80年代以后，逐渐有了一些零星介绍，却未引起多少人的注意。延至90年代，随着"张爱玲热"逐渐升温，对她的评论和研究日益多起来，也提出了给她在现代文学史上定位的要求。目前，作为国内高等院校现代文学教材的各种文学史,几乎没有不讲述张爱玲的。而在定位上,大抵与海外评论家"高估"的看法还保持相当距离——一般是将她放在沦陷区文学中,作为特定时期、地域的重点作家来评述,少有将她与早有定评的鲁(鲁迅)、郭(郭沫若)、茅(茅盾)、巴(巴金)、老(老舍)、曹(曹禺)诸大家相提并论的。

较早出版的个人撰写的现代小说史著作——严家炎著《中国现代小说流派史》(人民文学出版社1989年)将张爱玲归入"心理分析小说"一派,认为"到40年代初出现张爱玲,则使心理分析小说达到一个小小的高峰"。又指张爱玲虽然得益于新感觉派作家,而其成就却高出于许多新感觉派作家,"她做到了新感觉派作家想做而没有做到的事情,达到了新感觉派作家想要攀登而未能达到的高度"。杨义的《中国现代小说史》,也以一个专节和较多的文字介绍了张爱玲的作品特色,他称张爱玲是"洋场社会的仕女作家"。

由程光炜等主编的《中国现代文学史》(中国人民大学出版社1999年)则将张爱玲的名字列入第十七章的题目里:"张爱玲、钱锺书及各沦陷区作家的创作",其地位更有所提高,书中称张爱玲是"在按常规似乎最不适宜文艺生长的'低气压时代',奇迹般地以其令人一新耳目的'传奇'小说、'流言'散文,成为上海沦陷区新起作家中最耀眼的一位,中国现代文坛最具影响力的作家之一"。

颇有影响的现代文学史著作《中国现代文学三十年》(钱理群、温儒敏、吴福辉、王超冰著)1987年初版时还没有谈到张爱玲,以后的修订总则在结构上做了调整,特别是"将通俗小说的发展独立分章叙述",从小说历史发展角度,将张爱玲作为"新通俗小说"的代表人物来看待。在章节的安排上,张爱玲的文学创作只是讲述"通俗与先锋"(第二十三章"小说(三)"第三节)的部分内容。

这些文学史上的评述虽然角度各有不同,却有一种共同的基本态度,即对于一个具有开放眼光的现代文学史家来说,对张爱玲视若无睹,或拒之于千里之外,显然是不可取的,而把她的创作放在大历史的视野中进行全面、客观的考察,以做出适当的评价,则是我们应努力以从的。

我个人倾向于同意上述《中国现代文学三十年》中的定位,不过,按我的意见,"新通俗小说"或应易名为"新世情小说",即张爱玲是中国传统写实文学在一个新阶段出现的"新世情小说"代表人物。

对这个问题的充分阐述,就是另一部书的任务了。

后　记

　　1981年，我刚刚从华中师范大学中文系研究生毕业——那是一个重重门窗次第打开，让外面的风吹进来的年代，有一家新锐的杂志叫《文汇月刊》，常刊载一些开人眼界的文章。一位同窗告诉我，《文汇月刊》上登了一篇题为《张爱玲传奇》的文章，值得一看。这个郑重的推荐驱动我立即找来看了，果是前所未闻——现代文学史上还有这样一位有才华的作家，何况还神隐海外，身世又如此有传奇性，不由人不产生浓厚兴趣。

　　这篇文章的作者是张葆莘，在中国社会科学院工作，不久，我觅到一个进京的机会，便打听到张先生在木樨地的住处，找过去。张先生儒雅而谦和，短暂的交谈之后，我提出能不能将《传奇》和《流言》借我一观，他有些无奈地笑了笑说，这两本书他有是有的，却被一位"要人"借去不还了，至于是哪位"要人"，自然不方便透露。后来，我一直想着，从哪里能弄到这两本书，以一窥究竟。我家楼上住着中南民族学院中文系的陈继明老师，是个热心肠的人，他居然从学院的图书馆给我找来了一本《流言》，实在是意外之喜。随后，我又写信给赴美留学的唐翼明兄，承他的厚意，从纽

后　记

约寄来了台湾皇冠出的《张爱玲短篇小说集》。读过之后，觉得她的文字确实是好，是一位被遗漏了的才情出众的作家，在现代文学史上实不应埋没。

那年夏天，我写过一篇论文，谈张爱玲短篇小说的艺术风格，收在后来出的一本论文集《中国现代小说的光与色》（书目文献出版社 1996 年）中。到了 1982 年读博士时，在宁夏人民出版社当编辑的布鲁南君来北师大我的住处约稿，就提起了这位张爱玲，虽然是边远地方的出版社，却颇有敢开风气的勇气，愿意出一本她的小说选集，自然，写"前言"的任务就落到了我的头上——这本书于 1984 年出版，可算是其时国内出的第一本张爱玲作品集，并不太被人注意，又由于当时中国尚未加入《伯尔尼公约》，出版方版权意识薄弱，该书未设法寻求作者授权，是不对的。90 年代初，我与于青所编四卷本《张爱玲文集》的"前言"用的底本，即是那个"前言"，对张爱玲生平与创作的评介，大体未逾越张葆莘文章之所见——这也留存着那个时期我们相仿的思想印迹。

关于《张爱玲文集》，我曾在《张爱玲评说六十年》一书的前言中，写过如下一段话：

我们可以证言：当年犹豫再三，唯恐赔本的出版方同意签约出版《张爱玲文集》后，经其姑父李开第先生要求，张爱玲予以授权，只是意在以每千字二十五元的微薄稿费，济助亲属，嗣后不久，台湾皇冠提出交涉，此项授权遂终止……而后来，《张爱玲文集》居然流行起来了，这是作为编者的我们和出版方所没有想到的事，我们按规定获取出版方支付的编选费和代理费总共二三千元，那时已"落袋为安"，决计不会再想去"炒作"，以获额外好处，而出版方呢，很木然，像突然中了彩票大奖，一直反应不过来。印了多少年，一副旧包装。

　　这些，大概就是我所经历的国内八九十年代有关张爱玲的传播实况，总而言之，张爱玲作品从未热到渐热，大抵有一个过程，我们这些人，参与其中，也起了一些推手的作用。到后来，便是大热，尤其是她去世之后，由于张爱玲无子嗣与亲属，一段时间里，版权归属不明，国内各家出版社误以为她的作品进入公版领域，遂竞相出版，各种宣传与炒作被带动起来，就分明有了"造神"的迹象。

　　就我自己而言，对于"造神"，总是有些怀疑和警觉，以为无论对什么"猛人"，还是还原其为人，好处说好，坏处说坏为好，对所谓"张爱玲热"，有时也不免换一种眼光观之，这便有我后来出的一本书，书名为《平视张爱玲》（文化艺术出版社 2005 年）。已过世的袁良骏先生写张爱玲研究史，称我是"平视"派的代表，实不敢当，我知道，读书界平视而欲求其真相的人正多。

　　学术领域聚讼纷纭的地方，便有"公案"，一部《红楼梦》，就有跨越几代至今仍解不开的诸多"公案"。张爱玲的《小团圆》是晚近出来的又一公案，我尝试用"平视"的态度来拆解一下，于是，有了这部书。

后　记

　　尽管有那么多新出的材料打下基础，我想，前方还是随时会有"塌陷"发生（果不其然，《张爱玲往来书信集1·纸短情长》和《张爱玲往来书信集2·书不尽言》在2020年9月问世），也不一定什么时候，还有新的材料意外爆出。本书副题"更新传记和《小团圆》公案"，更新之"更"，可念四声，亦可念一声，好在一次略有更新并非终结，更新之后，还可以更新，这就期之于未来吧。

　　最后，本书在写作过程中常与内子于青讨论——她也是国内最早研究张爱玲的学者之一，书中包含了她的诸多研究心得，这是必须申明的。

2021年3月15日

主要参考文献

金宏达　于青编：《张爱玲文集》，安徽文艺出版社 1992 年
止庵主编：《张爱玲全集》，十月文艺出版社 2009 年
张爱玲：《小团圆》，十月文艺出版社 2009 年
张爱玲：《异乡记》，十月文艺出版社 2010 年
张爱玲：《雷峰塔》，十月文艺出版社 2011 年
张爱玲：《易经》，十月文艺出版社 2011 年
张爱玲：《少帅》，十月文艺出版社 2015 年
宋以朗编，冯睎乾整理：《张爱玲往来书信集1·纸短情长》，皇冠文化出版公司 2020 年
宋以朗编，冯睎乾整理：《张爱玲往来书信集2·书不尽言》，皇冠文化出版公司 2020 年

金宏达　于青编：《张爱玲研究资料》，海峡文艺出版社 1994 年
金宏达主编：《回望张爱玲》三卷本，文化艺术出版社 2003 年
宋以朗编：《张爱玲私语录》，十月文艺出版社 2011 年
庄信正：《张爱玲庄信正通信集》，新星出版社 2012 年
夏志清：《张爱玲给我的信件》，长江文艺出版社 2014 年

蔡凤仪编：《华丽与苍凉——张爱玲纪念文集》，皇冠文化出版公司 1996 年
司马新：《张爱玲在美国——婚姻与晚年》，上海文艺出版社 1996 年
张子静：《我的姊姊张爱玲》，学林出版社 1997 年
杨泽编：《阅读张爱玲——张爱玲国际研讨会论文集》，麦田出版社 1999 年

子通　亦清编：《张爱玲评说六十年》，中国华侨出版社 2001 年
胡兰成：《今生今世》，中国社会科学出版社 2003 年
高全之：《张爱玲学：批评·考证·钩沉》，一方出版 2003 年
周芬伶：《哀与伤——张爱玲评传》，远东出版社 2007 年
王一心：《〈小团圆〉对照记》，文汇出版社 2009 年
苏伟贞：《长镜头下的张爱玲》，上海文艺出版社 2012 年
陈子善：《张爱玲丛考》，海豚出版社 2015 年
宋以朗：《宋家客厅——从钱锺书到张爱玲》，花城出版社 2015 年
冯睎乾：《在加多利山寻找张爱玲》，香港三联书店 2018 年